Le Pistolero

éditions 84

DU MÊME AUTEUR

Carrie
Shining
Danse macabre
Cujo
Christine
L'année du loup-garou
Salem
Creepshow
Peur bleue
Charlie
Simetierre
Différentes saisons
La peau sur les os
Brume – Paranoïa
Brume – La Faucheuse
Running man
ÇA
Chantier
Misery
Marche ou crève
Le Fléau
Les Tommyknockers
La part des ténèbres
Bazaar
Rage
Jessie
Dead Zone : l'accident
Dolorès Clairborne
Minuit 2
Minuit 4
Rêves et cauchemars
Insomnie
Les yeux du dragon
Anatomie de l'horreur
La ligne verte
Désolation
Rose Madder
La Tour Sombre, 4 vol.

Stephen King

La Tour Sombre

★

Le Pistolero

Traduit de l'américain par Gérard Lebec

Éditions 84
84, rue de Grenelle 75007 Paris

Une première version de ce roman est parue sous forme de cinq nouvelles publiées en France dans Fiction : Le Justicier (n° 302), Le Relais (n° 317), L'Oracle et les Montagnes (n° 327), Les Lents Mutants (n°332) et Le Justicier et l'Homme en Noir (n°333).

Titre original :
The Dark Tower
The Gunslinger

ISBN 2-277-25032-5

Sommaire

The Gunslinger previously appeared in a limited edition
published by Donald M. Grant, Publisher, Inc.,West Kingston, Rhode Island.

Le Pistolero

L'homme en noir fuyait à travers le désert et le Pistolero le poursuivait.

De tous les déserts, celui-là était l'apothéose, immensément posé sous le ciel et couvrant jusqu'à plusieurs parsecs en tous sens. Blanc ; aveuglant ; aride ; sans rien pour le rompre sinon la traînée brumeuse des montagnes se découpant sur l'horizon et l'herbe du diable, porteuse de songes délicieux, puis de cauchemars, et de mort. Une pierre tombale, de temps à autre, montrait la direction à prendre, car cette piste tracée dans l'épaisse croûte d'alcali avait été jadis une route fréquentée. Le monde avait changé depuis. Le monde s'était vidé.

Le Pistolero marchait d'un pas régulier, sans hâte mais sans traîner. Une outre lui ceignait la taille, évoquant un gros boudin. Elle était pratiquement pleine. Il progressait depuis maintes années dans le *khef* et en avait atteint le cinquième niveau. Au septième ou au huitième, il n'aurait pas eu soif et se serait borné à observer avec un détachement clinique la déshydratation de son corps, n'humectant ses fissures et creux internes que lorsque sa logique le lui aurait dicté. Mais il n'était ni au septième ni au huitième niveau. Au cinquième seulement. Aussi avait-il soif, tout en pouvant se passer de boire dans l'immédiat. En un sens, rien de tout cela ne lui déplaisait. C'était romantique.

Sous le renflement de l'outre il avait ses armes, une paire de revolvers spécialement équilibrés pour lui. Les deux ceinturons se croisaient au-dessus de ses parties, soutenant des étuis si imprégnés de graisse que même ce soleil philistin n'en aurait pu craqueler le cuir. Ils se balançaient lourdement contre ses hanches, maintenus à ses cuisses par une cordelette de boyau. Les crosses qui en dépassaient étaient de bois de santal jaune au grain d'une finesse extrême. Les douilles de cuivre des cartouches disposées dans les alvéoles des ceinturons accrochaient la lumière aveuglante, scintillaient, flamboyaient, lançaient des héliogrammes. Le cuir crissait un peu ; les pistolets, eux, ne faisaient aucun bruit. Ils avaient versé le sang. Nul besoin d'être bruyant dans la stérilité du désert.

Ses vêtements avaient l'absence de couleur de la pluie ou de la poussière : une chemise ouverte sur la gorge, l'entrecroisement lâche d'une lanière de peau brute glissée dans des œillets sertis à la main ; et un pantalon de grosse toile à coutures renforcées.

Il gravit une petite dune (quoiqu'il n'y eût à proprement parler pas de sable ici, rien qu'une croûte dure dont les vents — qui, le soir, soufflaient avec violence — ne soulevaient qu'un peu de poussière, âcre comme du détergent). Sur le versant balayé par ces vents, versant que le soleil abandonnerait en premier, il découvrit des braises étouffées du pied, restes d'un minuscule feu de camp. De tels infimes indices, attestant une fois de plus le caractère foncièrement humain de l'homme en noir, ne manquaient jamais de le réjouir. Un sourire s'étira dans les vestiges grêlés, desquamés de ses traits. Il s'accroupit.

L'homme en noir s'était bien sûr servi d'herbe du diable, la seule chose qui pût brûler dans les parages. Elle se consumait avec lenteur, répandant une pâle lueur graisseuse, et, s'il fallait en croire les frontaliers, des démons dansaient dans ses feux. Ils la brûlaient mais se gardaient d'y poser les yeux. Les diables, disaient-ils, les appelaient dans ces flammes, les hypnotisaient, et finissaient par y attirer l'audacieux qui osait les regarder en face. Et le prochain, assez fou pour les contempler à son tour dans le feu, vous y aurait sans doute vu.

L'herbe brûlée s'entrecroisait en dessinant des idéogrammes désormais familiers qui se désagrégeaient en grise inconsistance sous les doigts tendus du pistolero. Il n'y trouva rien, juste un petit morceau de lard carbonisé qu'il grignota, songeur. Cela avait toujours été ainsi. Depuis deux mois que le Pistolero poursuivait l'homme en noir dans ce désert illimité, dans la hurlante monotonie de ce décor de purgatoire, il attendait encore d'y relever d'autres traces que les hygiéniques et stériles idéogrammes de ces feux. Pas une boîte, pas une bouteille, pas même une outre (alors qu'il en avait déjà laissé quatre derrière lui, pareilles à des mues de serpents).

Peut-être que les feux sont des messages en toutes lettres, se dit-il. *Prenez de la poudre*. Ou : *Vous touchez au but*. Ou encore : *Arrêtez-vous pour manger chez Joe*. Aucune importance. Il n'avait pas la compréhension de leurs idéogrammes, si toutefois c'en était. Et ces cendres étaient aussi froides que les précédentes. Il savait qu'il se rapprochait, sans avoir la moindre idée de l'origine d'une telle certitude. Aucune importance non plus. Il se redressa, s'essuya les mains.

Rien d'autre. Le vent au tranchant acéré avait à l'évidence arasé les rares traces imprimées dans le sol compact au passage de sa proie — dont il n'avait jamais, par ailleurs, pu découvrir les déjections naturelles. Rien. Rien que ces feux éteints jalonnant l'ancienne grand-route et l'implacable télémètre dans son crâne.

Il s'assit, s'octroya une courte gorgée d'eau, puis scruta le désert, laissant remonter son regard vers le soleil qui déclinait à présent dans son ultime quart de ciel. Il se releva et, ôtant ses gants de la ceinture, entreprit de ramasser pour son propre feu de l'herbe du diable qu'il entassa sur les cendres abandonnées par l'homme en noir. Pareille ironie n'était pas dénuée pour lui — comme le romantisme de sa soif — d'une amère séduction.

Il attendit pour battre le briquet qu'il ne demeurât du jour que la fugitive chaleur du sol sous ses pieds ainsi qu'une sarcastique ligne orangée sur la monochromie de l'horizon occidental. Il observa patiemment le sud en direction des montagnes sans espoir ni attente d'y voir une mince colonne de fumée s'élever de quelque autre feu de camp. Il observa parce qu'il le devait. Il ne vit rien. Il se rapprochait, oui, mais tout restait relatif. Il n'était pas assez près pour distinguer une fumée dans le crépuscule.

Il fit jaillir l'étincelle du silex, enflamma l'herbe sèche préalablement réduite en lambeaux, puis s'étendit dos au vent, laissant la fumée hallucinogène se répandre vers l'infini du désert. Hormis pour quelques rares tourbillons de poussière, le vent soufflait constamment dans le même sens.

Au-dessus de lui, autre constante, des étoiles qui ne scintillaient pas. Soleils et mondes par millions. Vertigineuses constellations, feux glacés dans les trois tons primaires. Sous ses yeux, le ciel passa du violet au noir absolu. Un météore traça son arc, bref, spectaculaire, puis disparut. Le feu de camp suscitait des ombres étranges cependant que l'herbe du diable se consumait avec sa lenteur coutumière en formant de nouveaux dessins (non des idéogrammes, mais un treillis net et vaguement effrayant dans la sûreté dénuée de sens de son enchevêtrement). Il avait disposé l'herbe de façon pratique, sinon esthétique. Ça parlait de Noirs et de Blancs, d'un homme apte à résoudre bien des problèmes dans d'insolites chambres d'hôtel. Une flamme régulière, ralentie, avec des fantômes qui dansaient dans son cœur incandescent. Le Pistolero ne les voyait pas. Il dormait. Les deux schémas, art et technique, se mêlaient. Le vent gémissait. De temps à autre, une perverse plongée d'air faisait tourbillonner la fumée, la rabattait sur lui et quelques bouffées l'atteignaient. Il en naissait des rêves de la même manière que d'un grain de sable, dans une huître, peut naître une perle. Le Pistolero, parfois, gémissait avec le vent. Les étoiles étaient indifférentes à tout ça, comme elles l'étaient aux guerres, aux crucifixions, aux résurrections. Cet aspect des choses l'aurait sans doute séduit.

II

Il avait atteint le bas du dernier contrefort, tirant derrière lui sa mule aux yeux désormais morts et turgescents de chaleur. Trois semaines auparavant, il avait traversé la dernière ville et, depuis, il n'y avait eu que la route déserte, çà et là rompue par quelques amas de bicoques. Puis ces maigres squats frontaliers s'étaient réduits à un habitat isolé — de misérables masures abritant des fous ou des lépreux pour la plupart. C'étaient les fous qui lui avaient paru de meilleure compagnie. L'un d'eux lui avait donné une boussole Silva en acier inoxydable à remettre à Jésus. Gravement, le Pistolero l'avait prise. Il la lui donnerait s'il le voyait. Mais il doutait de l'éventualité d'une telle rencontre.

Cinq jours s'étaient écoulés depuis la dernière cabane et il avait commencé de se dire qu'il n'en verrait plus aucune quand, parvenant au sommet d'une nouvelle colline, il découvrit la silhouette d'un de ces rituels toits de chaume, tassé sur ses arrières.

L'occupant des lieux, un homme étonnamment jeune, avec une crinière rousse qui lui descendait presque jusqu'à la taille, s'acharnait à sarcler un misérable champ de maïs. La mule poussa un braiment asthmatique et le frontalier redressa la tête ; des yeux bleus se fixèrent sur le Pistolero, instantanément. Il leva les deux mains en guise de salut puis, derechef, courba le dos sur sa tâche, s'attaquant au rang qui longeait sa demeure, jetant pardessus son épaule l'herbe du diable et, à l'occasion, un plant de maïs par trop rabougri. Ses longs cheveux claquaient et volaient au vent qui soufflait à présent du désert sans rencontrer d'obstacle.

Le Pistolero descendit la colline à pas lents, la mule sur ses talons. En bordure du misérable arpent de culture, il décrocha l'une des outres qui clapotaient sur les flancs de sa bête, prit une gorgée d'eau pour amorcer la salive et cracha dans les arides sillons.

— Longue Vie à vos Récoltes.

— Longue Vie aux Vôtres, répondit le jeune en se redressant.

Ses vertèbres craquèrent. Il examina l'étranger sans crainte aucune. Le peu de visage visible entre barbe et cheveux ne trahissait nulle marque de lèpre, et ses yeux, quoiqu'un peu sauvages, ne semblaient pas être ceux d'un fou.

— Je n'ai que du maïs et des haricots, dit-il. Le maïs est gratuit mais vous me devrez quelque chose pour les haricots. Un type m'en apporte ; il ne passe que de temps en temps et ne s'attarde guère. (Il émit un rire bref.) Il a peur des fantômes.

— Il croit que vous en êtes un, je suppose ?

— M'est avis que c'est ça.

Ils se regardèrent un moment sans rien dire.

— Je m'appelle Brown, reprit le frontalier, la main tendue vers le Pistolero qui la serra.

À cet instant précis, un corbeau décharné croassa, perché sur la pointe basse du toit de chaume. Le jeune homme lui fit un petit signe.

— C'est Zoltan.

Entendant son nom, le corbeau réitéra son cri et descendit se poser sur la tête de Brown, ses griffes plantées dans la flamboyante tignasse.

— Va te faire foutre, croassa-t-il distinctement. Va te faire foutre avec ton canasson.

Le Pistolero répondit par un hochement de tête affable.

— Haricots, haricots, fruits musicaux, déclama le corbeau, inspiré. Plus t'en manges et plus tu joues du pipeau.

— C'est vous qui lui avez appris ça ?

— Il ne donne pas l'impression de vouloir retenir autre chose. Une fois, j'ai essayé de lui apprendre le *Notre Père*. (Le frontalier porta un moment son regard par-delà sa baraque sur le paysage morne et pétrifié.) Mais ça ne doit pas être le coin rêvé pour les prières. Vous êtes un pistolero, non ?

— C'est ça.

Il s'accroupit, sortit tabac et papier à rouler. Zoltan voleta et alla se poser sur son épaule, abandonnant la tête de Brown.

— À la poursuite de l'autre, je suppose ?

— Oui. (L'inévitable question se forma sur les lèvres du pistolero.) Il y a longtemps qu'il est passé ?

Brown haussa les épaules.

— J'en sais trop rien. Le temps est bizarre par ici. Plus d'une quinzaine, à mon avis, et moins de deux mois. Depuis, le type aux haricots est venu deux fois. Mettons six semaines... mais je dois me tromper.

— Plus t'en manges et plus tu joues du pipeau, lança Zoltan.

— Il s'est arrêté chez vous ? demanda le Pistolero.

Brown fit signe que oui.

— Il est resté dîner. Comme vous allez faire, je suppose. On a passé le temps.

Le Pistolero se releva, amenant l'oiseau à regagner le toit dans des croassements rageurs. Il se sentait pris d'une étrange impatience, à en trembler.

— Que vous a-t-il dit ?

Le jeune homme lui décocha un regard en coin.

— Pas grand-chose. Il m'a demandé s'il avait déjà plu dans le secteur, depuis quand j'étais là, si ma femme était morte. En fait, c'est moi qui ai tenu le crachoir, ce qui n'est guère dans mes habitudes. (Il s'interrompit et l'on n'entendit plus que la véhémence du vent.) C'est un sorcier, hein ?

— Oui.

Brown hocha lentement la tête.

— Je m'en doutais. Vous aussi ?

— Non, je ne suis qu'un homme.

— Vous ne l'aurez jamais.

— Si.

Ils se regardèrent, un soudain abîme entre eux : le frontalier sur sa terre assoiffée, poussiéreuse, pulvérulente, le Pistolero sur la surface durcie, craquelée du sol s'infléchissant vers le désert. Il chercha un briquet dans sa poche.

— Tenez.

Brown exhiba une allumette soufrée, la gratta d'un revers d'ongle en deuil. Le Pistolero approcha de la flamme l'extrémité de sa cigarette et en tira une première bouffée.

— Merci.

— Sans doute voudrez-vous remplir vos outres, ajouta le frontalier alors qu'il se détournait. La source est derrière la maison, sous l'appentis. Je vais m'occuper du dîner.

Le Pistolero enjamba soigneusement les rangs de maïs et fit le tour du bâtiment. L'eau sourdait au fond d'un puits creusé à la main dont on avait doublé de pierres les parois poudreuses pour les empêcher de s'ébouler. Alors qu'il y descendait par l'échelle bancale, il se prit à songer qu'un tel revêtement représentait bien deux ans de travail : réunir tous ces blocs, les ramener jusqu'ici et les agencer. L'eau était limpide mais son débit fort lent. Remplir les outres allait être long. Il refermait la deuxième au moment où Zoltan se percha sur le bord de l'excavation.

— Va te faire foutre avec ton canasson, s'entendit-il conseiller.

Il releva la tête en sursaut. Le puits était profond d'une bonne quinzaine de pieds. Brown avait toute latitude pour lui jeter une grosse pierre, lui fracasser le crâne et le dépouiller de ses maigres possessions. Un dingue ou une canaille ne s'y serait certainement pas risqué mais le frontalier n'était ni l'un ni l'autre. Le jeune homme, pourtant, lui était sympathique, et il chassa cette pensée pour se concentrer sur sa corvée d'eau. On verrait bien ce qui arriverait.

Quand il poussa la porte de la cabane et en descendit les quelques marches (elle était à demi enterrée pour retenir la fraîcheur nocturne), il y trouva Brown en train de retourner avec une spatule en bois des épis de maïs dans les braises d'un petit feu. Deux assiettes ébréchées avaient été disposées aux deux bouts d'une couverture de couleur indéfinissable. L'eau des haricots commençait à bouillir dans la marmite accrochée au-dessus des flammes.

— Je vous paierai aussi l'eau.

Ce à quoi Brown répondit sans lever les yeux :

— L'eau est un don de Dieu. Papa Doc ne fournit que les haricots.

Le grognement d'un rire s'échappa des lèvres du pistolero qui se laissa choir jusqu'au sol le long d'un mur inégal, croisa les bras et ferma les yeux. L'odeur du maïs grillé ne tarda pas à lui chatouiller les narines et, quand Brown versa les haricots dans la marmite, il les entendit glisser sur leur papier comme il percevait de temps à autre le bruit sec des pattes de Zoltan arpentant inlassablement le toit. La fatigue le submergeait : c'était par étapes quotidiennes de seize heures, voire de dix-huit, qu'il avait mis la plus grande distance possible entre lui et l'horreur de ce qui était arrivé à Tull, le dernier bourg rencontré. Et les douze derniers jours, il les avait faits à pied : la mule était au bout du rouleau.

Le corbeau continuait de s'agiter sur le toit.

Deux semaines, avait dit Brown, peut-être même six. Aucune importance. Il y avait eu des calendriers à Tull, et les gens de là-bas s'étaient souvenus du passage de l'homme en noir, à cause de ce vieillard qu'il avait guéri. Un vieillard tué par l'herbe. Un vieillard de trente-cinq ans. Et si Brown était dans le vrai, l'homme en noir avait perdu, depuis, quelque peu de son avance. Mais il y avait le désert maintenant. Et le désert allait être un enfer.

Le corbeau... sur le toit.

— Prête-moi tes ailes, oiseau, et je les déploierai pour chevaucher les thermiques.

Il s'endormit.

III

Brown le réveilla cinq heures plus tard. Il faisait noir. Nulle autre clarté que la terne rougeur des braises mourantes.

— Votre mule est morte, annonça le frontalier. (Puis :) On mange, c'est prêt.

— Quoi ?

Brown haussa les épaules.

— Maïs grillé et haricots bouillis. Quoi d'autre ? Seriez-vous difficile ?

— Je parlais de la mule.

— Morte, c'est tout. Elle m'avait l'air assez vieille. (Et il ajouta, semblant s'en excuser :) Zoltan lui a bouffé les yeux.

— Ah. (Il aurait dû s'y attendre.) Bon.

Ils s'installèrent sur la couverture servant de table et Brown le surprit une fois de plus en train de réciter un court bénédicité : « Donnez-nous la pluie, la santé, la richesse spirituelle. »

— Croyez-vous qu'il y ait une existence après la mort ? demanda le Pistolero à son hôte alors que ce dernier lui servait trois épis dans son assiette.

Brown acquiesça d'un signe.

— Oui. Celle que nous sommes en train de vivre, à mon avis.

IV

Les haricots étaient durs comme des balles, le maïs d'une rare résistance. Dehors, le vent dominant reniflait et gémissait autour des bords inférieurs du toit. Il avala, dévora, liquida les bouchées difficiles par quatre bolées d'eau. À mi-repas, on frappa à la porte, un crépitement de mitraillette. Brown se leva pour aller ouvrir au corbeau. Zoltan traversa la pièce à tire-d'aile et se percha dans un coin, le dos rond, maussade.

— Fruits musicaux, grommela-t-il.

Leurs assiettes nettes, le Pistolero proposa son tabac.

— Bon. C'est le moment des questions.

Mais le frontalier n'en posa pas. Il fuma, les yeux rivés sur les braises. Elles ternissaient. Il faisait déjà sensiblement plus frais sous le toit de chaume.

— Ne nous induisez pas en tentation, fit soudain Zoltan, apocalyptique.

Le Pistolero sursauta comme si on venait de lui tirer dessus. Sa conviction fut immédiate : tout cela n'était qu'une illusion, tout — pas un rêve, non, un sortilège — jeté par l'homme en noir qui tentait ainsi de lui dire quelque chose sur un mode symbolique, abscons, horripilant.

— Vous connaissez Tull ? demanda-t-il brusquement.

Brown fit signe que oui.

— J'y suis allé deux fois. D'abord en venant m'installer ici, puis pour y vendre du maïs. Il avait plu cette année-là. Quinze minutes, peut-être. Le sol avait paru s'ouvrir, comme pour tout absorber ; une heure après, il était redevenu blanc et sec comme à l'ordinaire. Mais le maïs, bon Dieu... le maïs ! Tu le voyais pousser. Ce qui était plutôt bien. Mais tu pouvais l'entendre aussi, comme si l'averse lui avait donné une voix. Et là, c'était moins agréable. On aurait dit qu'il se plaignait et soupirait en s'extirpant de terre. (Il s'interrompit.) J'ai eu un excédent de récolte, alors je suis parti le vendre à Tull. Papa Doc voulait s'en charger. Comme il m'aurait roulé, je me suis décidé à y aller.

— Vous n'aimez pas la ville ?

— Non.

— J'ai failli me faire tuer, là-bas, dit le Pistolero de but en blanc.

— Ah bon ?

— J'ai tué un homme qui avait rencontré Dieu... sauf que ce n'était pas Dieu mais l'homme en noir.

— Il vous avait tendu un piège ?

— C'est ça.

Ils se regardèrent de part et d'autre des ombres, l'instant se teintant de finalité.

— Vos questions, maintenant.

Brown n'avait toujours rien à dire. Son mégot achevait de se consumer de l'intérieur mais il fit non de la tête quand le Pistolero tapota sa blague.

Zoltan s'agitait, semblait ne pas tenir en place, être sur le point de parler, se raviser.

— Puis-je vous raconter toute l'histoire ? demanda le Pistolero.

— Sûr.

Il chercha par où commencer, ne trouva rien.

— Faut que je pisse.

Brown hocha la tête.

— C'est à cause de l'eau. Pensez au maïs, s'il vous plaît.

— Sûr.

Il monta les marches et sortit dans la nuit sous la brillante éclaboussure du ciel étoilé. Le vent palpitait, régulier. Son urine décrivit une arche effrangée au-dessus du champ poudreux. L'homme en noir l'avait envoyé ici. Il se pouvait même que Brown fût l'homme en noir. Il était envisageable que...

Il coupa court à ses pensées. La seule éventualité à laquelle il n'avait jamais appris à faire face était celle de sa propre folie. Il rentra.

— Alors, avez-vous décidé si je relève ou non du sortilège ? lui lança Brown, goguenard.

Surpris, le Pistolero se figea un instant sur l'étroit palier puis, lentement, descendit se rasseoir.

— J'allais vous parler de Tull.

— Ça se développe ?

— C'est mort, dit le Pistolero, mots qui restèrent suspendus dans la pièce.

Brown prit un air entendu.

— Le désert. Je le crois capable en définitive de tout anéantir. Saviez-vous qu'une grande route le traversait jadis ?

Le Pistolero ferma les yeux. Un tourbillon vertigineux.

— Vous m'avez drogué.

— Non, je n'ai rien fait.

Les paupières remontèrent, prudentes.

— Ça n'ira pas tant que je n'y aurai pas mis du mien, poursuivit Brown. J'y vais, donc : Pourriez-vous me parler de Tull ?

Le Pistolero ouvrit une bouche encore hésitante et eut la surprise de constater que, cette fois, les mots venaient sans difficulté. Les rafales monocordes des premières phrases s'épanouirent lentement en récit au débit régulier, proféré d'une voix légèrement blanche. L'impression d'avoir été drogué le quitta et il se découvrit bizarrement excité. Il parla jusque très tard dans la nuit. Brown, pas une fois, ne l'interrompit. L'oiseau non plus.

V

Il avait acheté la mule à Pricetown et elle était encore fraîche quand il avait atteint Tull. Une heure plus tôt, le soleil s'était couché mais le Pistolero n'en avait pas moins continué, d'abord guidé par le halo de lumière que la ville imprimait sur le ciel, puis par les notes étrangement claires d'un piano de bastringue jouant *Hey Jude*. La route s'était élargie, acceptant les chemins qui venaient s'y jeter.

Aux forêts s'était substitué depuis longtemps déjà un morne et plat paysage, interminable succession de parcelles et de prés repris par les herbes, de propriétés abandonnées, envahies de buissons, de taillis, de cabanes, sous la surveillance d'ombreuses et lugubres demeures qui avaient de fortes chances d'être hantées par des démons. La monotonie des masures vides que leurs anciens occupants avaient choisi — ou été contraints — de déserter se trouvait, de loin en loin, rompue par une bicoque encore habitée et signalée, la nuit, par un unique point de lumière clignotant dans le noir ou, encore, de jour, par des familles s'échinant en silence dans les champs. Le maïs constituait la culture principale mais le Pistolero n'était pas sans remarquer des carrés de haricots et de petits pois. Il arrivait qu'une vache malingre rivât sur lui son regard lourd entre deux piquets d'une clôture lépreuse ; deux diligences l'avaient dépassé, pratiquement vides, alors qu'elles descendaient vers la ville pour remonter le croiser, plus tard, nettement plus chargées, tandis qu'elles retournaient vers les forêts du Nord.

C'était moche, par ici. Depuis son départ de Pricetown, il n'avait plu que deux fois, et seulement quelques gouttes. Même la mauvaise herbe, jaune et déprimée, semblait avoir du mal à survivre. Sale coin, vraiment. D'autant qu'il n'y avait pas relevé la moindre trace de sa proie. Se pouvait-il que l'homme en noir ait pris une diligence ?

La route fit un virage et, passé ce tournant, il arrêta la mule pour contempler Tull. La ville occupait le fond d'une cuvette circulaire, joyau de pacotille serti dans une monture à quatre sous. Quelques lumières scintillaient, la plupart autour de l'endroit d'où venait la musique. Il semblait n'y avoir que quatre rues, trois coupant à angle droit la grand-route qui faisait office d'artère principale. Il y trouverait peut-être un restaurant. Improbable, mais qui sait... ? D'un claquement de langue, il fit repartir sa mule.

De part et d'autre, les maisons se faisaient à présent plus fréquentes tout en restant dans l'ensemble inoccupées. Il longea un minuscule cimetière, dont les tombes en bois, déjetées, moisies, succombaient sous l'assaut de nauséabonds bouquets d'herbe du diable. Encore quelques pas et un panneau rongé lui apparut. TULL. La peinture était écaillée au point de le rendre presque illisible. Il en trouva un autre un peu plus loin mais ne put le déchiffrer.

À son entrée dans l'agglomération même, un chœur grotesque de voix passablement éméchées entonnait le refrain final, interminable, de *Hey Jude* : « naa-naa-naa naa-na-na-na... hey, Jude ». C'était sinistre comme le chant du vent dans le creux d'un arbre mort, et seul le prosaïsme massif des accords plaqués sur le piano l'empêcha de se demander si l'homme en noir n'avait pas repeuplé à son intention une ville fantôme — pensée qui lui arracha un petit sourire.

Il croisa des gens dans les rues, pas grand-monde mais quand même... Trois femmes vêtues de manière identique — pantalon noir et marinière — passèrent sur le trottoir d'en face sans lui manifester une curiosité très évidente. Leur triple visage paraissait flotter au-dessus des corps entièrement dissimulés, balles de base-ball blêmes, énormes, trouées d'yeux. Un vieux monsieur fort digne, avec un canotier planté sur le sommet du crâne, l'observa depuis le seuil d'une épicerie condamnée. Un gringalet de tailleur délaissa son dernier client pour s'intéresser au passage de l'étranger, approchant une lampe de sa devanture pour mieux voir. Le Pistolero fit un bref signe de tête, salut auquel ni l'un ni l'autre ne répondirent. Il sentit leur regard lourdement posé sur le balancement bas des étuis à ses hanches. Un garçon d'environ treize ans et sa camarade, qui traversaient à hauteur de l'intersection suivante, marquèrent un imperceptible temps d'arrêt. Leurs pas soulevaient des petits nuages de poussière qui tardaient à retomber. Quelques réverbères restaient en fonction, même si la lumière avait peine à percer l'opaque dépôt huileux accumulé sur leurs vitres. Il finit par atteindre des écuries dont la survie dépendait sans doute d'un service de diligences. Il y avait là, près de l'entrée béante de la grange, trois gosses silencieusement assis sur les talons autour du cercle qu'ils avaient tracé dans la poussière pour jouer aux billes. Ils fumaient des cigarettes de maïs. Leurs ombres démesurées s'étiraient dans la cour.

Le Pistolero les contourna sur sa mule et sonda les profondeurs obscures du bâtiment. Une lampe y projetait dans un halo de lumière terne l'ombre tressautante et spasmodique d'un vieillard dégingandé en salopette. Il était occupé à remplir à la fourche son fenil, ses grandes volées de gestes ponctuées de grognements.

— Hé ! appela le Pistolero.

La fourche hésita. Le vieux palefrenier promena autour de lui un regard hargneux.

— Hé vous-même !

— J'ai une mule.

— Tant mieux pour vous.

Le Pistolero expédia dans la pénombre une lourde pièce d'or à la frappe décentrée. Elle résonna sur les vieilles planches jonchées de foin, scintillante.

L'homme fit un pas, se pencha, ramassa la pièce sans cesser d'examiner en coin le Pistolero. Ses yeux plissés tombèrent sur les ceinturons. Il hocha la tête, plus mauvais que jamais.

— Combien de temps vous comptez la laisser ?

— Une ou deux nuits. Peut-être plus.

— Je n'ai pas de monnaie.

— Je n'en ai pas demandé.

— Sale fric.

— Comment ?

— Rien.

Le vieux prit l'animal par la bride et le rentra dans l'écurie.

— N'oubliez pas de la bouchonner ! lui cria le Pistolero.

L'homme ne daigna pas se retourner.

Le Pistolero ressortit et s'approcha des joueurs de billes. Ils avaient suivi toute la scène avec un intérêt méprisant.

— Ça va ? lança le Pistolero, histoire d'amorcer la conversation.

Pas de réponse.

— Vous êtes d'ici, les gars ?

Toujours pas de réponse.

L'un d'eux extirpa d'entre ses lèvres l'informe tortillon de sa spathe de maïs, saisit une agate verte et, d'une chiquenaude, la projeta dans le cercle dont elle délogea la cible visée. Puis il récupéra sa bille et s'apprêta pour un nouveau tir.

— Il y a un resto dans cette ville ? demanda le Pistolero.

Un autre — le plus jeune — leva les yeux. Il avait un vilain herpès au coin de la bouche mais posa sur le Pistolero un regard ingénu, émerveillé, à la fois touchant et terrifiant.

— Sheb fait des steaks hachés.

— Le boui-boui ?

Le garçon se contenta de hocher la tête. Ses camarades le regardaient de travers maintenant.

Le Pistolero effleura le bord de son chapeau.

— Merci beaucoup. C'est chouette de constater qu'il y a au moins une personne dans cette ville assez intelligente pour avoir appris à parler.

Il s'éloigna, remonta sur le trottoir de planches et s'achemina vers chez Sheb. Il entendit dans son dos la voix claire, méprisante, d'un des deux autres gosses.

— Bouffeur d'herbe ! Ça fait combien de temps que tu baises ta sœur, Charlie ? Sale bouffeur d'herbe ! Sale camé !

Trois lampes à kérosène brûlaient devant l'entrée du bastringue, une de chaque côté, la dernière accrochée par un clou au-dessus de la porte à battants. Le final braillard de *Hey Jude* avait flanché, remplacé par quelque autre ancienne ballade égrenée au piano. Des voix murmurantes comme des fils rompus. Le Pistolero s'immobilisa un instant sur le seuil pour examiner les lieux. De la sciure sur le parquet, des crachoirs au pied des tables bancales ; des planches clouées sur une paire de chevalets en guise de bar et, derrière, un miroir poisseux où se reflétait le pianiste coiffé de l'inévitable chapeau mou. On avait dépouillé la caisse de l'instrument de sa partie antérieure, si bien qu'on en voyait les marteaux monter et descendre dans le jeu du mécanisme. La serveuse était une blonde filasse affublée d'une robe d'un bleu douteux dont une bretelle ne tenait qu'avec l'aide d'une épingle à nourrice. Le fond de la salle était peut-être peuplé d'une demi-douzaine d'indigènes s'imbibant et jouant aux cartes avec une égale apathie. Six autres formaient un cercle lâche autour du piano. Quatre ou cinq avaient jeté l'ancre au bar. Un vieillard à la tignasse grise en bataille était affalé à une table près de la porte. Le Pistolero entra.

Les regards se braquèrent sur lui et ses armes. Il y eut un moment de silence presque total ; seul le pianiste, distrait, continua de jouer. Puis la femme essuya son bar et tout redevint comme avant.

— Regarde ça, dit l'un des joueurs, abattant quatre piques contre les trois cœurs de son adversaire, lequel jura en poussant sa mise sur la table. Le donneur suivant distribua les cartes.

Le Pistolero s'approcha du bar.

— On peut avoir des steaks ?

— Sûr.

Elle le regarda dans les yeux, et elle avait dû être assez mignonne dans le temps, avant que ses traits ne se fussent épaissis, avant cette livide cicatrice en tire-bouchon sur le front. Elle la poudrait généreusement, sans autre résultat que d'attirer plus encore le regard par ce camouflage.

— Seulement, c'est pas donné.

— Je m'y attendais. J'en veux trois, plus une bière.

De nouveau, subtil changement d'atmosphère. Trois steaks. L'eau montait à chaque bouche, chaque langue en épongeait la salive avec une lascivité ralentie. Trois steaks.

— Ça vous fera cinq dollars avec la bière.

Le Pistolero plaça sur le bar une pièce d'or.

Les yeux s'écarquillèrent.

À gauche du miroir rougeoyait un brasero. Une petite pièce s'ouvrait derrière et la serveuse y disparut pour en revenir avec de la viande sur un papier. Elle fit trois parts qu'elle posa sur le gril. Il en monta une odeur affolante. D'une indifférence à toute épreuve, le Pistolero n'enregistra que sur l'extrême périphérie de sa conscience les hésitations du pianiste, le ralentissement de la partie de cartes et les regards en coulisse des piliers de bistro.

L'homme était presque sur lui quand il le vit dans la glace, pratiquement chauve, la main sur la poignée d'un gigantesque couteau de chasse passé dans sa ceinture.

— Retournez vous asseoir, dit le Pistolero.

L'homme se figea. Un mouvement réflexe lui retroussa la lèvre supérieure comme les babines d'un chien et il y eut un temps de silence. Puis il regagna sa table et les choses reprirent une fois de plus leur ordonnance initiale.

La bière arriva dans une chope de verre fêlée.

— Je n'ai pas la monnaie là-dessus, dit la femme, agressive.

— Aucune importance.

Elle leva les yeux au ciel comme si, même à son profit, un tel étalage de richesse l'exaspérait. Elle n'en ramassa pas moins la pièce d'or et, un instant plus tard, apporta les trois steaks saignants sur une assiette douteuse.

— Vous avez du sel ?

Elle prit la salière sous le bar et la lui tendit.

— Et du pain ?

— Non.

Elle mentait. Il le savait mais n'insista pas. Le type

chauve fixait sur lui des yeux cyanosés, crispant et décrispant les mains sur le plateau fissuré, creusé, de sa table. Une pulsation régulière lui animait les narines.

Le Pistolero s'attaqua posément à son repas, détachant avec une méticulosité presque narquoise du bout de sa fourchette des petits morceaux de viande hachée qu'il piquait et portait à sa bouche en évitant de se demander ce qu'on avait bien pu ajouter au bœuf.

Il avait presque terminé, allait commander une seconde bière avant de se rouler une cigarette, quand une main se posa sur son épaule.

Il prit alors brutalement conscience que le silence régnait de nouveau dans la salle et la forte tension qui flottait dans l'air alerta ses sens. Il se retourna et se retrouva rivant son regard au visage de l'homme qui, tout à l'heure, à son entrée, dormait près de la porte. Un visage terrible. Une atroce puanteur d'herbe du diable. Des yeux de damné, fixes, étincelants, qui regardaient sans voir, à jamais tournés vers l'intérieur de l'être, vers le stérile enfer des rêves incontrôlables, des rêves déchaînés, des putrides exhalaisons de l'inconscient.

La serveuse émit une sorte de petit gémissement.

Les lèvres crevassées se tordirent, s'écartèrent, révélèrent des dents moussues, verdâtres. Le Pistolero pensa : Il ne la fume même plus. Il la chique. C'est ça, il la chique.

Et, tout de suite après : Il est mort. Il y a un an déjà qu'il devrait être mort.

Ils se regardèrent, le Pistolero et l'homme qui était passé sur l'autre bord de la démence.

Et l'homme parla, et le Pistolero, sidéré, l'entendit s'adresser à lui dans le Haut Parler :

— Une pièce d'or, par faveur, pistolero ? Rien qu'une. Pour la beauté.

Le Haut Parler. L'espace d'un instant, son cerveau refusa d'en suivre les méandres. Il y avait des années... Seigneur ! des siècles, des millénaires. Le

Haut Parler n'avait plus cours, il était le dernier, le dernier pistolero. Tous les autres étaient...

Ses doigts gourds cherchèrent une pièce dans sa poche de chemise. La main fendillée se tendit pour la prendre, la caressa, la leva, y accrocha la clarté huileuse des lampes à kérosène. L'or jeta son fier éclat civilisé : doré, rougeâtre, sanglant.

— Ahhhhhhh...

Cri de jouissance inarticulé. Le vieillard pivota sur lui-même et s'achemina vers sa table, la pièce à hauteur d'œil, la tournant et retournant entre ses doigts pour en faire jouer les reflets.

Le bastringue se vidait. Les battants de la porte avaient entamé un va-et-vient effréné. Le pianiste claqua le couvercle de son instrument et ferma la marche, comme dans une sortie d'opéra bouffe.

— Sheb ! hurla derrière lui la serveuse, mégère et terrifiée. Sheb ! Reviens tout de suite ! Putain de merde !

Entre-temps, le vieillard avait regagné sa place avec la pièce. Il lui imprima un mouvement de toupie et ses yeux de mort vivant en suivirent la rotation dans une fascination absente. Il la lança une deuxième fois, une troisième, et ses paupières s'alourdirent. Au quatrième essai, sa tête reposait sur le bois rongé de la table alors que la pièce tourbillonnait encore.

— Voilà, fit-elle, dans un feulement rageur. Vous avez fait fuir ma clientèle. Vous êtes content ?

— Ils reviendront, dit le Pistolero.

— Pas cette nuit, en tout cas.

— Qui est-ce ?

Il montra le mangeur d'herbe.

— Allez vous faire...

Un geste compléta l'injonction, dépeignant une masturbation impraticable.

— Il faut que je le sache, insista-t-il poliment. Il...

— Il s'est adressé à vous d'une drôle de manière. De toute sa vie, Nort n'a jamais parlé comme ça.

— Je cherche un homme. Vous devez le connaître.

Elle le regarda, refoulant sa fureur. Il s'y substitua un temps de réflexion, puis cet humide rayonnement qu'il avait déjà observé chez elle. La bâtisse branlante semblait gémir. Au loin explosèrent des aboiements. Le Pistolero attendit. Elle vit qu'il savait et la radieuse moiteur céda la place au désespoir, à un besoin muet qui ne pouvait s'exprimer.

— Vous connaissez mon prix, dit-elle.

Il l'examina. Dans le noir, la cicatrice ne se verrait pas. Elle était assez mince de corps ; désert, usure et labeur n'avaient pu tout affaisser. Et elle avait été jolie autrefois, peut-être même belle. Non que cela eût une quelconque importance. Les scarabées nécrophages auraient pu nicher dans les ténébreuses profondeurs de ses entrailles, rien n'en eût été changé pour autant. Tout était écrit.

Elle porta les mains à son visage. Il restait en elle de la sève... assez pour qu'elle pleurât.

— Arrêtez de me regarder comme ça. Vous n'avez pas le droit...

— Navré, dit le Pistolero. Je ne pensais pas à mal.

— Aucun de vous ne pense jamais à mal ! lui hurla-t-elle.

— Éteignez.

Elle sanglotait, le visage au creux des mains. Il était content de ne plus voir sa tête. Pas à cause de la cicatrice mais parce qu'elle redevenait ainsi la jeune fille d'antan. L'épingle retenant la bretelle de sa robe brilla dans la clarté graisseuse.

— Éteignez et bouclez la baraque. Il risque de voler quelque chose ?

— Non, dit-elle dans un souffle.

— Alors, éteignez.

Elle attendit de l'avoir contourné pour ôter les mains de son visage et, ensuite, éteignit les lampes une par une, commençant par réduire la mèche avant de souffler la flamme. Puis elle lui prit la main dans le noir et ce contact était chaud. Elle l'entraîna dans l'escalier. Il n'y eut pas de lumière, pour cacher leur acte.

VI

Il roula deux cigarettes dans le noir, les alluma, lui en passa une. La chambre était imprégnée de son parfum, lilas frais, bouleversant. L'odeur du désert, en s'y superposant, l'avait perverti. C'était comme une senteur marine. Il s'aperçut qu'il redoutait d'affronter le désert.

— Il s'appelle Nort, dit-elle. (L'âpreté de sa voix restait inchangée.) Nort tout court. Il est mort.

Le Pistolero attendit.

— Dieu l'a touché.

— Moi, je ne l'ai jamais vu, dit-il.

— Il a toujours été là, aussi loin que je me rappelle... je veux dire Nort, pas Dieu. (Elle eut un rire en dents de scie dans le noir.) Pendant un temps, il avait une charrette de marchand de bonbons. Mais, un jour, il s'est mis à boire. Puis à priser l'herbe. Et ensuite à la fumer. Les gosses ont commencé de lui faire escorte, de le harceler, de lancer leurs chiens sur lui. Il portait un vieux pantalon vert qui sentait mauvais. Tu me suis ?

— Oui.

— Et il en est venu à la chiquer. À la fin, il restait assis dans un coin et ne mangeait plus rien. Il devait être roi dans sa tête, avec les enfants pour bouffons, les chiens pour paladins.

— Oui.

— Il est mort juste en face. Il est arrivé, les gamins et les chiens sur les talons, dans le fracas de ses croquenots sur les planches du trottoir — il avait peu de chances de jamais les user : c'étaient des chaussures de chantier. On aurait dit un paquet de cintres en fil de fer tout tordus, tout emmêlés. Tu voyais les feux de l'enfer au fond de ses yeux mais il souriait quand même, tu sais, ce large sourire que les gosses creusent dans leur citrouille, la veille de la Toussaint. Il puait la crasse, la pourriture et l'herbe. Ça dégoulinait des coins de sa bouche comme du sang vert. J'ai l'impression qu'il voulait venir ici écouter Sheb jouer du piano. Et là, juste en face, il s'est figé, il a rejeté la tête en arrière. Je le regardais et je me suis dit qu'il venait d'entendre une diligence ; pourtant, ce n'était pas l'heure. Puis il a vomi un truc noir avec du sang dedans. Ça passait par son sourire comme par la grille d'un égout qui déborde. L'odeur était atroce, à n'y pas tenir. Alors il a levé les bras en l'air et il est tombé à la renverse. C'était fini. Il est mort avec ce sourire en travers de la figure, marinant dans son vomi.

Elle tremblait tout contre lui. Dehors, le vent modulait obstinément sa plainte et, quelque part au loin, une porte claquait comme dans un cauchemar. Des souris couraient dans les murs. Fugitivement, le Pistolero songea que c'était peut-être le seul endroit en ville assez prospère pour entretenir une population de rongeurs. Il posa la main sur le ventre de sa compagne, elle fit un bond, puis se calma.

— L'homme en noir, dit-il.

— Tu y tiens, apparemment !

— Oui.

— Bon. Tu vas tout savoir.

Elle prit sa main entre les siennes et lui raconta tout.

VII

Il était arrivé en fin d'après-midi, le jour de la mort de Nort. Le vent hurlait, dépouillant le sol de sa couche meuble, striant l'air de nappes de sable où tourbillonnait le maïs déraciné. Kennerly avait cadenassé l'écurie et les quelques autres commerçants avaient tiré les volets sur leur vitrine en les renforçant par des planches de traverses. Le ciel était couleur de vieux fromage et les nuages y fuyaient comme devant quelque horreur entraperçue dans le désert qu'ils venaient de survoler.

Il arriva sur un chariot délabré dont la bâche ondulait, liée au ras du plateau. Ils le regardèrent entrer en ville et le vieux Kennerly, vautré près de la fenêtre, une bouteille dans une main, la chair chaude et molle du sein gauche de sa cadette dans l'autre, décida de ne pas répondre si l'étranger frappait à sa porte.

Mais l'homme en noir passa devant chez lui sans arrêter le cheval bai qui tirait son véhicule dont les roues continuèrent de soulever une poussière qu'avidement le vent leur ravissait. Ç'aurait pu être un curé ou un moine avec sa soutane et le capuchon rabattu qui occultait ses traits. Et sous cette sombre masse de tissu qui claquait et se tordait, de lourdes bottines à boucle et bout carré.

Il pila devant chez Sheb, mit son cheval à l'attache. L'animal courba la tête au sol et renâcla. Puis l'homme fit le tour du chariot pour libérer un pan de la bâche, prit une vieille sacoche qu'il se jeta sur l'épaule et poussa la porte du bastringue.

Alice l'observa, sa curiosité piquée, mais fut bien la seule à remarquer son entrée. Les autres en tenaient une de première. Sheb jouait des hymnes méthodistes façon rag-time et les vieux cossards qui avaient débarqué très tôt dans l'après-midi, tant pour éviter l'orage que pour veiller Nort, s'étaient égosillés à force de chanter. Sheb — au bord du coma éthylique et en même temps remonté à bloc, mentalement bandant d'être encore en vie — jouait à une vitesse incroyable : ses doigts volaient littéralement sur le clavier.

Tous braillaient, hurlaient, sans jamais couvrir la voix du vent même s'ils donnaient parfois l'impression de l'égaler. Dans un coin, Zachary avait retroussé les jupes d'Amy Feldon et lui peignait les signes du zodiaque sur les genoux. Quelques autres femmes évoluaient dans la salle. L'atmosphère générale semblait être à la ferveur, mais le terne éclat du ciel d'orage filtrant au travers des battants de l'entrée n'en paraissait pas moins se gausser d'eux.

On avait étendu Nort sur deux tables réunies au centre de la pièce. Ses semelles dessinaient un V mystique. Sa bouche pendait, ouverte en un sourire flasque, mais celui qui s'était occupé de lui fermer les yeux avait pris la précaution de maintenir les paupières par des plombs. Les mains étaient croisées sur la poitrine, un brin d'herbe du diable entre les pouces. Il émanait de lui une odeur de poison.

L'homme en noir repoussa sa capuche et s'approcha du bar. Alice le regarda, sentant un vif émoi se mêler au désir familier qui se dissimulait en elle. Il ne portait pas d'insigne religieux mais cette absence n'avait en soi rien de révélateur.

— Whisky, dit-il. (Une voix douce, agréable.) Du bon.

Elle prit une bouteille de *Star* sous le comptoir. Elle aurait très bien pu sortir le tord-boyaux local et prétendre que c'était son meilleur whisky mais elle ne le fit pas. Elle servit l'alcool sous le regard de l'homme en noir. Il avait de grands yeux lumineux. La pénombre lui interdisait d'en distinguer la couleur exacte. Son désir monta. Dans la salle, les beuglantes ne fléchissaient pas. Sheb, le hongre inutile, improvisait sur *Soldats du Christ*, et il y avait eu quelqu'un pour persuader Tante Mill de chanter. Sa voix horriblement fausse se taillait dans le brouhaha le chemin d'une hache émoussée dans le crâne d'un veau.

— Par ici, Alice !

Elle alla servir, furieuse du silence de l'étranger, furieuse qu'il eût des yeux de couleur indéfinissable et elle un ventre sur le qui-vive. Ses désirs l'effrayaient. Ils étaient capricieux, échappaient à son contrôle. Ce pouvait être l'indice d'un changement, lui-même signe avant-coureur de l'âge, peut-être... d'une vieillesse qui, à Tull, avait d'ordinaire la brièveté, la rigueur d'un coucher de soleil en hiver.

Elle tira de la bière jusqu'à vider complètement le

baril avant d'en mettre un autre en perce. Elle aurait pu demander à Sheb de s'en occuper — il serait accouru, comme un bon chien —, mais ç'aurait été au prix de quelques doigts blessés, et de gerbes de bière renversées un peu partout. Les yeux de l'étranger étaient posés sur elle pendant toute l'opération. Elle les sentait.

— Il y a de l'ambiance, dit-il quand elle se retourna. (Il n'avait pas touché son verre, sinon pour le réchauffer en le roulant entre ses paumes.)

— Veillée funèbre.

— Je sais. J'ai vu le défunt.

— Des salauds, dit-elle, soudain haineuse. Tous des salauds.

— Ça les excite. Il est mort. Eux non.

— C'était leur souffre-douleur quand il était vivant. Ce n'est pas juste qu'il le soit encore, une fois mort. C'est...

Elle en resta là, incapable d'exprimer ce qu'elle pensait, de lui dire à quel point c'était obscène.

— Drogué ?

— Oui. Avait-il autre chose ? (Elle semblait l'en accuser mais il ne baissa pas les yeux. Elle se sentit rougir.) Pardon. Vous êtes peut-être prêtre ? Tout ça doit vous choquer ?

— Je ne suis ni prêtre ni choqué. (Il éclusa son verre d'un trait sans grimacer.) Un autre, s'il vous plaît.

— Il me faut d'abord voir la couleur de votre argent. Désolée.

— C'est normal.

Il déposa sur le comptoir une pièce en argent brute de frappe, épaisse sur un bord, mince sur l'autre, et elle dit, comme elle le dirait plus tard :

— Je n'ai pas la monnaie là-dessus.

Il secoua la tête, éludant la question, et, l'air absent, regarda le verre se remplir.

— Vous ne faites que passer ? demanda-t-elle.

Il resta un long moment sans répondre et elle s'apprêtait à répéter quand il eut un geste d'impatience.

— Trêve de lieux communs. Vous êtes en présence de la mort ici.

Elle se contracta, froissée, surprise. Sa première pensée fut qu'il avait menti pour la mettre à l'épreuve, qu'il était bien prêtre.

— Vous l'aimiez, lâcha-t-il. Ne me dites pas le contraire.

— Qui ? Nort ? (Elle rit, feignit d'être fâchée pour cacher son trouble.) Dites donc, vous. Mêlez-vous de ce qui vous...

— Vous êtes sensible et quelque peu craintive, enchaîna-t-il. Il marchait à l'herbe et cherchait une porte de sortie à cet enfer. Et voilà où il en est, et ils ont claqué la porte, et vous n'avez pas l'impression qu'ils la rouvriront avant que ce ne soit votre tour d'y passer, c'est ça ?

— Non, mais vous déraillez ou quoi ? Vous êtes bourré ?

— Môssieu Norton est mort, entonna l'homme, sarcastique. Mort comme tout le monde. Mort comme vous, comme n'importe qui.

— Foutez-moi le camp !

Une vague de haine, violente, mais aussi cette chaleur qui continuait d'irradier dans son ventre.

— Parfait, susurra-t-il. Parfait. Attendez.

Il avait les yeux bleus. Elle se sentit tout d'un coup bien dans sa tête, comme si elle avait pris quelque chose.

— Vous voyez ? lui demanda-t-il. Vous voyez ou non ?

Elle fit oui et il éclata de rire, d'un rire franc, sonore, sur lequel les têtes se tournèrent. Il leur fit face, soudain au centre de l'intérêt général par quelque alchimie inconnue. Tante Mill perdit sa voix, laissa une dernière note craquelée, suraiguë, saigner en l'air, alors que les mains de Sheb plaquaient un accord dissonant puis restaient collées au clavier. Ils regardaient l'étranger, gênés. Le sable raclait les murs à l'extérieur.

Le silence dura, traîna en longueur. Son souffle

était figé dans sa gorge et elle baissa les yeux, vit ses mains sous le bar, pressées contre son ventre. Tous regardaient l'étranger, et lui les regardait. Puis de nouveau jaillit son rire, puissant, riche, irrépressible. Sans toutefois convier quiconque à s'y joindre.

— Vous allez voir un miracle ! leur cria-t-il, mais ils ne lui prêtèrent que l'attention docile d'enfants trop grands pour croire aux tours du magicien qu'on les a emmenés voir.

L'homme en noir bondit ; Tante Mill recula. Avec un sourire féroce, il lui assena une claque sur sa large panse. Un gloussement lui échappa ; l'homme en noir rejeta la tête en arrière.

— N'est-ce pas mieux comme ça ?

Tante Mill réitéra son gloussement puis fondit en larmes et se rua vers la sortie. Les autres la regardèrent faire sans rien dire. Dehors, l'orage éclatait, des ombres se bousculaient sur le vaste écran blanc du ciel. Un type près du piano, une bouteille de bière oubliée à la main, eut un ricanement.

L'homme en noir surplombait maintenant la dépouille de Nort, lui souriait. Le vent siffla, hurla, rugit. Un objet volumineux s'abattit sur le flanc du bâtiment, y rebondit puis fut emporté. L'un de ceux qui étaient au bar s'en arracha et sortit à son tour à grandes enjambées grotesques. Le tonnerre crépita par rafales.

— Parfait. (Un large sourire fendit les traits de l'homme en noir.) Parfait. Allons-y.

Il se mit à cracher à la figure de Nort, visant avec soin. Le glacis de salive recouvrit d'abord le front puis descendit méthodiquement le long du nez.

Sous le bar, les mains d'Alice s'activèrent.

Avec un rire idiot, Sheb se plia en deux et commença de tousser, de faire remonter du fond de sa gorge de grosses glaires gluantes et de les cracher. L'homme en noir poussa un rugissement de satisfaction et lui tapa dans le dos. Sheb sourit, exhiba le scintillement d'une dent en or.

Il y eut encore quelques départs précipités. D'autres se regroupèrent vaguement autour de Nort. Il avait à présent le visage et les plis flasques de la peau sur le cou, sur le haut du torse, luisants de liquide... de cet état de la matière si précieux dans ces contrées arides. Puis tout cessa comme sur un signal. Une respiration irrégulière, pesante, se fit entendre.

L'homme en noir plongea soudain par-dessus le corps, courbe souple, harmonieuse comme celle d'un jet d'eau. Il se reçut sur les mains, rebondit sur ses pieds, sourire aux lèvres, et recommença. Un des spectateurs perdit la tête, applaudit, puis recula, les yeux agrandis par la terreur. Une main en travers de la bouche, il se rua vers la porte.

Nort tressaillit au troisième bond de l'homme en noir.

Un son courut dans l'assistance — un grognement — puis le silence reprit ses droits. L'homme en noir rejeta la tête en arrière et hurla. Sa poitrine s'anima d'une palpitation courte, rapide, alors qu'il aspirait l'air par petites bouffées. La cadence de ses bonds s'accéléra ; il allait et venait par-dessus le corps de Nort, pareil à de l'eau transvasée d'un verre à l'autre. On n'entendait plus que son halètement râpeux mêlé au pouls croissant de la tourmente.

Nort inspira brusquement, à fond. Ses mains raclèrent et cognèrent la table dans des mouvements désordonnés. Sheb poussa un cri et sortit. Une des femmes le suivit.

L'homme en noir franchit encore une fois, deux fois, trois fois le corps de Nort qui, maintenant, vibrait tout entier, se convulsait, se tordait. L'odeur de décrépitude, d'excréments et de putréfaction montait en effluves suffocants. Ses yeux s'ouvrirent.

Alice sentit ses pieds la propulser en arrière. Elle heurta la glace qui vacilla. Une panique aveugle s'empara d'elle et la fit jaillir de derrière le bar comme un bouvillon du corral.

— Je l'ai fait pour vous, cria dans son dos la voix pantelante de l'homme en noir. Maintenant, vous pouvez dormir tranquille. Jusqu'à ça qui n'est pas irréversible... quoique ce soit si... si foutrement drôle.

Et de nouveau ce rire énorme. Il s'éteignit alors qu'elle escaladait les marches quatre à quatre et ne s'arrêtait qu'après avoir verrouillé la porte du trois-pièces surplombant la salle.

Alors, saisie d'un rire nerveux, elle se trémoussa, roula des hanches contre la porte. Le rire se fit gémissement qui s'associa au bruit du vent.

Au rez-de-chaussée, d'un pas d'automate, Nort sortit chercher de l'herbe. L'homme en noir — l'unique client du bar, désormais — le regarda faire. Il souriait toujours.

Ce soir-là, lorsqu'elle s'astreignit à redescendre, une lampe à la main, dans l'autre un gros bâton, l'homme en noir avait disparu, lui et son chariot. Nort, en revanche, occupait comme à son habitude la table jouxtant la porte. Il sentait l'herbe, mais pas aussi fort qu'elle aurait pu s'y attendre.

Il leva les yeux et lui sourit.

— 'soir, Allie.

— Bonsoir, Nort.

Elle posa le bâton et commença d'allumer les lampes mais sans jamais lui tourner le dos.

— Dieu m'a touché, disait-il à présent. Je ne vais plus mourir. Il me l'a dit. C'était une promesse.

— T'en as de la chance, Nort.

L'allume-feu qu'elle tenait entre ses doigts tremblants lui échappa. Elle se baissa pour le ramasser.

— Je voudrais arrêter l'herbe, dit-il. J'y prends même plus plaisir. Il me semble que ça n'est pas bien qu'un gars touché par Dieu continue d'en chiquer.

— Alors, arrête-toi. Qu'est-ce qui t'en empêche ?

Sa réaction exaspérée l'amena brutalement à voir de nouveau en lui un homme plutôt qu'un prodige vivant sorti de l'Enfer. Ce qu'elle vit n'était en fait qu'un assez piètre échantillon de l'espèce humaine, à moitié défoncé, un air de chien battu. Elle cessa d'en avoir peur.

— J'essaie. Mais j'en ai besoin. Pas moyen de m'arrêter. Allie, toi qui as toujours été bonne avec moi... (Il se mit à pleurer.) Je ne peux même pas m'empêcher de pisser dans ma culotte.

Elle s'approcha de la table et s'arrêta, hésitante.

— Il aurait pu faire que je n'en aie plus besoin, dit-il entre deux sanglots. Il aurait certainement pu faire ça puisqu'il m'a ressuscité. Mais je ne me plains pas... je ne veux pas me plaindre... (Il promena autour de lui un regard halluciné puis chuchota :) Il pourrait me tuer si je me plaignais.

— C'était peut-être une plaisanterie. Il m'a paru doté d'un solide sens de l'humour.

Nort prit la pochette qui se balançait à l'intérieur de sa chemise pour en prélever une poignée d'herbe. Par pur automatisme, elle la fit tomber d'un geste puis, effrayée, retira aussitôt sa main.

— C'est plus fort que moi, Allie. Je ne peux pas...

Et la main de Nort remonta gauchement vers le sac. Elle ne fit rien pour l'arrêter et retourna s'occuper des lampes, déjà épuisée par une soirée qui venait à peine de commencer. Personne ne vint, d'ailleurs, à part le vieux Kennerly qui avait oublié quelque chose. La présence de Nort ne parut pas l'étonner outre mesure. Il commanda une bière, demanda où était Sheb, la pelota. Le lendemain, les choses avaient presque retrouvé leur aspect normal, sauf que les gosses ne suivaient plus Nort. Le surlendemain, pourtant, ils recommencèrent à le siffler. La vie avait repris son train-train, sans roulis ni tangage. La marmaille ramassa le maïs déraciné et, une semaine après la résurrection de Nort, le brûla au milieu de la grand-rue. Ce fut une grande flambée, claire et fugace, qui rassembla même, dehors, les piliers de bar chancelants et curieux. Ils avaient l'air de primitifs avec des visages qui semblaient flotter entre les flammes et la brillance de glace pilée du ciel. Alice les regarda, percée d'un désespoir passager à la pensée des temps maussades que traversait le monde. Tout s'était effiloché. Plus aucun mortier au centre des choses. Elle n'avait jamais vu l'océan, ne le verrait jamais.

— Si j'avais des tripes, murmura-t-elle. Ah, si j'avais des tripes, des tripes, des tripes...

Nort leva la tête en l'entendant et lui offrit un sourire vide du fond de son enfer. Des tripes, elle n'en avait pas, rien qu'une cicatrice et un bar.

Le feu rapidement s'épuisa, lui ramenant ses ouailles, et elle aussi s'imbiba de *Star*. À minuit, elle était fin soûle.

VIII

Elle se tut. Comme il s'abstint d'immédiat commentaire, elle crut que son récit l'avait endormi. Le sommeil la gagnait à son tour quand elle l'entendit lui demander :

— C'est tout ?

— Oui. C'est tout. Il est tard.

— Mouais.

Il se roulait une autre cigarette.

— Ne va pas me mettre du tabac partout dans le lit, dit-elle, plus sèchement qu'elle ne l'aurait voulu.

— Non.

Silence encore. La braise de sa cigarette mourut puis se ranima.

— Tu pars dans la matinée ? dit-elle d'une voix terne.

— Faudrait. Il m'a tendu un piège ici, je pense.

— Reste.

— On verra.

Il se coucha sur le côté et lui tourna le dos. Mais elle se sentait déjà mieux. Il n'allait pas s'en aller. Elle s'assoupit.

Sur le bord de sombrer, elle repensa à la manière dont Nort s'était adressé à lui, à son étrange façon de parler. Ni depuis ni avant, elle ne l'avait vu exprimer la moindre émotion. Jusqu'à son étreinte, totalement silencieuse, même si, à la fin, son souffle s'était fait rauque puis un instant suspendu. Il semblait sortir d'un conte de fées, d'une légende. Le dernier de sa race dans un monde qui posait le point final à son histoire. Aucune importance. Il allait rester encore un peu. Demain, il serait toujours temps de réfléchir, ou après-demain. Elle s'endormit.

IX

Au matin, elle lui prépara des céréales qu'il mangea sans rien dire. Il les enfourna sans la moindre pensée pour elle, la voyant à peine. Il allait bien falloir partir. Chaque minute passée à cette table, l'homme en noir avançait — probablement dans le désert à présent. Il marchait vers le sud, sans jamais dévier.

— Tu as une carte ? demanda-t-il brusquement en levant les yeux vers elle.

— De la ville ? (Elle s'esclaffa.) Ce n'est pas assez grand pour être dessiné sur une carte.

— Non. De ce qu'il y a au sud d'ici.

Elle cessa de sourire.

— Le désert. Rien que le désert. Je pensais que tu resterais encore un peu.

— Et au sud du désert ?

— Comment le saurais-je ? Personne ne le traverse. Personne n'a essayé depuis que je suis là.

Elle s'essuya les mains sur son tablier, enfila ses gants et prit l'eau qu'elle avait mise à bouillir sur le feu. Elle la versa dans l'évier d'où monta un nuage de vapeur.

Il se leva.

— Où vas-tu ?

La panique avait rendu sa voix perçante et elle se détesta pour ça.

— À l'écurie. Si quelqu'un sait quelque chose, c'est le vieux là-bas. (Il lui posa les mains sur les épaules. Elle sentit leur chaleur.) Et il faut que je me mette d'accord avec lui pour ma mule. Si je dois m'attarder ici, je tiens à ce qu'il la soigne. Pour quand je repartirai.

Pas tout de suite, donc. Elle le regarda.

— Méfie-toi de ce Kennerly. S'il ne sait rien, il te racontera un bobard.

Quand il fut sorti, elle retourna à son évier, entre la chaleur de l'eau et celle de ses larmes reconnaissantes.

X

Kennerly n'avait plus de dents mais un caractère de cochon et des filles à ne plus savoir qu'en faire. Dans les ombres poussiéreuses de la grange, deux adolescentes surveillèrent l'arrivée du pistolero. Un bébé bavait allégrement dans la poussière. Une des aînées, blonde, crasseuse, sensuelle, lui manifesta une curiosité particulière tout en tirant de l'eau d'une pompe grinçante, tout près du bâtiment.

Le palefrenier vint à sa rencontre à mi-chemin entre la porte de son établissement et la rue. Ses manières oscillaient entre la hargne et la servilité craintive — celles d'un roquet qui a reçu trop de coups de pied.

— J'm'en suis occupé, dit-il. (Et avant que le Pistolero n'ait ouvert la bouche, il se tourna vers la grange :) Rentre immédiatement, Soobie.

La fille traîna son seau vers la baraque attenante à la grange.

— Vous parliez de ma mule ?

— Oui, m'sieu. C'est que j'en avais pas vu depuis un bout de temps. Avant, il y en avait partout à l'état sauvage, on s'en prenait une quand on en voulait, mais le monde a bien changé. Maintenant, sorti de quelques bœufs, des chevaux de diligence et... Soobie, bon Dieu, je vais te foutre une de ces raclées !

— Je ne mords pas, dit le Pistolero, goguenard.

Kennerly rentra quelque peu la tête dans les épaules.

— J'pensais pas à vous, m'sieu. Pas à vous. (Il eut un vague sourire.) C'est qu'elle est godiche de naissance. Y a un démon qui la possède. Elle veut rien entendre. (Son regard s'assombrit.) On arrive à la Fin des Temps, m'sieu. Vous savez ce qui est écrit dans la Bible. Les enfants n'obéiront plus à leurs parents et de grands malheurs s'abattront sur les multitudes.

Le Pistolero hocha la tête, puis montra du doigt le sud.

— Qu'y a-t-il par là ?

Kennerly sourit de nouveau, révélant ses gencives et quelques chicots jaunis.

— Des frontaliers. L'herbe. Le désert. Que voulez-vous qu'il y ait d'autre ?

Il ricana, ses yeux froids scrutant le Pistolero.

— Il est grand, ce désert ?

— Très. (Kennerly fit un effort pour paraître sérieux.) Disons trois cents miles. Peut-être même mille. J'pourrais pas vous dire, m'sieu. Là-bas, y a rien que l'herbe du diable... et des démons. C'est par là que l'autre type est parti... celui qu'a requinqué Nort quand il était malade.

— Malade ? On m'a dit qu'il était mort.

Kennerly continuait de sourire.

— Ouais... enfin... on n'est plus des gosses, non ?

— Mais vous croyez quand même aux démons.

Kennerly prit l'air vexé.

— Ça n'a rien à voir.

Le Pistolero retira son chapeau et s'essuya le front. Le soleil tapait dur, ce dont Kennerly ne semblait pas souffrir. Dans le mince filet d'ombre au pied de la grange, le bébé se barbouillait consciencieusement la figure de poussière.

— Et, après le désert, qu'est-ce qu'il y a ? Vous le savez ?

Le vieux haussa les épaules.

— Moi, non. Mais d'autres, peut-être. Il y a une cinquantaine d'années, la diligence en traversait encore une partie. En tout cas, c'est ce que me racontait mon père. Selon lui, y avait que des montagnes là-bas. Il y en a qui parlent d'un océan... d'un océan vert plein de monstres. Et d'autres disent que c'est là que le monde se termine. Qu'il n'y a rien que des lumières qui vous aveuglent et la face de Dieu, bouche grande ouverte pour vous dévorer.

— Foutaises, lâcha le Pistolero.

— Sans doute, concéda joyeusement le palefrenier.

Il sembla rétrécir à nouveau, haineux, apeuré, avide de plaire.

— Arrangez-vous pour qu'on soigne bien ma mule.

Il lança une autre pièce d'or que Kennerly rattrapa au vol.

— Pour sûr. Vous restez quelque temps ?

— Possible..

— Allie... elle est plutôt chouette quand ça lui chante, non ?

— Vous avez dit quelque chose ? fit distraitement le Pistolero.

La terreur déferla dans les yeux de Kennerly.

— Non, m'sieu. J'ai rien dit. Ou si j'ai dit quelque chose, j'vous demande pardon. (Il aperçut Soobie penchée à la fenêtre et pivota pour lui faire face :) Bon Dieu, tu vas l'avoir, ta raclée, p'tite tronche de rat !

Le Pistolero s'éloigna, certain que Kennerly s'était remis à l'épier, certain aussi qu'il n'aurait eu qu'à se retourner à son tour pour surprendre quelque vérité, quelque émotion non maquillée sur les traits du palefrenier. Il laissa tomber. Il faisait trop chaud. La seule certitude qu'il avait maintenant au sujet du désert, c'était sa taille. Et tout n'était pas joué dans cette ville. Non, pas encore.

XI

Ils étaient au lit quand Sheb ouvrit la porte d'un coup de pied puis entra, un couteau à la main.

Cela faisait quatre jours, déjà, et ils avaient passé en un clin d'œil. Il mangeait, dormait, faisait l'amour avec Allie. Quand il avait découvert qu'elle jouait du violon, il lui avait demandé d'en jouer pour lui. Elle s'asseyait près de la fenêtre, sa silhouette baignant dans la clarté laiteuse du crépuscule, et interprétait un morceau hésitant qui n'aurait peut-être demandé qu'un peu de travail pour être au point. Il se sentait une affection croissante — mais bizarrement distraite — envers elle et y soupçonnait le piège tendu par l'homme en noir. Il lisait des revues, des vieux numéros jaunis aux illustrations effacées, au papier qui partait en miettes. Il réfléchissait peu.

Il n'avait pas entendu monter le petit pianiste — ses réflexes s'étaient émoussés. Ce qui semblait n'avoir d'ailleurs aucune espèce d'importance alors qu'en d'autres temps, d'autres lieux, pareille perte l'eût inquiété.

Alice était nue, le drap remonté sous les seins. Ils allaient faire l'amour.

La porte vola grande ouverte et le pianiste se rua dans la chambre, ridicule, maladroit. Alice ne cria pas, même en voyant dans sa main la lame de dix pouces d'un gros couteau à découper. Sheb bredouillait des mots inarticulés, le genre de sons que peut émettre un type qui se noie dans un seau de boue. Il cracha puis abattit son arme en la tenant à deux mains. Le Pistolero saisit ses poignets joints et les tordit. Le couteau vola au loin. Sheb poussa un drôle de cri aigu, comme un grincement de porte rouillée. Ses mains s'agitèrent comme des marionnettes au bout des poignets brisés. Le vent griffait la fenêtre. Toute la scène se reflétait, légèrement déformée, dans le miroir brumeux suspendu au mur.

— C'était ma femme, sanglota Sheb. Ça a d'abord été la mienne ! La mienne !

Alice le regarda et sortit du lit. Elle enfila une robe de chambre et, l'espace d'un instant, le Pistolero se sentit en communion avec cet homme qui se voyait sans doute atteindre le fond de la dépossession. Ce n'était qu'un pauvre petit homme, un homme châtré.

— J'ai fait ça pour toi, gémit-il. Rien que pour toi, Allie. Ça a toujours été toi d'abord et tout était pour toi. Je... ah, mon Dieu, mon Dieu...

Les mots se diluèrent en un paroxysme de sons inintelligibles avant de se muer en sanglots. Il se balançait sur place, les poignets suspendus à hauteur du ventre.

— Chut... du calme. Fais-moi voir ça. (Elle s'agenouilla près de lui.) Ils sont cassés, Sheb. Peut-on être aussi bête. Tu as toujours été fragile, tu le sais. (Elle l'aida à se relever. Il voulut porter les mains à son visage mais elles refusèrent de lui obéir. Il sanglota de plus belle.) Viens. Je vais voir ce que je peux faire.

Elle le guida jusqu'à la table et se servit de petit-bois relativement plat pour lui confectionner des attelles. Il ne cessa de pleurnicher, comme par habitude, et quitta la pièce sans se retourner.

Elle se recoucha.

— Où en étions-nous ?

— Non.

Elle se montra patiente.

— Tu le savais. On n'y peut rien. Qu'y a-t-il de plus à en dire ? (Elle lui effleura l'épaule.) Sinon que ça me fait plaisir que tu sois si fort.

— Pas maintenant, dit-il, la voix sourde.

— Je peux te rendre fort...

— Non. Tu ne peux pas faire ça.

XII

Le lendemain soir, le bar resta fermé ; c'était le Jour du Seigneur — du moins ce qui y ressemblait le plus à Tull. Le Pistolero se rendit à la petite église penchée sur son minuscule cimetière tandis qu'Alice entreprenait un grand nettoyage, passait les tables au désinfectant et mettait les verres des lampes à kérosène à tremper dans l'eau savonneuse.

Un étrange crépuscule violet sombre s'était abattu sur le paysage et, vue de la route, la chapelle éclairée de l'intérieur évoquait presque un haut fourneau.

— Je n'irai pas, s'était contentée de dire Alice. C'est du poison, la religion que prêche cette femme. Laissons ça aux gens respectables.

Il se posta sous le porche, dissimulé dans un coin d'ombre, et observa. Il y avait là, debout — les bancs ayant disparu —, Kennerly et sa marmaille ; Castner, le propriétaire de l'unique et pouilleuse boutique de nouveautés, flanqué de sa planche à pain d'épouse ; quelques piliers du bar ; une poignée de « citadines » qu'il n'avait jamais vues ; et, à sa grande surprise, Sheb. Ils massacraient un cantique... *a cappella*. Son regard se posa, plein de curiosité, sur la monumentale créature juchée en chaire. « Elle vit seule et ne voit pratiquement personne, lui avait dit Alice. Il n'y a que le dimanche qu'elle sort, pour ranimer les feux de l'Enfer. Son nom, c'est Sylvia Pittston. Elle est folle, mais elle les a tous envoûtés. Et ça leur plaît ainsi. Ça les arrange. »

Les proportions de cette femme défiaient toute description. Des seins comme des remblais. Un énorme pilier pour cou, surmonté d'un blanc visage de pleine lune où clignaient des yeux si grands, si sombres, qu'ils évoquaient des lacs de montagne insondables. Elle avait une chevelure superbe, d'un brun profond, relevée à la diable sur le sommet du crâne et tenue par une épingle assez grosse pour servir de brochette. Sa robe semblait coupée dans de la toile de jute ; il en sortait une paire de bras pareils à des massues, tenant le recueil de cantiques. Mais le plus remarquable était son teint, velouté, sans la moindre ride, parfait. Elle devait peser dans les trois cents livres. Il la désira soudain avec une telle violence qu'il en trembla. Il détourna la tête, regarda ailleurs.

Rassemblons-nous au bord du fleuve
Merveilleux, merveilleux,
Rassemblons-nous au bord du fleuve
Qui passe près du Royaume de Dieu.

Alors que mourait l'ultime note du dernier refrain, l'assistance connut un moment d'agitation. Des pieds raclèrent le sol. Des gorges s'éclaircirent.

La prêcheuse attendit. Quand le calme fut revenu, elle tendit les mains au-dessus d'eux comme pour les bénir. Geste évocateur.

— Chers frères et sœurs en Christ.

L'entrée en matière était riche de résonances. L'espace d'un instant, le Pistolero fut assailli par des sentiments mêlés de nostalgie et de peur, mêlés d'une étrange impression de déjà-vu. Il pensa : *J'ai déjà rêvé cette scène dans le passé. Mais quand ?* Il coupa court à cette plongée dans ses souvenirs. Les fidèles — vingt-cinq en tout, peut-être — observaient à présent un silence de mort.

— Nous allons ce soir méditer sur l'Intrus, entonna Sylvia Pittston.

Elle avait une voix douce, mélodieuse, le phrasé travaillé d'une soprano d'opéra.

Il y eut un remous dans l'assistance.

— J'ai la sensation, enchaîna posément la prêcheuse, la sensation de connaître personnellement chaque figure du Livre Saint. Dans les cinq années qui viennent de s'écouler, j'ai usé cinq bibles, et je ne compte plus celles qu'auparavant il m'a fallu remplacer. J'aime l'histoire qu'elle raconte et j'en aime les acteurs. J'ai accompagné Daniel dans la fosse aux lions. J'étais avec David quand la vision de Bethsabée au bain le tenta. Je me suis promenée dans la fournaise avec Shadraq, Meshak et Abed-Nego. J'ai massacré deux mille Philistins aux côtés de Samson et j'ai été aveuglée comme saint Paul sur le chemin de Damas. Aux larmes de Marie sur le Golgotha, j'ai mêlé les miennes.

Un léger soupir monta des fidèles.

— Je les ai tous connus, je les ai tous aimés. Il n'y en a qu'un — rien qu'un (son doigt se dressa) —, un seul et unique personnage dans la plus vaste épopée de tous les temps, qui me soit inconnu. Un seul qui reste à l'extérieur, les traits dans l'ombre. Un seul qui fasse trembler mon corps et défaillir mon courage. Je le crains. Je ne sais pas ce qu'il pense et je le redoute. Oui, j'ai peur de l'Intrus.

Nouveau soupir. Une des femmes avait porté la main à sa bouche comme pour se retenir de crier. Et elle se balançait, se balançait...

— L'Intrus qui s'est approché d'Ève en se tortillant sur son ventre et, sournoisement, lui a souri. L'Intrus qui s'est mêlé aux enfants d'Israël alors que Moïse était sur le Sinaï, qui leur a soufflé de fondre une idole, un veau d'or, et de l'adorer dans les turpitudes et la fornication.

Gémissements, hochements de têtes.

— L'Intrus ! Il était au balcon avec Jézabel à regarder Achab hurler dans les affres de l'agonie, et il sourit avec elle au spectacle des chiens rameutés qui lapaient le sang royal. Ô mes petits frères, mes petites sœurs, méfiez-vous de l'Intrus.

— Oui. Ô Jésus...

C'était le premier homme que le Pistolero avait remarqué en entrant dans Tull, le vieux monsieur au canotier.

— Il a toujours été là, mes frères et mes sœurs, mais j'ignore ce qu'il a dans la tête. Pas plus que vous ne le savez. Qui pourra jamais comprendre quelles atroces ténèbres y tourbillonnent, quel orgueil s'y dresse comme une forêt de colonnes, quel titanesque blasphème s'y profère, quelle jouissance impie s'y complaît ? Et la folie ! La cyclopéenne et baragouinante folie qui marche et rampe et se faufile dans les plus horribles désirs, les plus abjectes convoitises des hommes !

— Ô Jésus, notre Sauveur...

— C'est lui qui a transporté notre Seigneur sur la montagne...

— Oui...

— C'est lui qui l'a tenté, lui a montré le monde, et les plaisirs du monde...

— Ouiiii...

— C'est lui qui reviendra pour la Fin des Temps... et elle est proche, mes frères et mes sœurs, n'en sentez-vous pas l'imminence ?

— Siii...

Bercement et sanglots, l'assistance se fit mer. Le doigt de la femme semblait tous les désigner, n'en désignait aucun.

— C'est lui qui sera l'Antéchrist pour conduire les hommes jusqu'aux entrailles ardentes de leur perdition, jusqu'au bain de sang final du Mal, quand du firmament tombera l'étoile Absinthe, quand le fiel rongera le ventre des enfants et que les femmes donneront naissance à des monstres, quand les hommes verront l'œuvre de leurs mains se muer en sang...

— Ahhh...

— Ah, mon Dieu...

— Diiieu...

Une femme s'effondra. Ses jambes battirent frénétiquement le plancher. Une chaussure vola.

— C'est lui qui se dissimule derrière chaque plaisir de la chair... lui ! L'Intrus !

— Oui, Seigneur !

Un homme s'agenouilla, se prit la tête dans les mains et hurla.

— Quand vous prenez un verre, qui tient la bouteille ?

— L'Intrus !

— Quand vous vous asseyez à une table de jeu, qui distribue les cartes ?

— L'Intrus !

— Quand vous soumettez à vos dérèglements le corps d'autrui, quand vous souillez le vôtre, à qui vendez-vous votre âme ?

— À...

— L'In...

— Ô Jésus... Ô...

—... trus !

— Haaa... haaa... haaa...

— Et qui est-il ?

Elle cria — mais demeurait calme au-dedans, un calme dont il perçut la substance, plein de maîtrise, de contrôle, de domination. Et soudain, avec horreur et certitude, il comprit : l'homme en noir avait laissé en elle un démon. Elle était envoûtée. La peur l'étreignit, une peur qu'il sentit parcourue par la chaude ondulation d'une nouvelle vague de désir sexuel.

L'homme agenouillé se traîna vers elle.

— Je suis en Enfer ! hurla-t-il. (Ses traits se tordaient comme s'il avait des serpents sous la peau du visage.) J'ai forniqué ! J'ai touché au jeu ! J'ai touché à l'herbe ! J'ai péché ! J'ai...

Et sa voix grimpa dans les aigus d'un gémissement hystérique et terrifiant, noyant toute articulation. Ses mains se crispaient sur son crâne, tel un melon trop mûr, prêt à exploser.

Comme sur un signal, tous se figèrent dans des poses extatiques, presque érotiques.

Sylvia Pittston se pencha, saisit la tête de l'homme qui se tut. Blancs et forts, immaculés et doux, les doigts jouèrent dans sa chevelure. Il leva sur elle un regard muet.

Elle y plongea les yeux avec assez de douceur et de rigueur pour s'y enfoncer.

— Qui était avec toi dans le péché ?

— Le... l'Intrus.

— Quel est son nom ?

— Satan, suinta la voix de l'homme.

— Renonceras-tu ?

Passionnément :

— Oui ! Oui ! Ô Jésus, mon sauveur !

Elle lui berça la tête. Les yeux restèrent rivés aux siens, des yeux brillants et vides, des yeux de fanatique.

— Tiendrais-tu ta promesse s'il entrait par cette porte ?

Elle braqua le doigt sur l'ombre du porche où se tenait le Pistolero.

— Que ma mère en soit témoin !

— As-tu foi en l'amour éternel de Jésus ?

L'homme fondit en larmes.

— Ah ça oui, putain de merde !

— Tu es aussi pardonné pour ces mots, Jonson.

— Loué soit Dieu, fit Jonson en pleurs.

— Car je sais qu'Il te pardonne comme je sais qu'Il chassera les impénitents de ses palais pour les précipiter dans les flammes de l'Enfer.

— Loué soit Dieu, répéta solennellement l'assemblée des fidèles.

— Tout comme je sais que cet Intrus, ce Satan, ce Seigneur des Mouches et des Serpents sera abattu, écrasé... L'écraseras-tu si tu le rencontres, Jonson ?

— Oui, et loué soit Dieu ! gémit Jonson.

— Et vous, mes frères et mes sœurs, l'écraserez-vous si vous le voyez ?

— Ouiii.

Rugissement rassasié.

— Si vous le croisiez demain sur la grand-rue ?

— Loué soit Dieu...

Troublé, le Pistolero quitta le porche à reculons puis regagna la ville. L'air s'était chargé de l'odeur du désert. Il était presque temps de se remettre en route. Presque.

XIII

Au lit de nouveau.

— Elle ne te recevra pas, dit Alice comme dans une réaction panique. Elle ne voit personne. Si elle sort, c'est seulement le dimanche soir pour leur flanquer la trouille.

— Depuis quand est-elle à Tull ?

— Douze ans et quelques. Mais pourquoi parler d'elle ?

— D'où venait-elle ?

— J'en sais rien.

— Allie ?

— Puisque je te dis que je n'en sais rien !

— Allie ?

— Bon, ça va ! Elle est venue des cabanes de frontaliers. Du désert, quoi !

— C'est bien ce que je pensais. (Il relâcha quelque peu sa tension.) Où habite-t-elle ?

Elle se fit plus câline.

— Si je te le dis, tu me feras l'amour ?

— Tu connais la réponse.

— Derrière l'église. Il y a une petite maison sur le tertre. C'est là que vivait le... le vrai pasteur avant de quitter la région. Tu es content ? Tu as ce qu'il te faut ?

— Non, pas encore.

Et il roula sur elle.

XIV

C'était le dernier jour et il le savait.

Le ciel était une vilaine ecchymose violacée fantastiquement éclairée d'en haut par les premiers doigts de l'aube. Alice tournait en rond comme un fantôme, allumant les lampes, surveillant les galettes de maïs qui grésillaient dans la poêle. Il lui avait merveilleusement fait l'amour après qu'elle lui eut dit tout ce qu'il voulait savoir, et elle avait senti la proximité de la fin ; elle s'était donnée comme jamais auparavant, avec désespoir, comme pour empêcher le jour de poindre. Avec l'infatigable énergie d'une jeune fille de seize ans, elle s'était donnée. Mais ce matin, elle était pâle, de nouveau au bord de la ménopause.

Elle lui servit son petit déjeuner sans rien dire. Il le dévora, mâchant, avalant une gorgée de café chaud sur chaque bouchée. Elle s'approcha des portes et contempla le matin, la silencieuse et presque imperceptible progression des bataillons de nuages.

— Ça va souffler, aujourd'hui.

— Je n'en suis pas particulièrement étonné.

— Tiens, ça t'arrive de l'être ? fit-elle, ironique, et elle se retourna pour le voir prendre son chapeau.

Il se le colla sur la tête et sortit, l'effleurant au passage.

— Parfois, dit-il.

Il n'allait plus la revoir vivante qu'une seule et dernière fois.

XV

Lorsqu'il atteignit la cabane de Sylvia Pittston, le vent était tombé, le monde entier semblait attendre. Il avait une assez longue habitude des régions désertiques pour savoir que plus l'accalmie durait, plus violente serait la tempête quand elle se déchaînerait pour de bon. Une étrange lumière plate baignait toute chose.

Il y avait une grande croix de bois clouée sur la porte de la bicoque, laquelle accusait des signes de fatigue. Il frappa et attendit. Pas de réponse. Il frappa plus fort. Toujours rien. Il prit son élan et décocha un solide coup de pied dans la porte. À l'intérieur, un loquet sauta. La porte s'ouvrit, alla valdinguer contre une cloison de planches disjointes et sema la panique dans une population de rats. Sylvia Pittston trônait dans le vestibule, remplissant un énorme rocking-chair en acajou, et posait sur lui le regard calme de ses grands yeux noirs. La lumière d'orage baignait ses joues d'effrayantes demi-teintes. Elle portait un châle. Le rocking-chair couinait légèrement.

Ils se regardèrent longuement, temps suspendu.

— Vous ne l'aurez jamais, dit-elle. Vous suivez la voie du Mal.

— Il est venu chez vous.

— Et dans mon lit. Il m'a parlé la Langue. Il...

— Il vous a baisée.

Pas un muscle de son visage ne tressaillit.

— Vous êtes sur un sentier de ténèbres, pistolero. Vous vous cachez dans l'ombre. Hier soir, à l'église, vous y êtes resté. Vous imaginiez-vous que je ne pouvais vous voir ?

— Pourquoi a-t-il guéri le mangeur d'herbe ?

— C'était un ange de Dieu. Il me l'a dit.

— J'espère qu'il a souri en disant ça.

Elle retroussa la lèvre supérieure, dévoilant ses dents, dans une mimique d'inconsciente sauvagerie.

— Il m'a dit que vous viendriez après lui. Il m'a dit ce que j'aurais à faire. Vous êtes l'Antéchrist, m'a-t-il dit.

Le Pistolero fit non de la tête.

— Il n'a pas dit ça.

Elle leva sur lui un sourire nonchalant.

— Il m'a dit que vous auriez envie de coucher avec moi. C'est vrai ?

— Oui.

— Vous le paieriez de votre vie, pistolero. Il m'a fait un enfant... un enfant d'ange. Si vous me forcez...

Elle laissa le sourire achever sa pensée, l'illustrant toutefois d'un mouvement de ses cuisses monumentales. Elles se tendirent sous la robe, dalles de marbre pur, vision vertigineuse.

Les mains du pistolero tombèrent sur la crosse de ses armes.

— Tu as un démon dans le ventre, femme. Je peux te l'ôter.

La réaction fut immédiate. Elle se plaqua au fond du siège et ses traits se contractèrent un instant dans une expression chafouine.

— Ne me touchez pas ! N'approchez pas ! Vous n'aurez pas l'audace de poser vos mains sur l'Épousée du Seigneur !

— Tiens donc, dit le Pistolero, tout sourires.

Il fit un premier pas vers elle.

Sur l'énorme charpente, la chair tremblota. Le visage de pleine lune s'était fait la caricature d'une terreur panique, et la fourche de deux doigts se projeta vers lui, conjurant le mauvais œil.

— Passé le désert, dit le Pistolero. Passé le désert, qu'y a-t-il ?

— Vous ne le rattraperez jamais ! Vous m'entendez ? Jamais ! Vous brûlerez ! Il me l'a dit !

— Je le rattraperai. Nous le savons l'un comme l'autre. Qu'y a-t-il par-delà ce désert ?

— Non.

— Réponds-moi !

— Non.

Il se rapprocha encore, s'agenouilla et lui saisit les cuisses. Elle les resserra comme un étau, se mit à pousser d'étranges petits cris lascifs.

— Alors, tant pis pour le démon.

— Non...

Il réussit à lui écarter les jambes et dégaina l'un de ses pistolets.

— Non ! Non ! Non !

Elle haletait. Des grognements précipités, sauvages.

— Réponds.

Elle emporta le rocking-chair à la renverse et le sol trembla. Des prières mêlées d'un gargouillis de syllabes inintelligibles s'échappèrent de ses lèvres.

Il poussa le canon de l'arme, sentit plus qu'il n'entendit l'énorme bouffée d'air qu'elle aspira dans sa terreur, puis une grêle de coups lui tomba sur la tête alors que montaient du plancher les roulements de tambour de pieds trépignants. Et, simultanément, le corps monstrueux s'efforça de l'absorber, de l'engloutir. Dehors, ils n'avaient d'autre témoin que ce ciel de meurtrissure.

Elle hurla quelque chose de suraigu, d'inarticulé.

— Hein ?

— Des montagnes !

— Mais encore ?

— Il va s'arrêter... sur l'autre versant... aaah, doux Jésus ! pour concentrer... ses forces. Méd... m... méditation, vous comprenez ? Ohh... je... je...

La masse de chair tout entière s'arqua soudain, se souleva, et il prit grand soin de ne pas être en contact avec ses parties intimes.

Puis elle parut se dégonfler, diminuer, finit par fondre en larmes, les mains dans son giron.

— Bon, dit-il en se relevant. Le démon a eu sa dose, non ?

— Foutez le camp ! Vous avez tué l'enfant. Partez ! Partez !

Il s'arrêta sur le pas de la porte et se retourna.

— Pas d'enfant, dit-il, laconique. Pas d'ange, pas de démon.

— Laissez-moi tranquille.

Ce qu'il fit.

XVI

Le temps d'arriver chez Kennerly, d'étranges ténèbres avaient submergé l'horizon nord. La poussière, comprit-il. Au-dessus de Tull, l'air restait de plomb.

Le palefrenier l'attendait dans la grange.

— Vous partez ? demanda-t-il avec un sourire abject.
— Oui.
— Pas avant la tempête, quand même ?
— Je vais la devancer.
— Le vent est bien trop rapide, plus qu'une mule. S'il vous surprend à découvert, vous risquez d'y passer.
— Je veux ma mule... et tout de suite, se contenta de répondre le Pistolero.
— Pour sûr.
Mais Kennerly resta planté devant lui comme s'il cherchait quelque chose à ajouter. Il avait toujours ce même sourire, cauteleux, sous-tendu de haine. Ses yeux fuyaient par-dessus l'épaule du pistolero.
Celui-ci fit un pas de côté, se retourna dans le même mouvement, et le lourd bâton que brandissait Soobie siffla dans l'air, n'effleurant que son coude. Sous la violence du coup, elle le lâcha, et il alla ricocher bruyamment sur le plancher. Les hirondelles qui nichaient dans le fenil emplirent les hauteurs d'ombres désordonnées.
La fille posait un regard bovin sur le Pistolero. Ses seins tendaient le tissu délavé de sa chemise sous leur poussée de fruits trop mûrs. Son pouce chercha le havre de sa bouche dans un ralenti rêveur.
Il reporta son attention sur Kennerly. Le sourire du vieux s'était encore élargi. Son visage avait maintenant la couleur de la cire. Il roulait les yeux.
— Je... commença-t-il, mais son murmure s'érailla et il n'alla pas plus loin.
— Ma mule, insista en douceur le Pistolero.
— Oui, oui, susurra le palefrenier, le sourire maintenant teinté d'incrédulité.
Il s'éloigna d'un pas traînant. Le Pistolero se déplaça pour mieux surveiller ses faits et gestes, le regarda détacher la mule, la ramener et lui tendre la bride.
— Et toi, rentre t'occuper de ta sœur, dit Kennerly à Soobie.

Soobie rejeta la tête en arrière et ne bougea pas.

Le Pistolero les abandonna là, se regardant en chiens de faïence dans ce décor poussiéreux jonché de paille et de crottin, lui avec son sourire nauséeux, elle dans son apathique résistance. Dehors, la chaleur cognait toujours à coups redoublés.

XVII

Il remonta la rue, tenant le milieu de la chaussée, suscitant sous ses pas des giclées de poussière, tirant derrière lui sa mule bardée d'outres.

Il s'arrêta chez Sheb. Pas d'Alice. L'endroit était désert, barricadé contre la tempête, mais encore sale de la veille. Elle n'avait pas commencé son ménage et il flottait une odeur fétide, comme celle d'un chien mouillé.

Il bourra son sac de nourriture : maïs sous toutes ses formes, la moitié de la viande hachée qu'il trouva au frais dans le garde-manger. Sur le comptoir, il laissa quatre pièces d'or. Alice ne se décidait toujours pas à descendre. Le piano de Sheb lui adressa l'au revoir muet d'un sourire aux dents jaunes. Il sortit et sangla le sac sur le dos de sa bête, une boule en travers de la gorge. Il lui restait quelques chances d'éviter le piège, mais minces. Après tout, n'était-il pas l'Intrus ?

Il traversa la ville claquemurée dans l'attente, sentit des regards rivés sur lui par l'entrebâillement ou les fentes des volets clos. L'homme en noir, ici, avait joué au bon Dieu. Par sens de l'ironie cosmique ou dans l'outrance du désespoir ? La question avait son importance.

Derrière lui, un cri déchirant, et des portes volèrent soudain, grandes ouvertes. Des formes en jaillirent. Le piège finissait donc par se déclencher. Des hommes en tablier, d'autres en bleu sale. Des femmes en pantalon, en robe aux tons fanés. Des gosses, même, accrochés aux jambes de leurs parents. Tous avec un bâton ou un couteau.

Sa réaction fut de pur automatisme, sans temps mort, innée. Il fit volte-face alors que ses mains arrachaient les pistolets des étuis, en logeaient fermement la crosse au creux de chaque paume. C'était Allie, bien sûr, qui avait crié. Ça n'aurait pu être personne d'autre. Elle avançait vers lui, les traits convulsés, sa cicatrice d'un pourpre impie sous la lumière plombée. Il vit qu'on la tenait en otage. Le visage grimaçant de Sheb apparut derrière son épaule, l'œil scrutateur, pareil à une figure de sorcière. Il se servait d'elle comme d'un bouclier, l'offrait en sacrifice. Il vit tout cela, net, sans ombre, dans la clarté pétrifiée, hors du temps, de ce calme stérile. Et il l'entendit :

— Il m'a eue, Seigneur, je t'en supplie, ne tire pas, ne t...

Mais il avait des mains rompues à leur art. Il était le dernier de sa race et d'autres bouches que la sienne proféraient le Haut Parler. Les pistolets firent claquer dans l'air leur lourd accord atonal. Alice s'affaissa, mâchoire pendante, et de nouveau les armes crachèrent le feu. La tête de Sheb partit en arrière. Tous deux roulèrent dans la poussière.

Une pluie de bouts de bois s'abattit sur lui. Il esquiva les uns, détourna les autres. Un bout de planche avec un clou qui dépassait lui érafla le bras jusqu'au sang. Un type mal rasé, aux aisselles trempées de sueur, se rua sur lui, armé d'un couteau de cuisine. Le Pistolero tira et l'étendit mort. L'homme tomba sur le menton ; le claquement de ses dents fut parfaitement audible.

— C'EST SATAN ! braillait quelqu'un. LE MAUDIT ! ABATTEZ-LE !

— L'INTRUS ! cria une autre voix. (Le déluge de projectiles continuait. Un couteau atterrit sur la pointe de sa botte et rebondit.) L'INTRUS ! L'ANTÉCHRIST !

Il tira dans le tas, s'élançant dans le temps même

où tombaient les corps, ses mains choisissant chaque cible avec une redoutable précision. Deux hommes et une femme tombèrent, et il s'engouffra dans la brèche ouverte par leur chute.

Et il les entraînait maintenant à sa suite dans une farandole enfiévrée, traversant la grand-rue vers l'épicerie-salon de coiffure qui faisait face au bastringue. D'un bond, il fut sur le trottoir de planches et se retourna pour vider ses armes sur la masse enragée. Derrière, Alice, Sheb et les autres gisaient crucifiés dans la poussière.

Ils marchèrent sur lui sans l'ombre d'une hésitation, bien que chaque balle fît mouche et qu'ils n'eussent probablement jamais vu de pistolet auparavant, sinon dans de vieux illustrés.

Il recula, pliant son corps comme un danseur pour esquiver les objets divers qui continuaient de pleuvoir. Dans le même temps, il rechargea, avec cette promptitude qu'on avait également inculquée à ses doigts. L'espace d'une minute, ceux-ci s'activèrent entre les alvéoles des ceinturons et celles des barillets. La meute abordant le trottoir, il se réfugia dans l'épicerie dont il claqua la porte derrière lui. À sa droite, la vitrine vola en éclats. Trois hommes se glissèrent par l'ouverture. Des visages de fanatiques : inexpressifs, avec une flamme doucereuse au fond des yeux. Il les tua tous les trois, tua aussi les deux qui suivaient. Les cadavres restèrent accrochés aux longues aiguilles de verre brisé, obstruant la brèche.

La porte grinça et vibra sous le poids des autres, et il entendit la voix de la prêcheuse :

— LE TUEUR ! VOS ÂMES ! LE PIED FOURCHU !

S'arrachant de ses gonds, la porte bascula vers l'intérieur du magasin et se plaqua au sol, soulevant un nuage de poussière. Hommes, femmes et enfants déferlèrent sur le Pistolero. Crachats et bûches volèrent. Il vida sur eux ses barillets, les vit tomber comme des quilles. Puis il battit en retraite, sautant par-dessus un tonneau de farine qu'il fit rouler sur le reste de ses assaillants, avant de gagner — toujours à reculons — le salon de coiffure, renversant au passage une casserole d'eau bouillante où trempaient deux rasoirs-sabres ébréchés. La meute se rua à sa suite dans un pandémonium de cris incohérents. Quelque part dehors, Sylvia Pittston les encourageait, modulant à l'aveuglette la hauteur et l'intensité de sa voix. Il regarnit les alvéoles brûlantes de son arme, respirant les senteurs mêlées de la brillantine et de la mousse à raser, de sa propre chair aussi, cette odeur de roussi qui montait des cals à l'extrémité de ses doigts.

Il déboucha sur la véranda par la porte de derrière, eut dans son dos l'horizon de broussailles, négation radicale de la ville accroupie. Trois types apparurent au coin du bâtiment, des grands sourires de traître leur barrant la figure. Ils le virent, virent qu'il les avait vus, et leur sourire s'inversa dans la seconde qui précéda leur chute, fauchés par ses balles. Une femme les avait suivis en hurlant. Elle était grosse et grasse. Chez Sheb, on l'appelait Tante Mill. Il la repoussa d'une quatrième balle et elle s'étala dans une pose de pute, la robe entortillée entre ses cuisses nues.

Il descendit les marches, recula dans le désert sur dix pas, vingt pas. La porte du salon de coiffure fut soudain béante et la foule en débordait. Il entrevit Sylvia Pittston. Ouvrit le feu. Ils s'affaissèrent, partirent à la renverse, basculèrent par-dessus la rambarde et s'aplatirent dans la poussière. Nul ne projeta d'ombre dans l'immortelle et violine clarté. Il s'aperçut alors qu'il était en train de hurler, qu'il hurlait sans doute depuis le début. Ses yeux lui faisaient l'effet de roulements à billes fichus. Ses couilles lui étaient remontées jusqu'au ras du ventre. Ses jambes étaient de bois. Ses tympans de métal.

Une fois de plus, ses armes étaient vides, elles lui brûlaient les mains, le métamorphosant en un œil et une Main, tandis qu'il se tenait là, rechargeant et hurlant, son esprit à des lieues de là, laissant ses doigts opérer seuls leur tour de passe-passe. Pouvait-il dire « pouce », les prévenir qu'il avait passé vingt-cinq ans de sa vie à apprendre tous ces tours et bien d'autres encore, leur parler des pistolets et du sang qui les avait bénis ? Impossible, pas avec sa bouche. Ses mains avaient leur version à raconter.

Entre-temps, ils s'étaient alignés pour le bombarder de projectiles. Un bout de bois l'atteignit au front ; le sang perla sur l'écorchure. En moins de deux, ils seraient sur lui. Au premier rang, il vit Kennerly avec une paire de filles — Soobie et celle qui avait dans les onze ans —, trois piliers de chez Sheb dont une femme du nom d'Amy Feldon. Ils y eurent tous droit, comme ceux du deuxième rang. Les corps basculèrent comme des épouvantails. Sang et cervelle giclèrent partout.

Ils marquèrent un temps d'arrêt, surpris, le visage unique de la foule se muant en une tremblotante palette de paniques individuelles. Un homme démarra dans un cri, traçant un large cercle. Une femme aux mains couvertes d'ampoules leva la tête vers le ciel et se mit à jacasser. Le pantalon du monsieur digne — celui qu'il avait vu assis gravement sur les marches de l'épicerie à son arrivée à Tull — se lesta d'un poids inattendu.

Il avait le temps de recharger un pistolet.

Sylvia Pittston surgit alors, fonçant sur lui, une croix de bois dans chaque main.

— DÉMON ! DÉMON ! TUEUR D'ENFANTS ! MONSTRE IMMONDE ! ANÉANTISSEZ-LE, MES FRÈRES, ANÉANTISSEZ-LE, MES SŒURS ! ANÉANTISSEZ L'INTRUS QUI ASSASSINE NOS GOSSES !

Il dépêcha une balle dans chaque croix puis quatre dans le crâne de la femme. Elle parut se replier en accordéon, onduler comme l'air au-dessus d'un sol surchauffé.

Tous se figèrent, les yeux rivés sur elle. Les doigts du pistolero reprirent leur navette entre ceinturons et barillets, grésillants, chaque extrémité se marquant d'un rond net et précis.

Le nombre des assaillants s'était fortement réduit. Il les croyait même prêts à renoncer après la mort de la femme, mais l'un d'entre eux sortit un couteau et le lança sur lui à toute volée. Le manche l'atteignit entre les deux yeux et il tomba à la renverse. Ce fut la ruée, et ils s'abattirent sur lui comme un essaim vicieux. De nouveau ses armes crachèrent alors qu'il restait étendu au milieu des douilles. Il avait mal à la tête, voyait danser autour de lui de grands cercles bruns. Il rata l'une des cibles, abattit les onze autres.

Mais ils étaient sur lui, ceux qui restaient. Il tira les quatre balles qu'il eut le temps de charger puis reçut un déluge de coups et de corps. Il en repoussa deux du bras gauche, roula pour se dégager. Ses doigts réitérèrent le tour infaillible. Quelque chose s'enfonça dans son épaule, quelque chose dans son dos. Autre chose s'abattit en travers de ses côtes, autre chose encore se planta dans ses fesses. Un petit gamin se tortilla jusqu'à lui et causa la seule blessure un peu sérieuse, une entaille profonde dans le gras du mollet. Il lui fit sauter la cervelle.

Ils s'éparpillèrent et il les resservit. Les rescapés refluèrent vers les bâtiments délabrés couleur de sable tandis que ses mains recommençaient leur numéro comme des chiens surexcités qui veulent vous montrer ce qu'ils savent faire non pas une fois, ni deux, mais toute la nuit. Elles les cueillirent un par un. Le dernier réussit à atteindre les marches de la véranda, à l'arrière de chez le coiffeur, puis la balle du pistolero lui entra dans la nuque.

Le silence reprit possession de l'espace, en colmata les déchirures.

Le Pistolero saignait de partout. Une vingtaine de blessures peut-être, toutes superficielles sauf celle du mollet. Il le serra dans une bande prélevée sur sa chemise puis, se redressant, examina son tableau de chasse.

Ils étaient étalés dans toutes sortes de postures, formant un sinueux tracé entre la porte du salon de coiffure et l'endroit où il se tenait. Aucun n'avait l'air de dormir.

Il remonta ce sentier macabre, comptant ses victimes. Dans l'épicerie, il trouva un homme étendu à terre, serrant amoureusement dans ses bras le bocal de bonbons fêlé qu'il avait entraîné dans sa chute.

Il finit là où il avait commencé, au milieu de la grand-rue déserte. Trente-neuf hommes, quatorze femmes et cinq enfants avaient péri sous ses balles. Il avait exterminé la population de Tull.

Une odeur douceâtre lui parvint, portée par la première bourrasque de la tempête. Il chercha d'où elle venait, leva les yeux, hocha la tête. Le cadavre de Nort pourrissait sur le toit de chez Sheb, crucifié, pieds et mains liés à des pieux. Il avait la bouche ouverte, les yeux aussi. On lui avait imprimé dans les plis crasseux du front la marque violette d'un sabot fourchu.

Il sortit de la ville et n'eut pas à aller très loin sur les vestiges de l'ancienne route des diligences pour retrouver sa mule dans un bouquet d'herbes folles. Il la ramena devant son râtelier dans l'écurie de Kennerly. Dehors, le vent jouait un morceau hypersyncopé. Il attacha l'animal et retourna chez Sheb. Il trouva une échelle dans l'appentis et monta sur le toit détacher Nort. Le corps était plus léger qu'un fagot bien sec. Il l'expédia rejoindre tout un chacun. Puis il rentra dans le bar, mangea quelques steaks, but trois bières alors que la lumière déclinait et que la poussière commençait à voler. Cette nuit-là, il dormit dans le lit qu'il avait partagé avec Alice. D'un sommeil sans rêves. Au matin, le vent était tombé, le soleil avait retrouvé son aspect coutumier, aveuglant, oublieux. La tempête avait emporté les corps vers le sud. Vers dix heures, après avoir pansé toutes ses plaies, il s'ébranla dans la même direction.

XVIII

Il crut que Brown s'était endormi. Du feu il ne restait qu'un point rouge et Zoltan, l'oiseau, avait glissé la tête sous son aile.

À l'instant précis où il allait se lever et dérouler une paillasse dans le coin de la pièce, la voix de Brown monta :

— Voilà. C'est dit. Vous vous sentez mieux ?

— Avais-je motif de me sentir mal ? s'étonna le Pistolero.

— Vous êtes un homme, m'avez-vous dit, pas un démon. À moins que vous ne m'ayez menti.

— Non, ce n'était pas un mensonge. (Il avait à s'avouer qu'il aimait bien le frontalier, et qu'il s'agissait là d'un sentiment sincère. En aucune façon il ne lui avait menti.) Qui êtes-vous, Brown ? Je veux dire... en réalité.

— Rien que moi, dit l'autre, imperturbable. Pourquoi vous croyez-vous une énigme ?

Le Pistolero alluma une cigarette, s'abstenant de répondre.

— Je vous crois très proche de votre homme en noir, enchaîna Brown. Est-il désespéré ?

— Je l'ignore.

— Et vous ?

— Pas encore. (Il posa sur le frontalier un regard où perçait une lueur de défi.) Je fais ce que j'ai à faire.

— Alors c'est bien, conclut Brown qui se retourna et s'endormit.

XIX

Le lendemain matin, Brown lui servit à manger puis lui montra la route à prendre. En plein jour, c'était un surprenant personnage avec son torse décharné, brûlé par le soleil, ses clavicules minces comme des crayons et les longues boucles de sa tignasse rousse. L'oiseau se percha sur son épaule.

— Et la mule ? s'enquit le Pistolero.

— Je la mangerai, lui fut-il répondu.

— Parfait.

Brown tendit sa main et le Pistolero la serra. Le jeune homme pointa son menton vers le sud.

— Bonne route.

— Soyez sans crainte.

Ils se saluèrent d'un signe de tête et le Pistolero s'éloigna, bardé d'eau et d'armes. Il se retourna une dernière fois. Brown binait furieusement son petit carré de maïs. Le corbeau s'était perché sur le bord du toit. Il ressemblait à une gargouille.

XX

Le feu s'était éteint ; les étoiles pâlissaient déjà. Le vent restait infatigable. Le Pistolero se retourna dans son sommeil puis ne bougea plus. Il rêva qu'il avait soif. La silhouette des montagnes s'était fondue dans l'ombre. Disparues les culpabilités, cuites par le désert, consumées. En lieu et place, il pensait de plus en plus à Cort qui lui avait appris à tirer. Cort avait su faire la part du noir et du blanc.

Il s'agita de nouveau, s'éveilla, cligna des yeux, découvrit les vestiges de son feu superposant leur forme — plus géométrique — aux cendres précédentes. Il était romantique, il le savait, secret qu'il gardait jalousement.

Il ne manqua pas, bien sûr, de voir resurgir le souvenir de Cort. Où était Cort ? Il n'en savait rien. Le monde avait changé.

Ramassant son sac, il se remit en route.

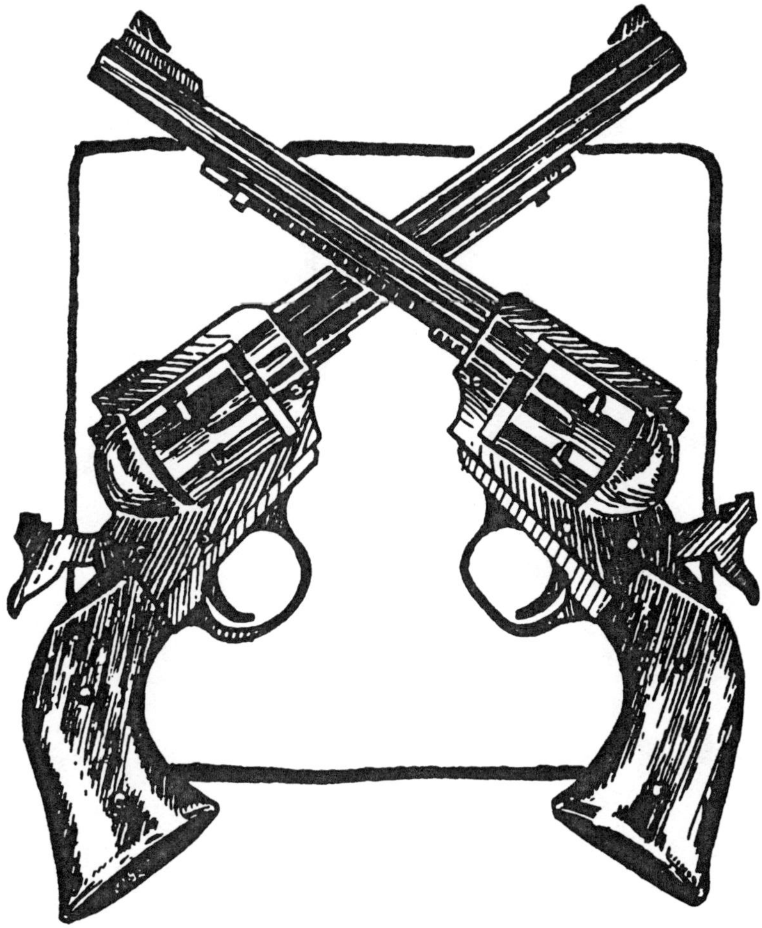

Le Relais

Toute la journée une comptine lui avait trotté par la tête, ce genre de truc horripilant qui ne veut pas vous lâcher, qui se tient moqueur sur le seuil de la conscience et fait des grimaces à l'être rationnel qu'elle héberge. C'était :

Des plic-ploc de la pluie les plaines sont pleines
Place au plaisir, place à la peine,
D'un plic-ploc de pluie les plaines restent pleines.

Belles ou laides, folles ou saines,
Vont ainsi clapotant les voies humaines,
Qu'elles pliqu'nt ou ploqu'nt, pareil au même :
Car que folie ou raison règne
Des plic-ploc de pluie les plaines sont pleines.

Si dans l'amour on se promène,
Dès que l'on vole c'est dans les chaînes.
La pluie plie les biplans, les plaque en plaine.

Il savait d'où lui était remontée cette comptine. Il y avait eu ce rêve récurrent pour le ramener à la chambre du château, à sa mère qui la lui chantait, à lui qui l'écoutait, grave, dans le petit lit près de la fenêtre aux vives couleurs. Elle ne la lui avait jamais chantée le soir quand il allait dormir — tout petit garçon né pour le Haut Parler devant être seul pour affronter le noir —, mais à l'heure de la sieste. Il en retrouvait la lourde et grise lumière des jours de pluie projetant ses aplats colorés sur la courtepointe, la fraîcheur de la pièce, l'épaisse chaleur des couvertures et son amour pour sa mère, pour l'incarnat de ces lèvres arrondies sur l'obsédante mélodie de l'absurde ritournelle, pour cette voix.

Oui, voilà qu'elle lui revenait, crispante, lancinante brûlure, à se courir après la queue dans sa tête au rythme de ses pas. Il n'avait plus d'eau, se savait un homme mort selon toute vraisemblance. Il n'aurait jamais cru en arriver là. Il en était navré. Depuis midi, son regard restait plutôt fixé sur ses pieds que sur la route à suivre. Par ici, même l'herbe du diable se faisait chétive et jaunâtre. La croûte au sol s'était par endroits désintégrée en simple cailloutis. Les montagnes n'étaient guère plus nettes que seize jours auparavant quand il avait quitté la cabane du dernier frontalier, un jeune homme ni vraiment fou ni vraiment sain qui vivait à l'orée du désert. Qui avait eu un corbeau, se rappelait-il, sans pouvoir épingler un nom sur l'animal.

Il regardait ses pieds alternativement paraître et disparaître devant lui, écoutait le refrain absurde tourner dans son cerveau en pitoyable charabia et se demandait quand surviendrait la première chute. Il ne voulait pas tomber, même s'il n'y avait personne pour le voir. Question d'orgueil ; un pistolero a sa fierté, cette ossature invisible qui lui maintient la tête haute.

Il s'arrêta, leva brusquement les yeux et en eut le crâne tout résonant, le corps entier qui, l'espace d'un instant, parut flotter. Les montagnes étiraient leur songe sur l'horizon lointain. Mais, là devant, il y avait autre chose, beaucoup plus proche. À deux lieues seulement, peut-être. Son regard s'étrécit, s'efforça de distinguer ce dont il s'agissait, mais il avait les yeux brûlés par le sable et la réverbération commençait à l'aveugler. Il secoua la tête et se remit en marche. La ritournelle se dévida, bourdonna. Une heure plus tard environ, il tomba et s'écorcha les mains. Incrédule, il regarda les minuscules perles de sang se former à la surface de sa peau desséchée, en emplir les craquelures. Ce sang n'avait pas l'air moins épais, semblait muettement viable, sûr de lui comme le désert ou presque. Il en secoua les gouttes, avec une rage aveugle. Sûr de lui ? Pourquoi pas ? Le sang n'avait pas soif. Le sang était servi. On lui offrait des sacrifices. Le sacrifice du sang. On ne lui demandait qu'une chose, circuler... circuler... circuler...

Il regarda les gouttes qui avaient atterri sur la croûte alcaline, les vit absorbées avec une inquiétante soudaineté. Qu'est-ce que t'en penses, sang ? Ça te dit ?

Ô Jésus, tu es si loin.

Il se releva, les mains contre la poitrine, et le même spectacle qu'une heure plus tôt était là, presque sous ses yeux, lui arrachant un croassement de corbeau suffoquant dans la poussière. C'était un bâtiment. Non, deux... entourés d'une barrière en partie couchée. Le bois semblait vieux, fragile jusqu'à l'évanescence, du bois en cours de métamorphose, en train de se faire sable. L'un d'eux avait été une écurie — la silhouette était nette, parfaitement reconnaissable —, l'autre avait servi de logement, ou d'auberge. Un relais sur une ligne de diligences. Le chancelant édifice (criblé de sable par le vent au point de ressembler à l'un de ces châteaux que, sur la plage à marée basse, le soleil a recuits, durcis, rendus temporairement habitables) projetait une ombre étroite dans laquelle quelqu'un était assis, adossé au mur. Et c'était sous la poussée de ce dos que le bâtiment tout entier semblait pencher.

Lui. Enfin. L'homme en noir.

Le Pistolero garda les mains sur la poitrine, inconscient de ce que la pose avait de théâtral, et riva sur le relais un regard ahuri. Et au lieu de l'excitation extrême à laquelle il s'était attendu (à la peur peut-être, voire à la terreur sacrée), il ne relevait en lui que l'obscure, atavique culpabilité pour ce soudain sursaut de haine à l'égard de son propre sang, l'instant d'avant, et l'interminable retour de la comptine :

... *Des plic-ploc de la pluie...*

Il avança, un pistolet sorti.

... *les plaines sont pleines...*

Et couvrit au pas de course les derniers quatre cents mètres sans s'inquiéter d'être repéré : derrière quoi se cacher, de toute manière ? Son ombre courte filait à sa hauteur. Il n'avait pas conscience du gris et grimaçant masque mortuaire que la fatigue lui avait imprimé sur le visage, ne savait que cette forme au pied du relais. Qu'il n'aurait pu s'agir que d'un cadavre ne le frappa que plus tard.

Il décocha un coup de pied dans l'obstacle de la clôture renversée — la barre se brisa en deux, nettement, sans bruit, semblant s'excuser — puis plongea dans le silence ébloui du corral, levant son arme en position.

— Je te tiens ! Tu ne peux plus...

La silhouette s'agita nerveusement et se dressa. Mon Dieu, pensa le Pistolero, il n'en reste rien. Que lui est-il arrivé ?

L'homme en noir avait rétréci d'une bonne cinquantaine de centimètres. Et il avait les cheveux blancs.

Il s'immobilisa, sidéré, un vrombissement atone s'enflant dans son crâne, le cœur battant à tout rompre. Il se dit : Ça y est, je suis en train de mourir...

Il s'emplit les poumons d'une bouffée d'air brûlant et resta un moment la tête basse. Quand il la releva, il vit qu'il n'avait pas affaire à l'homme en noir mais à un petit garçon aux cheveux décolorés par le soleil qui posait sur lui des yeux où la curiosité même était absente. Le Pistolero lui rendit son regard vide, puis secoua la tête, niant l'existence de l'enfant qui n'en disparut pas pour autant : il restait là, vêtu de son jean rapiécé au genou et de sa chemise marron de grosse cotonnade.

Le Pistolero réitéra sa négation muette puis, les yeux rivés au sol, le pistolet toujours en main, se dirigea vers l'écurie. Il n'était pas encore en état de réfléchir. Des poussières lui voltigeaient dans la tête et il s'y développait par ailleurs une atroce et lancinante migraine.

L'intérieur de l'écurie était noyé dans le silence et une pénombre explosive de chaleur accumulée. Le Pistolero promena autour de lui des yeux immenses, instables, divergents. Une volte-face titubante le remit en présence du gosse qui l'avait suivi et le regardait, planté dans les décombres de l'entrée. Un bistouri de souffrance s'insinua rêveusement dans son crâne, l'incisa d'une tempe à l'autre, lui ouvrit le cerveau comme une orange. Il rengaina son arme, chancela, tendit les mains comme pour repousser des fantômes et tomba face contre terre.

Quand il reprit connaissance, il était couché sur le dos, un tas de foin pâle et sans odeur sous la nuque. Incapable de le déplacer, le garçon s'était quand même débrouillé pour l'installer confortablement. Et au frais. Il baissa les yeux et découvrit à la couleur plus sombre de sa chemise qu'elle était trempée, se passa la langue autour des lèvres, reconnut la saveur de l'eau et cligna, incrédule.

Le gamin était accroupi à son chevet. Le voyant éveillé, il tendit le bras en arrière et ramena un bidon ébréché que le Pistolero saisit avec des mains tremblantes, s'en octroyant une gorgée, juste une. Quand il la sentit dans son estomac, il en reprit une seconde. Puis il se versa le restant de l'eau sur la figure en soufflant bruyamment. Les lèvres fines de l'enfant s'incurvèrent dans un petit sourire sérieux.

— Vous avez faim ?

— Pas pour l'instant, répondit le Pistolero. (De son insolation, il gardait une douleur sourde tapie au fond du crâne, et l'eau n'avait pas l'air à l'aise dans son estomac, comme si elle ne savait où aller.) Qui es-tu ?

— Mon nom, c'est John Chambers. Vous n'avez qu'à m'appeler Jake.

Le Pistolero se redressa ; instantanément le mal de tête réapparut, vrillant, intact. Il se pencha et perdit un bref combat contre son estomac.

— Il y en a encore, dit Jake, qui ramassa le bidon et s'éloigna vers le fond de l'écurie. Le Pistolero le vit marquer un temps d'arrêt, tourner vers lui un sourire incertain. Il hocha la tête, l'encourageant. Puis il se cala le menton sur les poings. L'enfant était bien bâti, joli garçon. Il pouvait avoir dans les neuf ans. Une ombre était passée sur son visage, mais sur lequel n'en passait-il pas désormais ?

Un étrange bourdonnement se fit entendre et le Pistolero redressa la tête en sursaut alors que ses mains descendaient vers les crosses de ses armes. Le bruit dura peut-être une quinzaine de secondes, spasmodique, puis cessa. Jake revint avec le bidon... plein.

Quelques gorgées, tout aussi parcimonieuses que les précédentes, passèrent nettement mieux. Le mal de crâne commençait à se dissiper.

— Je ne savais pas quoi faire quand vous êtes tombé, dit Jake. Pendant quelques secondes, j'ai cru que vous alliez me tirer dessus.

— Je t'ai pris pour un autre.

— Le prêtre ?

Le Pistolero releva brusquement la tête.

— Quel prêtre ?

L'enfant le regarda, les sourcils légèrement froncés.

— Ben, le prêtre. Il a bivouaqué dans le corral. J'étais à côté, dans la maison, mais il ne m'a pas plu. Alors je ne me suis pas montré. Il est arrivé dans la nuit et il est reparti le lendemain. Vous non plus, vous ne m'auriez pas vu tout à l'heure si je n'avais pas été en train de dormir. Je me serais caché. (Il lança un regard noir par-dessus la tête du pistolero.) Je n'aime pas les gens. Ils me font chier.

— Il avait l'air de quoi, ce prêtre ?

— D'un prêtre. Il était tout en noir.

— Capuchon et soutane ?

— C'est quoi, une soutane ?

— Une robe.

— C'est ça, dit Jake, hochant la tête. Une robe et un capuchon.

Le Pistolero se pencha et l'enfant dut lire quelque chose sur ses traits car il eut un petit mouvement de recul.

— Ça fait combien de temps qu'il est passé ?

— Je... je...

— Tu n'as rien à craindre de moi, dit le Pistolero, patient.

— C'est que je n'en sais rien. J'ai perdu la notion du temps. Les jours se ressemblent tous.

Pour la première fois, le Pistolero s'interrogea sur la manière dont ce jeune garçon était arrivé dans cet endroit cerné par un désert aride et meurtrier. Mais il ne voulait pas s'en préoccuper, du moins pas encore.

— Tu as bien une idée ! Il y a longtemps ?

— Non, pas longtemps. Je ne suis ici que depuis peu de temps.

Le brasier se ralluma dans sa gorge. Il saisit le bidon et but ; ses mains ne tremblèrent qu'à peine. Un fragment de la berceuse lui revint, mais cette fois, au lieu du visage de sa mère, ce fut un visage au front barré d'une cicatrice qu'il vit, celui d'Alice qui avait été sa maîtresse dans la ville à présent défunte de Tull.

— Combien ? Une semaine ? Deux ? Trois ?

L'enfant riva sur lui un regard affolé.

— Oui.

— Oui quoi ?

— Une semaine. Ou deux. Je ne suis pas sorti. Il n'a même pas bu. J'ai pensé que ce pouvait être le fantôme d'un prêtre. J'avais peur. J'ai eu peur presque tout le temps. (Il frémit, ses traits vibrèrent comme un verre de cristal à l'approche de la note ultime, suraiguë, qui lui serait fatale.) Il n'a même pas fait de feu. Il s'est juste assis là. Je ne sais même pas s'il a dormi.

Il le rattrapait ! Il n'avait jamais été aussi près. Malgré sa déshydratation extrême, il se sentit les mains vaguement moites, huileuses.

— Il y a de la viande séchée, dit l'enfant.

— Bon, dit le Pistolero en hochant la tête. Ça ira.

Le garçon se leva pour aller la chercher ; ses genoux craquèrent légèrement. Il avait une silhouette nette et belle. Le désert ne l'avait pas encore sapé. Ses bras étaient minces mais la peau, bien que tannée, n'était ni desséchée ni craquelée. Il a de la sève en lui, pensa le Pistolero. Il a de la sève et il n'est pas d'ici.

Jake revint avec un petit tas de viande séchée, empilé sur ce qui ressemblait à une vieille planche à pain récurée par le soleil et le sable. Nourriture coriace, filandreuse, tellement salée qu'elle emportait dans des hurlements les muqueuses à vif du pistolero. Il mangea et but jusqu'à satiété puis s'étendit confortablement. Le gosse ne fit que picorer.

Le Pistolero le regarda calmement et l'enfant lui rendit son regard.

— D'où viens-tu, Jake ? demanda-t-il finalement.

— Je ne sais pas. Je le savais encore en arrivant, mais tout est flou maintenant ; c'est comme se réveiller d'un cauchemar. Je fais beaucoup de cauchemars.

— Tu es venu avec quelqu'un ?

— Non, je me suis retrouvé là, simplement.

— Ça n'a pas de sens, lâcha le Pistolero.

Tout d'un coup, le gamin fut au bord des larmes.

— J'y peux rien, moi. J'étais là, c'est tout. Et maintenant, vous allez repartir. J'vais crever de faim parce que vous ne m'aurez presque rien laissé. J'ai pas demandé à être ici. J'aime pas cet endroit. Ça fiche la trouille.

— Arrête de pleurnicher sur ton sort. Agis.

— J'ai pas demandé à être ici, répéta Jake, buté, perdu.

Le Pistolero prit une autre lanière de viande. Il la mastiqua longuement pour la dessaler avant de l'avaler. Le garçon avait maintenant sa place dans la partie, et il disait la vérité : il n'avait rien cherché. C'était triste. Lui, en revanche, l'avait cherché. Même s'il n'avait jamais voulu que le jeu devînt aussi vicieux. Non, il n'avait pas demandé à retourner ses pistolets contre la population désarmée de Tull, ni à tuer Alice au visage marqué par cette étrange et luisante cicatrice. Il se serait passé d'avoir à choisir entre la hantise de son devoir, sa quête et une amoralité criminelle. L'homme en noir acculé s'était mis à tirer de bien vilaines ficelles — si tant est qu'il ait effectivement tiré celle-ci. Racoler d'innocents spectateurs pour leur faire débiter sur une scène étrange des répliques qui les dépassaient tenait de l'injustice. Allie, se disait-il, Allie au moins avait joué le jeu du monde, avec sa manière à elle de se bercer d'illusions. Mais ce gamin... bon Dieu ! Ce foutu gamin...

— Dis-moi ce dont tu te souviens, dit-il à Jake.

— Pas grand-chose. Ça ne semble même plus avoir de sens maintenant.

— Raconte. J'en trouverai peut-être un.

— Il y avait un endroit... celui d'avant. C'était très haut avec des tas de chambres et un patio d'où on voyait des grands immeubles et de l'eau. Il y avait une statue debout dans l'eau.

— Une statue dans l'eau ?

— Oui. Une dame avec une couronne et qui tenait un flambeau.

— Tu inventes ?

— Peut-être bien, fit le garçon, découragé. Il y avait des choses pour se déplacer dans les rues. Des grandes et des petites. Des jaunes. Beaucoup de jaunes. J'allais à l'école à pied. Il y avait des chemins en ciment le long de ces rues, des vitrines à regarder, avec d'autres statues qui portaient des vêtements.

Elles servaient à les vendre. Oui, je sais, on dirait une histoire de fous, mais ces statues servaient à vendre des vêtements.

Le Pistolero hocha la tête, cherchant un mensonge sur les traits du garçon. Il n'en vit pas.

— J'allais à l'école à pied, répéta Jake obstinément. Et j'avais un... (Il ferma presque les yeux et ses lèvres articulèrent, hésitantes :)... un cartable... marron. Mon casse-croûte était dedans. Et je portais... (nouvelle hésitation, angoissée)... une cravate.

— Une quoi ?

— Je ne sais pas. (Inconsciemment, les doigts du garçon se portèrent à son cou et firent avec lenteur le geste de serrer, ce qui évoqua pour le Pistolero une pendaison.) Je n'en sais plus rien. Tout a disparu.

Et il regarda ailleurs.

— Si tu veux, je peux te faire dormir, proposa le Pistolero.

— Je n'ai pas sommeil.

— Je peux te donner sommeil, et t'aider à te rappeler.

— Comment vous feriez ça ? demanda l'enfant, dubitatif.

— Avec ceci.

Le Pistolero prit une balle dans l'un de ses ceinturons et la fit tourner entre ses doigts. Un mouvement tout en adroite souplesse, fluide, comme huilé. L'objet circula sans heurt entre pouce et index, index et majeur, majeur et annulaire, annulaire et petit doigt. Il disparut, reparut, donna fugitivement l'impression de flotter puis pirouetta, avant de reprendre ses évolutions. Il se promenait entre ses doigts qui eux-mêmes ondulaient comme un rideau de perles agité par la brise. Le gosse était tout yeux. Son doute initial céda la place au plaisir, puis au ravissement, puis à une muette vacuité. Ses paupières se fermèrent. La balle continua d'aller et venir, de danser. Les yeux se rouvrirent, se fixèrent encore un moment sur le ballet régulier et limpide, puis se fermèrent à nouveau. Pour de bon, apparemment ; le Pistolero n'en continua pas moins de faire évoluer la balle. Calme était la respiration de l'enfant, bovine. Était-ce un élément du tout ? Sans conteste. Il y avait là une certaine beauté, une logique, comme il en réside dans la dentelle frangeant, avec le temps, le bleu dur des congères. Il crut percevoir le tintement des carillons à vent. Ce n'était pas la première fois qu'il goûtait la saveur lisse, laineuse, de la mélancolie. Le projectile qu'il manipulait entre ses doigts avec une grâce inouïe devint soudain quelque chose d'impérissable et de terrifiant, l'empreinte d'un monstre. Il le laissa choir dans sa paume et l'y enferma dans son poing crispé, avec une rage douloureuse. Le viol existait de par le monde. Le viol, le meurtre, les pratiques innommables — et toujours pour le bien, le maudit bien, pour le mythe, pour le Graal, pour la Tour. Ah, la Tour ! Elle s'érigeait quelque part, projetant sa noire masse vers le ciel, et le Pistolero à l'ouïe affinée par le désert était à même de saisir la subtile et douce musique des carillons à vent.

— Où es-tu ? demanda-t-il.

Jake Chambers descend l'escalier, son cartable à la main. Il a dedans ses livres de géographie — celui de géographie physique et l'autre, de géographie humaine —, un bloc-notes, un crayon, et ce que la cuisinière de sa mère, Mrs. Greta Shaw, lui a préparé pour midi dans la cuisine en chrome et formica, éternellement remplie du ronflement d'un ventilateur aspirant les odeurs indésirables. Dans le sachet de papier kraft, il a un sandwich à la gelée et au beurre de cacahuète, un sandwich à la mortadelle avec laitue et oignons, et quatre biscuits Oreo. *Ses parents ne le détestent pas mais donnent l'impression de l'avoir oublié. Ils ont abdiqué, l'ont abandonné à Mrs. Greta Shaw, à des nurses, à un précepteur l'été, à l'école le reste du temps — l'École avec un É majuscule : privée, « bien », exclusivement fréquentée par des Blancs —, surtout.*

Ces gens n'ont jamais prétendu être autre chose que ce qu'ils sont : des professionnels, les meilleurs dans leurs domaines respectifs. Aucun d'eux ne l'a serré sur un sein particulièrement chaleureux, ainsi qu'il est de coutume dans les romans historiques que lit sa mère et dans lesquels il s'est plongé à la recherche des « passages croustillants ». Romans hystériques, comme dit parfois son père quand il ne les qualifie pas de « dépoitraillés ». « Tu peux parler », dit sa mère avec un infini mépris, derrière les portes auxquelles Jake écoute. Son père travaille à la télé. Il saurait le repérer dans un groupe. Oui, sans doute.

Jake ne sait pas qu'il a horreur des professionnels, mais c'est un fait. Les gens l'ont toujours dérouté. Il aime les escaliers et ne prend jamais l'ascenseur de son immeuble. Sa mère — qui est maigre mais sur le mode sexy — couche souvent avec des amis malades.

Voilà qu'il est dans la rue ; Jake Chambers est dans la rue ; il est à « pied d'œuvre ». Il est propre et bien élevé, convenable, sensible. Il n'a pas d'amis, seulement des relations. Il ne s'est jamais donné la peine d'y penser mais il en souffre. Il ne sait pas ou ne comprend pas que sa longue fréquentation des professionnels lui a fait attraper bon nombre de leurs traits. Mrs. Greta Shaw fait ses sandwiches en vraie professionnelle. Elle les coupe en quatre par des diagonales, ôte la croûte de chaque triangle, si bien que, les jours où il prend son repas dans le gymnase, on a vraiment l'impression qu'il serait plus à sa place dans un cocktail avec un verre à la main plutôt qu'un roman sportif emprunté à la bibliothèque de l'école. Son père gagne beaucoup d'argent parce que c'est un virtuose de la « mise à mort », c'est-à-dire de la programmation sur sa chaîne d'une émission coup de poing à la même heure qu'une autre plus faible sur une chaîne rivale. Son père fume cinq paquets de cigarettes par jour. Il ne tousse pas, mais son sourire fixe fait penser aux couteaux à viande qu'on vend dans les supermarchés.

Dans la rue. Sa mère lui donne de quoi prendre un taxi mais il préfère aller à pied chaque fois qu'il ne pleut pas, balançant son cartable, petit garçon très américain avec ses cheveux blonds et ses yeux bleus. Les petites filles commencent à s'intéresser à lui (sous l'œil approbateur de leur mère) et il ne se détourne pas d'elles avec une arrogance de gamin capricieux. Il leur parle, empreint d'un professionnalisme inconscient qui les fait fuir, perplexes. Il aime la géographie, et le bowling l'après-midi. Son père a des actions dans une entreprise qui fabrique des systèmes automatiques de ramassage et de mise en place de quilles de bowling. Mais la salle fréquentée par Jake n'emploie pas la marque de son père.

Descendre la rue l'amène à passer devant chez Brendio dont les mannequins portent des manteaux de fourrure ou des costumes à six boutons ; ou encore ne portent rien, ils sont « tout nus ». Ces mannequins — ces fausses personnes — sont éminemment professionnels, et il déteste tout ce qui est professionnel. Il est encore trop jeune pour avoir appris à se haïr, mais la graine est déjà là : elle lui a été semée dans l'amère fissure du cœur.

Il arrive au coin de la rue et attend, le cartable au repos contre sa jambe. La circulation est un flot rugissant — autobus, taxis, Volkswagen, un gros camion y grondent. Ce n'est qu'un enfant, mais pas du lot commun : du coin de l'œil, il voit l'homme qui le tue. C'est l'homme en noir. Il n'en voit toutefois pas le visage, seulement la robe qui tourbillonne. Il tombe sur la chaussée, bras en croix, sans lâcher son cartable qui contient le repas froid extrêmement professionnel de Mrs. Greta Shaw. Il y a un bref regard par un pare-brise polarisé pour la grimace d'horreur d'un homme d'affaires sous un chapeau bleu foncé au ruban planté d'une petite plume à l'air coquin. Une vieille dame hurle sur le bord du trottoir d'en face — elle porte un chapeau noir à voilette. Une voilette qui n'a rien de coquin ; la dame a plutôt l'air d'être en deuil. Jake ne sent rien, sinon la surprise, et une familière plongée dans la confusion la plus totale... est-ce comme ça, la fin ? Il s'aplatit sur l'asphalte, les yeux rivés, à cinq, six centimètres, sur la rupture plus lisse d'une crevasse rebouchée. Le cartable lui est arraché de la main. Il se demande s'il ne s'est pas râpé les genoux à l'instant même où la voiture de l'homme d'affaires coiffé du chapeau bleu à plume lui passe dessus. C'est une grosse Cadillac, le modèle 1976 avec des roues de quarante centimètres. Elle est presque de la même couleur que le chapeau de son propriétaire. Elle brise les reins de Jake, lui réduit le ventre en bouillie, fait gicler le sang par sa bouche en un jet puissant. Il tourne la tête et voit briller les feux arrière de l'auto, crachoter la fumée entre les roues bloquées. Elle est aussi passée sur le cartable et y a laissé une large trace noire. Il tourne la tête de l'autre côté et voit une grosse Ford jaune piler à quelques centimètres de son corps dans un hurlement de pneus. Un Noir se précipite vers lui, abandonnant son commerce ambulant de bretzels-sodas. Jake saigne du nez, des oreilles, des yeux, du rectum. Il a eu les parties broyées. Il continue de se demander avec irritation s'il s'est beaucoup écorché les genoux. Le chauffeur de la Cadillac court maintenant vers lui en bafouillant quelque chose. Quelque part, calme et terrifiante, une voix dit : « Je suis prêtre. Laissez-moi passer. Un acte de contrition... »

Il voit la robe noire et l'horreur le submerge. C'est l'homme en noir. Avec ce qui lui reste de forces, il tourne encore une fois la tête. Quelque part à la radio passe un rock du groupe Kiss. Il voit sa main à plat sur la chaussée, petite, blanche, bien faite. Il ne s'est jamais rongé les ongles.

Regardant sa main, Jake meurt.

Le Pistolero réfléchissait, le front barré d'un pli. Il était épuisé, avait mal partout et les pensées lui venaient avec une lenteur exaspérante. Devant lui, l'étonnant petit garçon dormait, mains jointes au creux des cuisses, la respiration toujours aussi calme. Il avait raconté son histoire sans grande émotion, sinon que sa voix s'était mise à trembler vers la fin sur les mots « prêtre » et « acte de contrition ». Il n'avait évidemment parlé au pistolero ni de sa famille ni de cette dichotomie dont il avait conscience ; mais ces choses avaient filtré — assez pour trahir leurs contours. Qu'il n'eût jamais existé de ville conforme à sa description (ou alors dans une préhistoire légendaire) n'était pas l'aspect le plus inquiétant du récit, mais restait troublant. Comme l'ensemble était troublant. Le Pistolero en redoutait les implications.

— Jake ?

— Hein ?

— À ton réveil, tu veux te souvenir de tout ça ou l'oublier ?

— L'oublier, répondit aussitôt l'enfant. Mon sang a coulé.

— Bon. Tu vas dormir, compris ? Vas-y, allonge-toi.

Jake s'étendit. Il en parut encore plus petit, plus paisible. Inoffensif. Le Pistolero ne pensait pas qu'il le fût. Une sensation de mort s'attachait à lui, et la puanteur de la prédestination. L'aura lui déplaisait mais il aimait ce garçon. Il l'aimait beaucoup.

— Jake ?

— Chut. J'ai envie de dormir.

— Oui. Et quand tu te réveilleras, tu ne te souviendras plus de rien.

— D'ac.

Le Pistolero resta un moment à le regarder, repensant à sa propre enfance qui lui faisait généralement l'effet d'avoir été celle d'un autre — d'une personne métamorphosée par la traversée de quelque lentille osmotique — mais qu'il sentait en cet instant douloureusement proche. Il faisait très chaud dans l'écurie du relais et il but encore un peu d'eau. Puis il se leva et se dirigea vers le fond du bâtiment, s'arrêtant devant l'une des stalles pour y plonger son regard. Il y avait là un petit tas de foin blanc dans un coin, et une couverture soigneusement pliée. Mais pas le moindre vestige olfactif des chevaux qui l'avaient occupée. Rien ne sentait quoi que ce soit, d'ailleurs, dans cette écurie. Le soleil l'avait saignée de toute odeur. Pas une ne subsistait. L'air était d'une neutralité absolue.

Une porte, au fond, donnait sur une petite pièce sombre au centre de laquelle se dressait une machine en acier inoxydable. La rouille ou toute autre atteinte du temps l'avaient épargnée. Elle ressemblait à une baratte. Sur sa gauche, saillait un tuyau chromé qui se terminait juste au-dessus d'une rigole ménagée dans le sol. Le Pistolero avait déjà vu des pompes de ce genre dans d'autres lieux arides mais jamais d'aussi grosses. Il avait du mal à évaluer jusqu'à quelle profondeur il avait fallu creuser pour atteindre cette eau cachée sous le désert, dans des ténèbres éternelles.

Pourquoi avait-on négligé de récupérer la pompe à l'abandon du relais ?

À cause des démons, peut-être.

Il eut un brusque frisson, le dos parcouru d'une contraction, le hérissement puis la retombée de la chair de poule. Il s'approcha des commandes de l'appareil et poussa le bouton MARCHE. Le bourdonnement de tout à l'heure reprit. Trente secondes plus tard environ, une eau claire et fraîche jaillit du tuyau puis s'écoula le long de la rigole qui la réintroduisait dans le circuit. Une dizaine de litres furent ainsi tirés des entrailles du désert avant que la pompe ne s'arrêtât d'elle-même sur un déclic. C'était aussi étranger au lieu et à l'époque qu'un grand amour, et tangible pourtant comme le Jugement dernier, silencieux rappel d'un autre temps, bien avant que le monde eût changé. Il devait y avoir un générateur atomique pour l'alimenter, vu l'absence d'électricité à des milliers de lieues à la ronde. Des piles sèches n'auraient pas duré si longtemps. Le Pistolero n'aima pas ça.

Il retourna s'asseoir à côté du gamin endormi, une main glissée sous la joue. Un bel enfant. Il se réoctroya une gorgée d'eau et croisa les jambes à l'indienne. Comme ce squatter à la frontière du désert avec son oiseau (ça lui revenait maintenant : l'oiseau s'appelait Zoltan), le garçon avait perdu la notion du temps, mais que l'homme en noir ne fût plus très loin devant paraissait hors de doute. Le Pistolero se demanda, et non pour la première fois, si l'autre ne se laissait pas délibérément rattraper. Peut-être se jetait-il entre ses griffes. Il essaya d'imaginer à quoi ressemblerait leur affrontement et n'y parvint pas.

La chaleur était atroce mais il avait cessé d'en être incommodé. La comptine revint lui tourner dans la tête et, cette fois, au lieu du souvenir de sa mère, ce fut celui de Cort qu'elle fit remonter, son visage couturé de cicatrices dues aux pierres, aux balles, à toutes sortes d'instruments contondants : les marques de la guerre. Il se demandait si Cort avait jamais connu un amour qui fît pendant à ces formidables stigmates. Il en doutait. Il pensa aussi à Aïleen, et à Marten, l'imparfait enchanteur.

Le Pistolero n'était pas homme à se complaire dans le passé. Une vague conscience de l'avenir et de ses propres émotions lui épargnait seule la totale absence d'imagination du parfait demeuré. Le tour actuel de ses pensées ne pouvait donc que le surprendre. Chaque nom en faisait surgir d'autres : Cuthbert, Paul, le vieux Jonas, et Susan, l'adorable demoiselle à sa fenêtre.

Le pianiste de Tull (mort aussi... comme tous à Tull... et de sa main) avait aimé ces vieilles ballades. Il en fredonna une à mi-voix, rabotant la mélodie.

L'amour, ô l'amour, l'amour insouciant
Vois ce qu'amour a fait, négligemment.

Il rit, vaguement troublé. *Je suis le dernier survivant de ce monde, de ce vert paradis aux chaudes nuances*. Mais, si intense fût-elle, sa nostalgie ne s'accompagnait d'aucun apitoiement sur soi. Que le monde eût inexorablement changé ne l'empêchait pas de garder bon pied, bon œil. Et il avait gagné du terrain sur l'homme en noir. Il piqua du nez et s'assoupit.

Quand le Pistolero se réveilla, il faisait presque nuit et l'enfant était parti.

Il se leva dans le craquement de ses jointures et gagna la porte de l'écurie. Une petite flamme dansait sur la véranda de l'auberge déjà bien obscure. Il se dirigea vers elle, traînant derrière lui son ombre longue et noire dans l'ocre du crépuscule.

C'était Jake, assis près d'une lampe à kérosène.

— J'ai trouvé du pétrole dans un fût mais j'ai eu peur d'allumer ça dans la maison. Tout est si sec...

— Tu as bien fait. (Il s'assit, remarquant sans s'y attarder la poussière des ans qui, mollement, se soulevait autour de ses fesses. La flamme de la lampe jouait par touches délicates sur les traits du garçon. Le Pistolero sortit sa blague et s'en roula une.) Faut qu'on parle, dit-il.

Jake fit signe que oui.

— Je traque cet homme que tu as vu, tu l'as sans doute compris.

— Vous allez le tuer ?

— Je n'en sais rien. J'ai quelque chose à lui faire dire. Peut-être aura-t-il à m'amener quelque part.

— Où ?

— En quête d'une tour.

Le Pistolero pencha sa cigarette au-dessus du verre de lampe et téta une bouffée d'amorce. La fumée s'effilocha dans les premières approches de la brise nocturne. Jake la regarda s'enfuir. Ni peur ni curiosité sur ce visage, et certainement pas d'enthousiasme.

— Donc, je m'en vais demain, reprit le Pistolero. Tu vas venir avec moi. Il reste beaucoup de viande ?

— Une poignée, pas plus.

— Du maïs ?

— Un peu.

Le Pistolero hocha la tête.

— Y a-t-il une cave ?

— Oui. (Jake le regarda. Ses pupilles s'étaient dilatées jusqu'à en paraître fragiles.) J'en ai ouvert la trappe mais sans y descendre. J'ai eu peur que l'échelle ne casse, peur d'être bloqué en bas. Et puis ça sentait mauvais. C'est le seul endroit ici qui ait une odeur.

— Bon. Demain, on se lève tôt et on va voir s'il y a là quelque chose qui vaille la peine d'être emporté. Après, on décolle.

— D'accord. (Le garçon s'interrompit et ajouta :) Je suis content de ne pas vous avoir tué pendant votre sommeil. J'avais une fourche et j'y ai pensé. Mais je ne l'ai pas fait. Maintenant je n'aurai plus peur de m'endormir.

— De quoi avais-tu peur ?

L'enfant posa sur lui un regard sinistre.

— Des revenants. Qu'il revienne, lui.

— L'homme en noir, fit le Pistolero sans qu'il y eût là une question.

— Oui. Est-il méchant ?

— Ça dépend du point de vue, répondit le Pistolero, distrait. (Il se leva et gagna le bord de la véranda pour écraser sa cigarette sur le sol durci.) Je vais me coucher.

L'enfant leva sur lui des yeux timides.

— Est-ce que je peux dormir avec vous dans l'écurie ?

— Bien sûr.

Le Pistolero attendit le garçon sur les marches, la tête renversée vers le ciel. L'étoile polaire y était visible. Mars aussi. Il avait l'impression qu'il lui suffirait de fermer les yeux pour entendre le coassement des rainettes printanières, sentir le parfum quasi estival des pelouses après leur première tonte (peut-être même entendre l'indolent cliquetis des boules de croquet de la partie que jouaient les dames de l'Aile Est, en chemise déjà dans le miroitement du crépuscule s'acheminant vers la nuit), presque voir Aïleen franchir la brèche pratiquée dans la haie...

Ça ne lui ressemblait pas de tant penser au passé.

Il se retourna et ramassa la lampe.

— Allons dormir, dit-il.

Ensemble, ils regagnèrent l'écurie.

Le lendemain matin, il explora la cave.

Jake avait raison : elle puait. Un remugle qui lui donna la nausée et lui fit quelque peu tourner la tête après l'aseptique absence d'odeur du désert et de l'écurie. Elle sentait le chou, le navet, la pomme de terre dont une forêt de longs germes, nés d'yeux aveugles, avait définitivement trouvé forme pourrissante. L'échelle paraissait toutefois solide. Il descendit.

Un sol en terre battue, et les poutres du plafond juste au-dessus de sa tête. Des araignées gris tacheté, d'une taille inquiétante, y survivaient. Bon nombre mutantes ; certaines avaient des yeux pédonculés, d'autres jusqu'à seize pattes.

Il promena son regard dans le noir, attendant que ses yeux fussent habitués.

— Ça va ? lui cria d'en haut Jake, la voix nouée.

— Oui. Attends, il y a des boîtes de conserve, ajouta-t-il en les découvrant dans un coin.

Il s'approcha, le cou rentré dans les épaules. Il y avait là une caisse ouverte sur un côté. Des légumes, haricots verts, haricots blancs... trois boîtes de corned-beef aussi.

Il s'en emplit les bras, regagna l'échelle, la gravit à mi-hauteur et les tendit à Jake qui s'agenouilla pour les prendre. Puis il retourna en chercher.

Ce fut au troisième voyage qu'il entendit gémir dans les fondations.

Il fit volte-face, fouilla l'ombre humide, se sentit submergé par une forme de terreur languide. Sensation répugnante et langoureuse à la fois, faire l'amour dans l'eau... l'un dans l'autre se noyant.

Un mur de grès, gros appareil probablement jointoyé à la construction du relais, saillant en tous sens désormais. Une impression d'hiéroglyphes étranges et contournés. Un mince filet de sable coulait de la fissure entre deux signes, comme si quelqu'un creusait derrière, fébrile, dans l'angoisse et dans les larmes.

La plainte se fit haletante, monta en force jusqu'à remplir la cave de sa sonore abstraction de souffrance et d'effort désespéré.

— Remontez ! hurla Jake. Ô mon Dieu, mon Dieu, monsieur, remontez !

— Va-t'en, dit-il calmement.

— Remontez !

Il s'abstint de répondre. Les doigts de sa main droite réajustèrent du cuir.

Maintenant, il y avait un trou gros comme une pièce dans le mur. Quelque part au-dessus de la chape de terreur qui s'abattait, il entendit Jake détaler. Le sable s'arrêta de couler. Le gémissement cessa. Resta le souffle d'une respiration pénible.

— Qui est-ce ? demanda le Pistolero.

Pas de réponse.

Alors, dans les termes du Haut Parler, dans le tonnerre d'un ordre, Roland exigea :

— Qui es-tu, démon ? Parle si tu sais parler. Et ne perds pas de temps ; mes mains ne sont guère patientes.

— Va lentement, lui répondit-on dans le mur d'une voix traînante, entravée. (La terreur de rêve s'épaissit, se fit presque palpable. C'était la voix d'Alice, cette femme connue à Tull. La voix d'une morte néanmoins ; ne l'avait-il pas vue tomber, une balle entre les yeux ? Des abîmes s'ouvrirent et il y sombra.) Va lentement, pistolero, passé les monts des Drawers. Aussi longtemps que tu voyages avec le garçon, l'homme en noir voyage avec ton âme en poche.

— Que veux-tu dire ? Parle !

Le souffle s'éteignit.

Le Pistolero resta un moment figé, puis une monstrueuse araignée lui atterrit sur le bras et, frénétique, commença de remonter vers l'épaule. Un grognement lui échappa ; il chassa l'araignée, s'approcha du mur. Il n'en avait aucune envie mais la coutume était stricte, inviolable. Des morts aux morts, disait le vieil adage. Seul un cadavre a droit à la parole. Il présenta son poing au bord du trou et poussa. Le grès s'effritait. Une simple contraction des muscles lui permit d'introduire sa main jusqu'au poignet.

Et ses doigts rencontrèrent un objet solide aux contours émoussés. Il l'extirpa du mur. C'était une mâchoire, pourrie à la charnière. Les dents penchaient dans tous les sens.

— Parfait, dit-il à mi-voix.

Il fourra sans plus s'en occuper la trouvaille dans sa poche de derrière et regrimpa l'échelle, encombré par son dernier chargement de conserves. Il laissa la trappe ouverte. Le soleil allait mettre un terme à la mutante survie des monstres.

Jake était déjà au milieu du corral. Il reculait, se faisait tout petit, presque au ras du sol caillouteux et fissuré. Il cria en voyant le Pistolero, fit encore un ou deux pas en arrière puis courut vers lui en pleurant.

— J'ai cru qu'il vous avait eu, qu'il vous avait eu, j'ai cru...

— Mais non.

Il serra l'enfant contre lui, en sentit le visage, chaud contre sa poitrine, les mains sèches qu'il accrochait à ses flancs. Il lui vint plus tard à l'esprit que ce pouvait avoir été en cet instant qu'il s'était vraiment pris d'affection pour le gamin — ce qu'évidemment l'homme en noir avait tramé dès l'origine.

— C'était un démon ?

Il avait la voix blanche.

— Oui. Un démon qui parle. Allez, viens. On n'a plus rien à faire ici.

Ils retournèrent à l'écurie et le Pistolero rassembla leurs provisions dans un paquetage rudimentaire, utilisant la couverture sous laquelle il avait dormi. Elle tenait chaud et piquait, mais faute d'autre chose... Ensuite, il alla remplir les outres à la pompe.

— Tu vas en prendre une, dit-il à Jake. Tu te la mets en travers des épaules, comme un fakir porte son serpent. Vu ?

— Oui.

L'enfant leva un regard d'adoration sur le Pistolero et se chargea d'une outre comme indiqué.

— Ce n'est pas trop lourd ?

— Non, ça va.

— Dis la vérité. Je ne pourrai pas te porter si tu attrapes une insolation.

— Je n'en aurai pas. Tout ira bien.

Le Pistolero hocha la tête.

— On va vers les montagnes, n'est-ce pas ?

— Oui.

Ils se mirent en route sous l'écrasante omniprésence du soleil. Jake marchait à la droite du pistolero, le devançant légèrement ; il lui arrivait au coude. Les pattes de la chèvre dont l'outre était issue lui battaient presque les tibias. Le Pistolero avait entrecroisé les deux siennes sur ses épaules et coincé le ballot sous son bras gauche.

Ils franchirent le portail extérieur du relais et le Pistolero retrouva les ornières peu marquées de l'ancien itinéraire des diligences. Ils les suivaient depuis près d'un quart d'heure quand Jake se retourna et agita la main en direction des deux bâtiments. Ils avaient l'air de se blottir l'un contre l'autre au sein de cette immensité titanesque.

— Adieu, cria l'enfant. Adieu !

Ils marchèrent. Et quand, à son tour, le Pistolero se retourna, le relais avait disparu. Une fois de plus, il ne restait que le désert. Rien d'autre.

Trois jours les séparaient du relais et les montagnes s'étaient faites trompeusement nettes. Ils les voyaient à présent soulever leurs contreforts du désert, premières pentes dénudées, triomphe érodé, maussade, des affleurements rocheux perçant l'épiderme de la terre. Plus haut, s'offrait un bref replat et, vision refusée au pistolero depuis des mois, des années peut-être, du vert — du vrai, de ce vert de la vie. De l'herbe, des sapins nains, voire des saules, abreuvés par les neiges qui dominaient. Puis la roche reprenait ses droits, envolée de splendeur cyclopéenne et chaotique jusqu'à l'aveuglante blancheur des sommets. Sur la gauche, une gigantesque faille montrait la voie vers des hauteurs plus modestes, décor de grès érodé — parois, tertres ou tables —, voilé du rideau gris d'averses quasi permanentes. Le soir, avant de sombrer dans le sommeil, Jake restait quelques minutes assis à contempler, fasciné, l'éblouissante escrime d'éclairs lointains, blancs ou mauves, déchirant la limpidité du ciel nocturne.

Le garçon était bon marcheur. Endurant, bien sûr, mais plus encore, semblant combattre la fatigue en puisant sur de calmes et professionnelles réserves d'énergie dont le Pistolero savait apprécier la valeur. Il parlait peu, s'abstenait de toute question, n'en posant pas même sur la mâchoire que le Pistolero tournait et retournait le soir entre ses doigts quand il fumait sa cigarette. Il sentait le garçon particulièrement flatté — voire exalté — de lui tenir compagnie et en était inquiet. Cet enfant avait été placé sur son chemin — *Aussi longtemps que tu voyages avec le garçon, l'homme en noir voyage avec ton âme en poche* —, et que Jake ne parût pas le ralentir laissait seulement le champ libre à de plus sombres perspectives.

À intervalles réguliers, ils croisaient les symétriques vestiges des feux de camp de l'homme en noir, et le Pistolero avait à présent la sensation que les traces étaient plus fraîches. Le troisième soir, il eut la certitude que cette lueur au loin sur les premiers contreforts était celle d'un autre feu.

Vers quatorze heures, le quatrième jour, Jake se mit à tituber et faillit tomber.

— Assieds-toi, lui dit le Pistolero.

— Non, ça va.

— Assieds-toi, je te dis.
L'enfant obéit. Le Pistolero s'accroupit à ses côtés pour lui faire de l'ombre.
— Bois.
— Normalement, je devrais attendre...
— Bois.
Le garçon s'autorisa trois gorgées. Le Pistolero mouilla un coin de la couverture — déjà plus légère — et appliqua l'étoffe humide sur le front desséché par la fièvre et sur les poignets de son jeune compagnon.
— Désormais, tous les après-midi à cette heure, nous marquerons une halte. Un quart d'heure. Tu veux dormir ?
— Non.
Le gamin posa sur lui un regard honteux et il le lui rendit empreint de douceur. Distraitement, il ôta une balle de son ceinturon et la fit tourner entre ses doigts. La fascination s'inscrivit dans les yeux de l'enfant.
— C'est chouette.
Le Pistolero acquiesça d'un signe.
— Sûr. (Il resta un moment silencieux.) Je ne sais pas si je te l'ai dit, mais quand j'avais ton âge, j'habitais une ville ceinte de murs.
Le garçon fit non de la tête, déjà loin.
— Oui. Et il y avait un méchant...
— Le prêtre ?
— Non. Mais sans doute étaient-ils parents, maintenant que j'y pense. Demi-frères, peut-être. Marten était sorcier... comme Merlin. On connaît Merlin dans le monde d'où tu viens, Jake.
— Merlin, Arthur, les chevaliers de la Table ronde, fit la voix rêveuse de l'enfant.
Une vilaine pulsion traversa le Pistolero.
— C'est ça, dit-il. J'étais très jeune...
Mais le garçon s'était endormi, assis là, les mains l'une sur l'autre entre les cuisses.
— Quand je claque des doigts, tu te réveilles. Reposé. Frais et dispos. C'est compris ?

— Oui.
— Alors, vas-y, couche-toi.
Le Pistolero sortit sa blague et s'en roula une. Quelque chose manquait. Avec application et méthode, comme à son habitude, il chercha et trouva. L'absence était celle de cette hâte exaspérante, de la sensation qu'il risquait à tout moment d'être semé, de voir la piste s'évanouir, de rester avec un fil interrompu entre les mains. C'était fini, tout ça. S'installait en lui, lentement, la conviction que l'homme en noir voulait être rattrapé.
Et maintenant, qu'allait-il se passer ?
Question trop vague pour retenir son attention. Cuthbert s'y serait intéressé, passionnément, mais Cuthbert n'était plus et le Pistolero ne pouvait agir autrement qu'il l'avait toujours fait.
Il fuma, les yeux posés sur l'enfant, et ses pensées retournèrent à Cuthbert qui riait toujours, à Cort qui ne riait jamais, à Marten qui souriait parfois — mais d'un sourire mince, muet, au lustre inquiétant... celui d'une paupière s'ouvrant dans le noir sur du sang. Et, bien sûr, il y avait eu le faucon : David, ainsi baptisé d'après la légende du garçon à la fronde. Le seul besoin de tuer, de déchirer, de répandre la terreur avait mû David, le Pistolero n'en doutait pas. Comme lui, le faucon n'avait rien eu d'un dilettante, n'avait jamais cessé de jouer au centre du terrain.
Il n'en restait pas moins qu'un examen final pouvait révéler David plus proche de Marten que quiconque... et Gabrielle, sa mère, l'avait peut-être su.
Le Pistolero sentit l'émotion lui pousser le cœur à fleur de corps mais rien ne transparut sur ses traits. Il regarda la fumée de sa cigarette monter dans l'air surchauffé du désert, s'y évanouir... et retourna en arrière.

II

Le ciel était blanc, blanc pur ; l'air sentait la pluie. Haies et verdure naissante exhalaient un parfum doux, pénétrant. On était au cœur du printemps. David, petite machine meurtrière aux yeux d'or rivés sur le vide, était posé sur le poing replié de Cuthbert, l'attache de peau qui le retenait par les jets négligemment roulée autour du bras.

À l'écart des deux garçons se dressait, silencieuse, la silhouette de Cort : pantalon de cuir couvert de pièces et chemise de coton vert haut sanglée par son vieux ceinturon de fantassin. Le vert de la chemise se fondait dans celui des haies et du moutonnement de gazon des terrains du fond où les dames n'avaient pas encore entamé leur partie.

— Tiens-toi prêt, souffla Roland à Cuthbert.

— On l'est, rétorqua Cuthbert avec assurance. Pas vrai, Davy ?

Ils parlaient en bas langage, jargon d'écuyers et de marmitons ; il était encore loin, ce jour où ils auraient toute latitude pour s'exprimer dans leur propre parler en présence d'autrui.

— C'est un beau jour pour s'entraîner. Tu sens l'odeur de pluie ? C'est...

Cort souleva brusquement la cage. Le panneau bascula et la colombe fut dehors, s'enfonçant dans le ciel à tire-d'aile. Cuthbert libéra l'attache... pas assez vite : le faucon avait déjà quitté son poing dans un gauche envol. Il se rétablit d'un bref coup d'aile et monta, gagnant du terrain sur la colombe, rapide comme une balle de pistolet.

Cort s'approcha des garçons comme si de rien n'était et son énorme poing noueux jaillit vers la tempe de Cuthbert qui s'affaissa sans un mot, sans un son, même si ses lèvres se retroussèrent sur ses gencives. Du sang goutta de son oreille et macula le vert de l'herbe.

— Tu as été trop lent, expliqua Cort.

Cuthbert essaya de se relever.

— Désolé, Cort. J'étais simplement...

Cort frappa de nouveau. Cuthbert retomba. Le sang coulait plus vite à présent, filet régulier.

— Use du Haut Parler, reprit Cort à mi-voix, une voix sans timbre, légèrement rauque à force de libations. Dis ton acte de contrition dans cette langue civilisée pour laquelle sont morts des hommes meilleurs que tu ne sauras jamais l'être, petite larve.

Cuthbert se relevait une fois de plus. Des larmes brillaient dans ses yeux mais la haine lui crispait les lèvres en un pli mince et figé.

— C'est ma faute, ma très grande faute, dit-il, pantelant de se dominer. J'ai oublié le visage de mon père dont j'aspire un jour à porter les armes.

— C'est ça, morveux. Médite sur tes erreurs ! Et tu réfléchiras mieux l'estomac vide : ni dîner ni petit déjeuner.

— Regardez ! cria Roland, montrant le ciel.

Le faucon avait dépassé la colombe et planait au-dessus d'elle dans le ciel clair et serein, ses courtes ailes musculeuses déployées, d'une fixité totale. Puis il les replia et se laissa choir comme une pierre. Les deux masses entrèrent en collision ; l'espace d'un instant, Roland crut voir du sang dans l'air... illusion, sans doute. Le faucon poussa un bref cri de victoire et la colombe tomba, battant des ailes, tordue de soubresauts. Roland se précipita pour la récupérer, abandonnant Cort et le malheureux Cuthbert.

Le rapace s'était posé près de sa proie dont il déchirait d'un bec satisfait la gorge blanche et replète. Quelques plumes achevaient de voltiger jusqu'à terre.

— David ! cria l'enfant, lançant au faucon un morceau de lapin pris dans son sac. L'oiseau l'attrapa au vol, l'avala dans un sursaut du dos et du cou. Roland essaya de le rattacher.

Presque machinalement, le faucon se retourna et laboura le bras de Roland, y créant une longue entaille aux bords déchiquetés. Puis il reprit son repas.

Le garçon étouffa un grognement et enroula de nouveau l'attache, s'arrangeant cette fois pour recevoir les furieux coups de bec sur son gantelet de cuir. Il donna un autre bout de viande au rapace et lui passa son capuchon. David grimpa docilement sur son poing.

L'enfant se redressa, tout fier.

— Et ça, qu'est-ce que c'est ? demanda Cort, montrant l'estafilade sanguinolente sur le bras de Roland.

Le garçon se raidit en prévision du coup, contracta sa gorge pour interdire tout cri, mais rien ne vint.

— Il m'a attaqué, dit-il.

— Tu as dû lui casser les pieds, rétorqua Cort. Le faucon ne te craint pas, petit. Tu ne l'intimideras jamais. Il est le Pistolero de Dieu.

Roland se contenta de regarder le vieux soldat. Il était dénué d'imagination. Si Cort avait eu quelque arrière-pensée pédagogique, tant pis pour lui : son élève était assez terre à terre pour envisager là une des rares bêtises qu'il lui eût entendu lâcher.

Cuthbert s'approcha par-derrière et, traversant le havre sûr du dos de Cort, lui tira la langue. Roland s'abstint de sourire, hocha toutefois la tête, discrètement.

— Maintenant, rentrez, dit Cort, récupérant le faucon. (Son doigt se braqua sur Cuthbert.) Et toi, n'oublie pas ta méditation ! Ni ton jeûne ! Ce soir et demain matin.

— Oui, fit Cuthbert, cérémonieux sur le mode guindé. Merci pour cette précieuse journée d'enseignement.

— Ça rentre, mais ta langue a la fâcheuse habitude de pendre stupidement de ta bouche quand ton instructeur a le dos tourné. Un de ces jours peut-être, elle et toi saurez tenir vos places respectives. (Nouveau coup de poing, juste entre les deux yeux cette fois, et avec assez de violence pour que le choc sourd fût nettement audible, évocateur aussi : le maillet du marmiton qui met en perce un tonnelet de bière. Cuthbert partit à la renverse. Fugitivement vitreux, son regard redevint net : il se rivait sur Cort, brûlant de haine, de haine à l'état pur, pointe d'épingle au centre de chaque œil, vermeille comme le sang de la colombe.)

Cuthbert hocha la tête, et ses lèvres s'ouvrirent sur un terrifiant sourire que Roland ne lui avait jamais vu.

— Tout espoir n'est pas perdu, p'tite larve, dit Cort. Viens me voir dès que tu seras prêt.

— Comment vous avez su ? grinça Cuthbert entre ses dents.

Ce fut Roland qui reçut la réponse, Cort se retournant si vite qu'il faillit basculer en arrière : pour un peu, ils se seraient retrouvés à deux décorant de leur sang ce vert tout neuf.

— Ça se voyait dans ses yeux de larve. Tâche de retenir la leçon, Cuthbert. C'est la dernière pour aujourd'hui.

Cuthbert hocha encore une fois la tête. Le même sourire.

— C'est ma faute, ma très grande faute. J'ai oublié...

— Trêve de conneries, coupa Cort, perdant tout intérêt pour lui et refaisant face à Roland. Allez, filez, tous les deux. Si j'avais plus longtemps sous les yeux vos deux faces de larves, je vomirais tripes et boyaux.

— Viens, dit Roland.

Cuthbert secoua la tête, s'éclaircissant les idées, puis se releva. Cort était déjà bas sur la colline de sa démarche fléchie, arquée, une indéniable puissance, quelque chose de quasi préhistorique. La tonsure frangée de gris au sommet de son crâne se dessina un moment, engoncée entre les épaules.

— Je le tuerai, ce fils de pute, dit Cuthbert.

Il avait toujours son rictus. Un bel œuf d'oie violacé lui poussait par magie sur le front.

— Pas plus toi que moi, dit Roland, soudain fendu d'un large sourire. Tu n'as qu'à venir dîner avec moi aux cuisines de l'Aile Ouest. Le cuistot nous trouvera quelque chose.

— Cort le saura.

— Il n'est pas copain avec Cort. (Il haussa les épaules.) Et même s'il allait lui raconter ?

Cuthbert lui rendit son sourire.

— T'as raison. J'ai toujours voulu savoir à quoi ressemblait le monde quand on avait la tête en bas et renversée dans le dos.

Ils s'acheminèrent sur les vertes pelouses, escortés par leurs ombres dans la claire lumière de printemps.

Le maître queux des cuisines ouest se nommait Hax. Il y régnait, monumental, dans sa tenue blanche souillée de nourriture — homme au teint olivâtre, au sang quart noir, quart jaune, quart d'Îles Méridionales désormais presque oubliées (le monde avait changé), Dieu sait quoi pour le dernier quart —, y évoluait, tracteur au ralenti dans ses mules de calife, sous les hauts plafonds noyés de vapeur de trois vastes salles. Il était l'un de ces très rares adultes à bien s'entendre avec les enfants, avec tous, sans condescendance mielleuse, un rapport d'égal à égal qui n'excluait pas de solides démonstrations d'affection, comme une poignée de main peut s'imposer à l'issue d'une affaire. Même ceux qui avaient abordé l'Entraînement, il les aimait, tout différents qu'ils fussent — garçons moins démonstratifs et relativement dangereux, mais pas à la manière des adultes, plutôt comme n'importe quel enfant avec un grain de folie —, et Cuthbert n'était pas le premier élève de Cort qu'il eût nourri en douce. Pour l'heure, il se tenait à son fourneau — énorme, à cuisson rapide — l'un des six appareils électriques dans tout le domaine à demeurer en état de marche —, regardant les deux gosses engloutir la viande en sauce qu'il leur avait servie. Derrière, devant, partout, marmitons, commis, subalternes de tout poil s'activaient dans l'épaisse moiteur de l'air, remuant à grand vacarme poêles et casseroles, touillant les ragoûts, s'échinant dans les régions inférieures à éplucher pommes de terre et légumes. Agenouillée dans l'alcôve ombreuse de la resserre, une souillon aux traits terreux et misérables, les cheveux serrés dans un méchant fichu à peine moins loqueteux que sa serpillière, lavait les dalles à grande eau.

Un des plongeurs surgit avec un soldat de la Garde sur ses talons.

— Hax, y a ce type qui t'demande.

— D'accord. (Hax fit signe au garde qu'il arrivait.) Vous, les garçons, allez voir Maggie. Elle vous donnera de la tarte. Après ça, décampez.

Ils acquiescèrent de la tête et allèrent trouver Maggie qui leur donna deux énormes parts sur de grandes assiettes... mais à bout de bras, comme à des chiens susceptibles de la mordre.

— On n'a qu'à se mettre sur les marches, proposa Cuthbert.

— D'accord.

Ils s'installèrent derrière un volumineux pilier suintant d'humidité, à l'abri des regards de la cuisine, et mangèrent la tarte avec les doigts. Quelques instants seulement s'écoulèrent avant qu'ils ne vissent des ombres se projeter juste en face d'eux sur la courbure du vaste escalier. Roland prit Cuthbert par le bras.

— On s'en va. V'là du monde.

Son camarade releva la tête, un visage surpris, barbouillé de jus de baies.

Mais les deux ombres s'étaient immobilisées, leurs propriétaires respectifs toujours hors de vue, même si l'une d'elles était parfaitement reconnaissable à ses dimensions : Hax ; l'autre ne pouvait qu'être l'homme de la Garde. Les garçons restèrent où ils étaient. On aurait pu les entendre s'ils avaient bougé.

—... l'homme de bien, disait le garde.

— À Farson ? s'enquit Hax.

— Oui, dans quinze jours, lui fut-il répondu. Trois semaines, peut-être. Il faut que tu nous accompagnes. Il est arrivé un chargement de l'entrepôt... (Un fracas de batterie de cuisine particulièrement retentissant, suivi d'un concert de sifflets à l'adresse du malheureux marmiton qui en était responsable noyèrent le reste, puis les garçons entendirent le garde conclure :)... de la viande empoisonnée.

— Risqué.

— Ne te demande pas ce que l'homme de bien peut faire pour toi... commença le garde.

—... mais ce que tu peux faire pour lui. (Hax soupira.) Soldat, ne pose pas de questions.

— Tu en connais les conséquences éventuelles, dit tranquillement le garde.

— Oui. Et je n'ignore rien de mes obligations envers lui ; tu n'as pas besoin de me faire la leçon. Il m'est aussi cher qu'à toi.

— Bien. La viande portera une estampille stipulant un séjour de courte durée dans tes chambres froides. Mais tu auras à faire vite, comprends-le.

— Il y a des gosses à Farson ? demanda tristement le cuisinier — question qui n'en était pas une, à vrai dire, et à laquelle le garde répondit avec douceur :

— Il y en a partout. Toutes nos pensées — et les siennes — vont aux enfants.

— De la viande empoisonnée. Drôle de manière de penser à eux. (Hax émit un lourd soupir asthmatique.) Vont-ils se figer, les mains crispées sur le ventre, en appelant leur mère ? Probablement.

— Ce sera comme s'ils s'endormaient, dit le garde, mais il y avait quelque chose de trop rassurant dans sa voix.

— Ben voyons, fit Hax, et il éclata de rire.

— Tu l'as dit toi-même : « Soldat, ne pose pas de

questions. » Ça te plaît de voir ces gosses sous la loi du pistolet alors qu'ils pourraient être entre les mains de celui qui fait se coucher le lion près de l'agneau ?

Hax s'abstint de répondre.

— Bon, reprit le garde, son exaltation retombée. Fais-moi préparer un quartier de mouton. Entre-temps, je vais aller pincer une de tes femelles pour la faire glousser.

— Ce n'est pas mon mouton, au moins, qui te donnera des crampes d'estomac, Robeson.

— Tu vas...

Mais les ombres s'éloignèrent et les voix se firent inaudibles.

J'aurais pu les tuer, songea Roland, pétrifié, fasciné. J'aurais pu les tuer tous les deux avec mon couteau, leur trancher la gorge, les saigner comme des porcs. Il baissa les yeux sur ses mains où la sauce et le jus de tarte avaient rejoint la crasse récoltée au cours des exercices de la journée.

— Roland.

Il se tourna. Cuthbert et lui se regardèrent un long moment dans la pénombre odorante, et dans sa gorge monta la saveur d'un chaud désespoir. Cette sensation aurait pu être celle d'une forme de mort — quelque chose de brutal et de définitif à l'égal de la mort de la colombe dans le ciel clair au-dessus des terrains de jeux. Hax ? Il n'en revenait pas. Hax qui, l'autre fois, lui avait posé un cautère sur la jambe ? Hax ? Puis son cerveau se bloqua, déclara le sujet clos.

Et sur le visage de Cuthbert, même sur ces traits pétillant d'intelligence et d'humour, il ne vit rien, absolument rien. Les yeux de son camarade avaient déjà classé l'affaire, arrêté le sort du maître queux, tout rejeté dans le passé. Hax leur avait donné à manger et ils s'étaient installés sur les marches ; Hax avait alors mal choisi dans quel coin des cuisines emmener le garde Robeson pour leur bref et félon tête-à-tête. Point, à la ligne. Dans ces yeux, Roland lut que le cuisinier paierait sa trahison de sa vie, comme une vipère ne peut que périr dans une fosse. Il n'y lut pas autre chose, rien du tout.

C'étaient les yeux d'un pistolero.

Rentré du haut pays dans la demi-heure précédente, le père de Roland détonnait au sein du décorum et des tentures du grand hall de réception dont le garçon, depuis peu, s'était vu accorder l'accès comme marque de son noviciat.

Son père était en jean noir et chemise bleue. Il s'était négligemment rejeté par-dessus l'épaule sa cape poussiéreuse, pisseuse, déchirée en un point jusqu'à la doublure, sans souci du contraste déplorable qu'elle et lui offraient avec l'élégance du décor. Il était atrocement maigre et, quand il se pencha vers son fils, ce fut comme si sa tête était entraînée par la lourde moustache qui lui barrait la lèvre supérieure. Les ceinturons entrecroisés sur ses hanches suspendaient les pistolets à l'angle parfait pour ses mains et leurs crosses en bois de santal polies par l'usage avaient quelque chose de terne et d'endormi dans cette maladive lumière d'intérieur.

— Le chef de cuisine, dit-il à mi-voix. Tu te rends compte ! Les rails qu'on a fait sauter là-haut, au terminus de la ligne. Le bétail décimé de Hendrickson. Et si ça se trouve... Non, mais tu te rends compte ! (Il posa sur son fils un regard plus attentif.) Ça ne te lâche pas.

— Comme le faucon, dit Roland. Lui non plus ne lâche pas sa proie.

Il rit, de l'étonnante justesse de l'image plus que d'un quelconque comique dans la situation.

Son père sourit.

— Oui, dit Roland. Je crois que ça ne me lâche pas.

— Cuthbert était avec toi. Il a dû le dire à son père depuis.

— Oui.

— Il vous a donné à manger à tous les deux alors que Cort...

— Oui.

— Et Cuthbert ? Ça le travaille aussi, à ton avis ?

— Je n'en sais rien.

Il n'avait pas envie de se lancer dans les comparaisons. Savoir si les autres sentaient ou non les choses ne l'intéressait pas.

— Ça te travaille parce que tu as l'impression d'avoir tué quelqu'un ?

Il haussa les épaules sans le vouloir, instantanément ulcéré par cette enquête sur ses motivations.

— Tu as parlé quand même. Pourquoi ?

Les yeux du gosse s'écarquillèrent.

— Aurais-je pu faire autrement ? La trahison est un...

— Si tu as fait ça pour ce genre d'idéaux simplistes qui traînent dans les livres de classe, alors ce n'était pas la peine. J'aurais préféré voir tout Farson empoisonné.

Les mots lui giclèrent de la bouche :

— C'était pas pour ça ! Je voulais le tuer... les tuer tous les deux. Ces menteurs ! Ces vipères ! Ils...

— Continue.

— Ils m'ont fait du mal, acheva-t-il. Ils m'ont fait quelque chose, ont changé quelque chose en moi. C'est pour ça que je voulais les tuer.

Son père fit signe qu'il comprenait.

— Voilà qui vaut la peine. Amoral, certes, mais ce n'est pas ton rôle d'être moral. En fait... (son regard se riva sur son fils)... il se peut que la morale ne soit jamais de ton ressort. Tu n'es pas vif comme Cuthbert, ni comme le fils à Wheeler. Cela te rendra redoutable.

Jusqu'alors agacé, Roland fut à la fois ravi et troublé.

— Il sera...

—... pendu.

— Je veux y assister.

Roland père se renversa dans un énorme éclat de rire.

— Moins redoutable que je ne pensais... ou alors, bêtement idiot.

Ses lèvres se verrouillèrent et sa main jaillit, saisit l'enfant par le bras, lui fit mal. Roland fils grimaça mais ne broncha pas. Roland père le regardait fixement ; il soutint ce regard, même si c'était plus difficile que de chaperonner le faucon.

— Bien, dit son père qui se détourna, de but en blanc sur le départ.

— Père ?

— Oui ?

— De qui parlaient-ils ? Savez-vous qui est cet homme de bien ?

Son père se retourna et posa sur lui un regard songeur.

— Oui, j'ai mon idée.

— Si vous l'attrapiez, dit l'enfant sur son mode réfléchi, presque balourd. Il n'y en aurait plus d'autres comme le chef qui auraient à se faire... se faire briser le cou.

Son père eut un sourire mince.

— Peut-être pas dans l'immédiat. Mais à la longue, il faudra toujours que quelqu'un se fasse briser le cou, pour reprendre ton expression imagée. Le peuple l'exige. Tôt ou tard, même en l'absence d'apostat, le peuple en invente.

— Oui, dit Roland, saisissant instantanément cette idée qu'il ne devait jamais oublier. Mais si vous l'attrapiez...

— Non.

— Pourquoi ?

Son père parut un moment sur le point de dire pourquoi puis choisit de se taire.

— On a assez parlé, pour l'heure. Éloigne-toi.

Il voulut dire à son père de ne pas oublier sa promesse quand le jour serait venu pour Hax de sentir le sol se dérober sous ses pieds, mais il était sensible aux humeurs paternelles. Il le soupçonnait d'avoir envie de baiser. Porte qu'il referma en vitesse. Il savait que son père et sa mère faisaient... faisaient ça ensemble, était raisonnablement bien informé sur la nature de la chose, mais l'image mentale qui ne manquait jamais de s'y associer lui donnait un double sentiment de malaise et d'étrange culpabilité. Quelques années plus tard, Susan allait lui raconter l'histoire d'Œdipe, et lui s'en pénétrer, calme et recueilli, songeant au bizarre et sanglant triangle formé par son père, sa mère et Marten — connu dans d'autres sphères comme l'homme de bien. Ou peut-être un carré si on l'y admettait.

— Bonne nuit, père.

— Bonne nuit, mon fils.

Et il commença de déboutonner sa chemise, l'air absent. À ses yeux, l'enfant n'était déjà plus là. Tel père, tel fils.

La colline aux potences se dressait en bordure de la route de Farson — rencontre poétique à laquelle Cuthbert aurait pu être sensible, à la différence de Roland, qui, en revanche, l'était à la sinistre splendeur du gibet escaladant l'azur lumineux du ciel, noire silhouette anguleuse en surplomb de la piste des diligences.

Les deux garçons s'étaient vus dispensés d'entraînement ce matin — Cort avait laborieusement déchiffré les billets paternels, articulant silencieusement chaque mot, hochant la tête çà et là. La tâche accomplie, il avait levé les yeux vers le ciel bleu-rose de l'aube et hoché la tête une fois de plus.

— Attendez, avait-il dit. (Et il était rentré dans la maisonnette de pierre sèche où il vivait, en était ressorti avec une grossière galette de pain azyme qu'il avait rompue pour en donner une moitié à chacun.) Quand ce sera fini, vous émietterez ce pain sous ses chaussures. Faites exactement ce que je vous dis, sinon ce sera une bonne raclée pour commencer la semaine.

Ils n'avaient compris qu'en arrivant sur les lieux,

montés à deux sur le hongre de Cuthbert. Ils étaient les premiers, deux bonnes heures d'avance sur les autres et quatre sur l'exécution. La colline était déserte, sauf d'oiseaux. Il y en avait partout, tous noirs évidemment. Bruyamment juchés sur la barre en travers de la trappe — sur l'armature de la mort —, formant rang sur le bord de la plate-forme, se disputant leur place sur les marches.

— Ils les y laissent, marmonna Cuthbert. Pour eux.

— Montons, dit Roland.

Il y eut quelque chose comme de l'horreur dans le regard que Cuthbert lui lança.

— Tu crois...

Roland l'arrêta d'un geste.

— On a des siècles d'avance. Il ne viendra personne.

— Bon.

Ils montèrent vers le gibet. Devant leur lente approche, les corbeaux se soulevèrent en vols indignés, croassants, circulaires, foule hostile de paysans dépossédés de leurs terres, aplats noirs sur la pure lumière de l'aube.

Et Roland reçut la gifle de son énorme responsabilité : ce bois n'était pas noble, n'avait pas sa place dans l'impressionnant parc de machines de la civilisation, rien qu'un squelette de poutres et de planches gauchies, chaulé de chiures. Partout : sur les marches, sur la rampe, sur l'échafaud même. Et ça puait.

Il retourna vers Cuthbert des yeux épouvantés, vit dans ceux de son camarade la même expression.

— Je ne pourrai pas, chuchota Cuthbert. Je ne pourrai pas voir ça.

Lentement, Roland secoua la tête. Il y avait une leçon, là. Rien d'étincelant mais du vieux, du rouillé, du tordu. Ce pourquoi les pères les avaient laissés venir. Et avec son opiniâtreté coutumière, son entêtement inarticulé, Roland prit mentalement possession de ce que c'était.

— Tu pourras, Bert.
— J'en dormirai pas de la nuit.
— Eh bien, tu n'en dormiras pas, rétorqua Roland qui ne voyait pas le rapport.

Cuthbert lui étreignit alors le bras et lui plongea dans les yeux un regard de muette souffrance qui raviva ses doutes. Amèrement, il regretta qu'ils eussent mis les pieds ce soir-là dans les cuisines ouest. Son père avait raison. Il aurait mieux valu qu'hommes, femmes et enfants meurent à Farson.

Mais, si rouillée fût-elle, à demi enterrée, il ne la laisserait pas échapper, cette leçon, ni ne relâcherait sur elle sa prise.

— À quoi bon monter ? dit Cuthbert. Y a rien d'autre à voir.

Roland s'inclina, à regret, sentant faiblir cette prise... sur quoi que ce fût. Cort aurait commencé par leur faire mordre la poussière, il le savait, puis les aurait forcés à monter, maudissant chaque marche, reniflant les morves de sang frais qui leur auraient pendu du nez. Cort aurait probablement expédié une longueur de chanvre par-dessus la potence et leur aurait fait passer la tête chacun à son tour dans le nœud coulant, les aurait fait avancer jusque sur la trappe pour qu'ils en éprouvent la sensation sous leurs pieds. Et, bien sûr, Cort aurait eu raison. Pour la première fois de sa vie, il se prit à détester son âge, aspira aux callosités, à la stature, à l'assurance des adultes.

Il arracha exprès un éclat de bois de la rampe et le mit dans sa poche avant de repartir.

— Pourquoi t'as fait ça ? lui demanda Cuthbert.

Il aurait pu lancer quelque chose du style : « Frères humains qui après nous vivez... » mais il se contenta de regarder Cuthbert en secouant la tête.

— Pour l'avoir, dit-il. Rien que pour l'avoir toujours sur moi.

Ils allèrent s'asseoir à l'écart du gibet et attendirent. Au bout d'une heure et quelques, les premiers se montrèrent, des familles dans l'ensemble, débarquant au grand complet de cabriolets et de chariots délabrés avec leur petit déjeuner : des pleins paniers de crêpes roulées à la confiture de fraises des bois. Roland sentit son estomac crier famine et, encore une fois, désespérément, vainement, chercha où était l'honneur, où était la noblesse dans tout ça. Il lui semblait que Hax, déplaçant sa masse vêtue de blanc maculée par les travées de son domaine souterrain de fumets et de vapeurs, était autrement plus noble. Il tripotait l'éclat de bois dans sa poche, hébété, nauséeux. Cuthbert étendu près de lui s'était accroché sur la figure un masque impassible.

En fin de compte, au soulagement de Roland, ce ne fut pas grand-chose. On amena Hax dans une charrette et, n'eût été sa corpulence, personne ne l'aurait reconnu : il avait les yeux bandés, une large pièce de tissu noir lui tombait sur le visage. Il y en eut pour lancer des pierres mais la plupart n'interrompirent même pas leur repas.

Un pistolero que le garçon ne connaissait pas (il fut content que le tirage au sort n'eût pas désigné son père) guida le gros cuisinier jusqu'au sommet des marches. Deux soldats du guet les y avaient précédés, plantés de part et d'autre de la trappe. Le Pistolero arrêta Hax entre eux, lança une corde pardessus la potence et lui en passa la boucle autour du cou, laissa tomber le nœud jusqu'à le voir reposer sur l'oreille gauche. Les corbeaux s'étaient tous envolés. Roland savait qu'ils attendaient.

— Souhaites-tu te confesser ? dit le Pistolero.

— Je n'ai rien à confesser, répondit le condamné. (Sa voix portait bien, étrangement digne, en dépit de l'étoffe qui lui faisait bâillon et frémissait dans l'agréable brise qui s'était levée.) Je n'ai pas oublié le visage de mon père ; il n'a jamais cessé de m'accompagner.

Roland jeta un regard sur la foule, scruta les visages et ce qu'il y vit le troubla : de la sympathie, voire de l'admiration ? Il allait devoir poser la question à son père. Quand les traîtres faisaient figure de héros (ou les héros de traîtres, supposait-il avec sa grogne coutumière), on était sans doute entré dans des temps de ténèbres. Il aurait voulu mieux comprendre. Cort fit irruption dans ses pensées, Cort et le pain qu'il leur avait donné. Le mépris l'envahit : viendrait le jour où Cort serait à son service. Peut-être pas à celui de Cuthbert qui risquait de flancher à la longue sous l'incessante pression de l'instructeur, de rester page ou écuyer (ou, pire encore : plénipotentiaire parfumé, badinant dans les halls de réception, feignant de lire l'avenir dans une boule de cristal en compagnie des rois et des princes décatis). Mais pas lui. C'était une certitude.

— Roland.

— Je suis là.

Il prit la main de Cuthbert. Les doigts s'en verrouillèrent comme les mâchoires d'un étau.

La trappe s'ouvrit. Hax tomba comme une masse. Et au sein du soudain silence il y eut un son, comme une pomme de pin qui explose dans l'âtre par une froide nuit d'hiver.

Mais, vraiment, ce ne fut pas grand-chose. Les jambes du pendu battirent un large entrechat, une espèce de chuintement satisfait monta de la foule, les deux gardes renoncèrent à leur raideur militaire et, avec des gestes nonchalants, entreprirent de tout ranger. Le Pistolero redescendit lentement les marches, enfourcha sa monture et s'éloigna, droit devant lui, sans se soucier d'éviter un groupe de pique-niqueurs qui leva le camp de justesse.

Après quoi, la foule se dispersa très vitc. Une demi-heure à trois quarts d'heure plus tard, les deux garçons se retrouvèrent seuls sur le tertre où ils s'étaient installés, assistant au retour des corbeaux curieux d'examiner la nouvelle aubaine. L'un d'eux se posa sur l'épaule de Hax et parut y élire domicile, s'amusant à pousser du bec l'étincelant anneau que le cuisinier avait toujours porté à l'oreille droite.

— On ne dirait pas que c'est lui, dit Cuthbert.

— Que si, lui assura Roland alors qu'ils retournaient vers le gibet, leur pain à la main.

Cuthbert eut l'air interloqué.

Ils s'arrêtèrent au pied de la potence et levèrent les yeux vers le corps qui se balançait, tournoyait. Cuthbert tendit la main et toucha par défi une cheville velue. La rotation du corps s'inversa.

Alors, très vite, ils émiettèrent leur pain sous les pieds ballants. Roland ne se retourna qu'une fois en redescendant la colline. Il y avait à présent des oiseaux par milliers. Le pain — il ne le saisit qu'obscurément — avait donc valeur de symbole.

— C'était bien, dit soudain Cuthbert. Je... j'ai... Ça m'a rudement plu. Ça, oui, ça m'a plu.

Roland ne fut pas choqué. Il ne s'était pas senti un goût particulier pour ce genre de spectacle, mais il comprenait qu'on aimât ça.

— Je ne sais trop quoi en dire, mais c'était quelque chose, pour sûr.

Dix années s'écoulèrent encore avant que le pays ne tombe entre les mains de l'homme de bien. Entretemps, il était devenu pistolero, avait vu mourir son père, avait tué sa mère... et le monde avait changé.

III

— Regardez !

Jake avait le doigt pointé vers les hauteurs.

Le Pistolero leva la tête et sentit craquer dans son dos quelque obscure articulation. Ils avaient atteint les contreforts deux jours auparavant, et que leurs outres fussent presque vides n'avait plus trop d'importance. Sous peu, ils allaient pouvoir boire jusqu'à plus soif.

Il suivit des yeux la direction indiquée, survolant le soulèvement de la prairie jusqu'à la miroitante nudité des falaises creusées de gorges qui la bornaient… puis plus haut, montant vers les neiges du sommet.

À peine visible et si loin, rien qu'un point minuscule (ç'aurait pu être une de ces taches qui vous dansent devant les yeux, n'eût été sa permanence), il aperçut l'homme en noir qui gravissait la pente à une allure imperturbable, mouche infime sur un mur de granit immense.

— C'est lui ? demanda Jake.

Le Pistolero regarda la petite tache anonyme se livrer à ses acrobaties lointaines, n'y voyant rien, sinon le pressentiment de quelque douleur.

— Oui, c'est lui.

— Vous pensez qu'on le rattrapera ?

— Pas sur ce versant. Sur l'autre. Et jamais si on reste ici à en parler.

— C'est si haut, dit Jake. Qu'est-ce qu'il y a de l'autre côté ?

— Je ne sais pas. Je ne crois pas qu'on le sache. Il se peut qu'on l'ait su jadis.

Ils reprirent leur ascension, provoquant de petits glissements d'éboulis vers le désert qui, dans leur dos, se déployait apparemment à l'infini. Et au-dessus d'eux, loin au-dessus, l'homme en noir ne cessait de grimper. Impossible de distinguer s'il lui arrivait de se retourner. Il paraissait bondir pardessus d'invraisemblables précipices, escalader des parois verticales. Une ou deux fois, il disparut, mais toujours pour reparaître, jusqu'à ce que le rideau violet du crépuscule l'eût absorbé. Quand ils dressèrent leur camp pour la nuit, le garçon parla peu et le Pistolero se demanda si l'enfant avait compris ce dont lui-même avait déjà l'intuitive conviction. Il revit le visage de Cuthbert, brûlant, épouvanté, excité, pensa aux miettes de pain, pensa aux oiseaux. C'est ainsi que tout s'achève, se dit-il. Encore et encore, c'est ainsi que tout finit. Quêtes ou routes toujours plus loin vous entraînent, et toutes pour aboutir au même endroit, sur des lieux d'exécution.

Sauf celle de la Tour, peut-être.

Le garçon, la victime offerte, au visage innocent et si jeune dans la clarté de leur petit feu, s'était endormi sur son repas. Le Pistolero l'enveloppa dans la couverture et se roula en chien de fusil pour dormir à son tour.

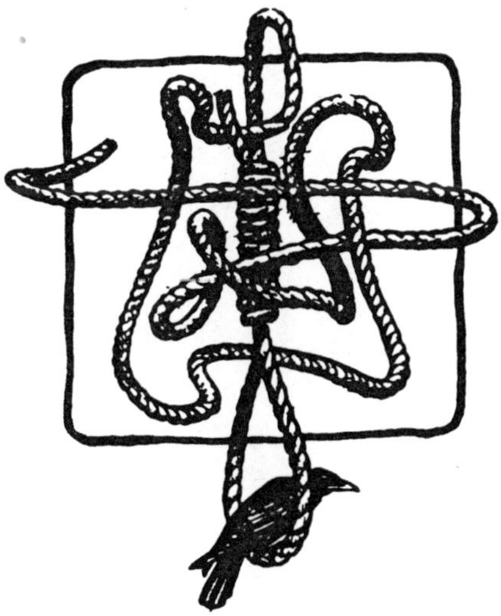

L'Oracle
et
les Montagnes

Ce fut le gamin qui découvrit l'Oracle et il fut bien près d'en mourir.

Quelque intuition subtile tira le Pistolero de son sommeil alors que l'environnait encore le velours des ténèbres qui, sans transition, s'était abattu sur eux dès la fin du jour, voile tissé dans la fraîcheur de l'eau d'un puits. Jake et lui venaient alors d'atteindre le premier palier de ces contreforts étagés et la grasse bande de prairie pratiquement plane qui s'y étendait. D'en contrebas, déjà, sur la pente escarpée — dont chaque mètre gravi sous un soleil assassin leur arrachait des sueurs de sang —, ils avaient pu entendre dans le feuillage éternellement vert des saules qui les surplombaient le crissement aguicheur des criquets frottant leurs pattes l'une contre l'autre. Pas un instant le Pistolero ne s'était départi de son impassibilité coutumière et, non sans fierté, il avait pu constater que le jeune garçon s'efforçait pour le moins d'arborer un visage inexpressif. Le masque avait pourtant ses failles, Jake n'ayant pu dissimuler la flamme féroce qui brûlait au fond de ses yeux fixes et à demi révulsés, ceux d'un cheval qui, sentant la proximité d'un point d'eau, n'est retenu de s'y précipiter que par l'unique et infime chaîne que constitue pour lui la volonté de son maître — dont les explications patientes ont seules pouvoir de ramener au calme l'animal insensible aux éperons dans cet état. En fait, pour juger de l'intensité du supplice enduré par Jake, le Pistolero n'avait eu qu'à se référer à la démence en lui instillée par le vacarme des criquets. Ses bras lui avaient paru chercher les ardoises tranchantes pour s'y érafler et ses genoux quémander un nombre toujours croissant d'écorchures où sourdait la saumâtre humeur de son sang.

Toute leur ascension s'était effectuée sous un soleil écrasant et même quand, à son coucher, il s'était mué en masse énorme d'un rouge fiévreux, il n'en avait pas moins continué de briller avec perversité dans l'encadrement du défilé qui entaillait les collines sur leur gauche, les aveuglant, transformant chaque goutte de sueur qui perlait à leur front en prisme de souffrance.

Puis la végétation était apparue, d'abord sous forme de buissons jaunâtres s'accrochant au sol avec une effarante vitalité à l'extrême limite du ruissellement des eaux. Un peu plus haut s'étendait le domaine de l'hamamélis, et les quelques pieds épars qu'ils avaient commencé par rencontrer devinrent bien vite de luxuriants massifs de verdure... puis la douce et fraîche senteur de l'herbe de prairie leur était enfin parvenue aux narines et ils l'avaient vue se déployer devant eux, mêlée de trèfle, ombragée par les premiers sapins rabougris. C'était là, dans l'une de ces flaques vert bouteille, que le Pistolero avait aperçu l'arc d'un mouvement fauve. Il avait dégainé et abattu le lapin avant même que Jake n'ait eu le temps de pousser un cri de surprise. Un instant plus tard, le revolver avait repris sa place dans l'étui.

— On s'arrête ici, avait dit le Pistolero.

Devant eux, la prairie ne cessait de se faire plus dense, plus grasse, jusqu'à se perdre sous une jungle de saules dont le feuillage, d'un vert éclatant, avait quelque chose de choquant — voire d'indécent — après l'interminable cuvette brûlée par le soleil d'où ils venaient de s'extraire. Dans la saulaie, il devait y avoir une source — peut-être même plusieurs — et l'endroit eût été plus frais pour y passer la nuit, mais le Pistolero avait préféré rester en rase campagne. Le gamin n'avait déjà que trop marché — jusqu'au bout de ses forces — et les profondeurs du sous-bois risquaient d'abriter des chauves-souris susceptibles d'interrompre son sommeil, quand bien même il dormirait à poings fermés. Par ailleurs, pour peu que ces bêtes fussent des vampires, ils auraient pu tous deux ne pas se réveiller du tout... du moins, pas dans ce monde.

L'enfant s'était proposé pour aller ramasser du bois.

Le Pistolero avait souri.

— Non, reste ici. Assieds-toi, Jake.

Qui avait déjà dit ça ? Une femme.

Le garçon s'était assis et le Pistolero, à son retour, l'avait trouvé endormi avec, perchée sur la pousse de sa mèche rebelle, une grosse mante religieuse procédant à ses ablutions rituelles. Le Pistolero avait démarré un feu, puis il était parti chercher de l'eau.

La saulaie s'était révélée beaucoup plus vaste qu'il ne l'avait cru de prime abord, et l'enchevêtrement de ses ramures pleureuses passablement déroutant dans la lumière du soir. Il avait cependant fini par tomber sur une source gardée par un impressionnant corps de crapauds et de grenouilles. Il y avait rempli une de leurs outres... et marqué un temps d'arrêt. Les bruits de la nuit éveillaient en lui une sensualité inquiète, quelque chose que même Alice, la femme avec laquelle il avait couché à Tull, n'avait su ramener en surface, baise et sensualité n'ayant après tout qu'un lointain cousinage. Il avait fini par mettre cette étrange impression sur le compte d'une sorte d'éblouissement de tous les sens au sortir du désert, d'un contraste par lequel la douceur des ténèbres dégageait presque une aura de décadence.

Il était retourné au camp et, après avoir mis de l'eau à bouillir sur le feu, avait dépouillé le lapin qui, mijoté avec le contenu de leurs dernières boîtes de conserve, avait constitué un excellent ragoût. Il avait alors réveillé Jake et l'avait regardé manger. Bien qu'à moitié endormi, l'enfant s'était montré d'une voracité rare.

— On restera encore ici toute la journée de demain, avait dit le Pistolero.

— Mais cet homme que vous poursuivez... ce prêtre.

— Ce n'est pas un prêtre. Et ne t'en fais pas. Nous le rattraperons.

— D'où vient que vous en soyez si sûr ?

Pour toute réponse, le Pistolero s'était contenté d'un vague signe de tête. Quelle que fût la force de sa conviction, il n'aurait osé l'exprimer, tant elle relevait d'un savoir sinistre.

Leur repas fini, il avait rincé les boîtes qui leur avaient servi de gamelles — s'émerveillant une fois de plus d'être si prodigue en eau —, et il ne s'était retourné que pour trouver l'enfant de nouveau endormi. Il avait posé la main sur la poitrine de Jake, attentif à ce mouvement désormais familier qui, immanquablement, faisait resurgir en lui le souvenir de Cuthbert. Ils avaient eu le même âge mais Cuthbert avait toujours fait beaucoup plus gosse que Roland.

Sa cigarette s'obstinant à pendre, il l'avait jetée dans le feu et son regard, un moment, s'était rivé sur ces claires flammes jaunes, si propres, si différentes de la façon dont brûlait l'herbe du diable. L'air était empreint d'une fraîcheur délicieuse et, pour s'allonger, il avait tourné le dos au foyer. Dans les profondeurs du défilé qui donnait accès à l'intérieur des montagnes, il avait entendu la voix épaisse du tonnerre perpétuel. Puis il s'était endormi. Et il avait rêvé.

Susan, sa bien-aimée, mourait sous ses yeux. Mort à laquelle il était contraint d'assister, réduit à l'impuissance par les deux hommes qui, de part et d'autre, lui tenaient les bras, par l'énorme collier de fer qui lui enserrait le cou. Même au travers de l'épaisse puanteur émanant du brasier, Roland pouvait encore sentir le remugle humide des culs-de-basse-fosse... discerner la couleur de sa propre démence. Susan, adorable demoiselle à sa fenêtre, fille du meneur de chevaux, se consumait au sein des flammes ; des crevés d'écarlate s'ouvraient dans sa peau carbonisée.

— L'enfant ! hurlait-elle. Roland, l'enfant !

Il pivota sur lui-même, entraînant dans son mouvement ceux qui le maintenaient. Le carcan lui sciait à présent les chairs et il perçut les sons étranglés qui se bousculaient dans sa gorge. Une odeur de grillade flottait dans l'air, douceâtre, nauséeuse.

Debout sur le rebord d'une fenêtre surplombant de très haut la cour, le garçon le regardait. Susan, de qui Roland avait appris à être un homme, à cette même fenêtre, s'était un jour assise pour chanter d'anciennes ballades. Elle avait chanté Hey Jude, Ease on Down the Road *et* A Hundred Leagues to Banberry Cross. *Et voilà que c'était l'enfant qui s'y tenait, pareil à l'un de ces saints d'albâtre dans leur niche aux murs des cathédrales. Jake avait des yeux de marbre. On lui avait planté un clou énorme en plein front.*

Le Pistolero sentit l'étranglement, la déchirure du cri annonçant que, du tréfonds de ses entrailles, la folie entamait son ascension.

— Nnnnnnnnnnnnn...

La brûlure lui arracha un grognement et il se redressa d'un bond dans le noir, tout à l'impression que son rêve continuait de le cerner, de lui comprimer la gorge comme le collier de fer qu'il y avait porté. En se retournant dans son sommeil, il avait fini par projeter sa main contre les braises mourantes. À son visage il la porta et sentit le songe s'enfuir, n'abandonnant derrière lui que l'image de Jake dont la blancheur de plâtre se détachait dans l'obscurité, saint pour démons.

— *Nnnnnnnnnnnnnn...*

Roland fouilla du regard les ténèbres compactes

et mystérieuses de la saulaie, le doigt sur la détente de ses deux pistolets dégainés. Dans les ultimes lueurs du foyer, ses yeux s'étaient étrécis en rouges meurtrières.

— *Nnnnnnnnnnnnn...*

Jake.

Il fut soudain debout, lancé au pas de course. La lune s'était levée, disque dont la lumière acerbe lui permettait de suivre la trace de Jake dans la rosée. Il dut marcher à croupetons pour passer sous les premiers saules et ne tarda pas à patauger dans la source, puis il prit pied sur l'autre rive, dérapa sur le sol détrempé (mesurant combien son corps, même en l'occurrence, exultait de ces sensations humides). Giflé par l'osier, il vit la lune disparaître derrière les frondaisons, la forêt se faisant ici plus dense. Plus haute aussi l'herbe qui, à chaque pas, revenait lui fouetter les genoux. Des branches mortes, à demi pourries, cherchaient ses jambes, ses *cojones*. Il marqua un temps d'arrêt, dressa la tête, huma l'air. Une brise passagère l'aida. Le gamin ne sentait pas très bon, bien sûr ; lui non plus, d'ailleurs. Ses narines palpitèrent comme celles d'un singe. Une odeur diffuse, huileuse, mais une odeur de sueur, à n'en pas douter. Il se rua de nouveau dans l'enchevêtrement de l'herbe, des ronces, des ramures abattues, s'engouffra sous un tunnel de saules pleureurs et de sumacs. Des mousses lui ruisselaient sur les épaules ; certaines y restaient accrochées, vrilles évanescentes et grisâtres.

Il eut encore à se battre contre une dernière barrière de saules puis déboucha dans une clairière ouverte sur les étoiles et sur le plus haut pic de la chaîne, d'une blancheur d'ossements, brillant à une altitude impossible.

Là s'érigeait un anneau de roches noires dont les hautes silhouettes évoquaient dans le clair de lune quelque piège surnaturel. Au centre de ce cromlech, une table de pierre... un autel, incroyablement ancien et reposant sur un monumental pied de basalte.

Debout devant cet autel, l'enfant oscillait d'arrière en avant, les mains tendues le long des cuisses, tendues et vibrantes, comme traversées par un courant électrique. Quand le Pistolero fit claquer la syllabe de son nom, Jake se contenta d'émettre un son inarticulé mais indiscutablement négatif. La tache de son visage, pour brouillée qu'elle fût et disparaissant presque derrière son épaule gauche, n'en exprimait pas moins la terreur et l'extase. Autre chose aussi.

Le Pistolero pénétra dans le cercle, et Jake, poussant un grand cri, eut un mouvement de recul et lança les bras en l'air. Ses traits s'en firent parfaitement distincts. Roland put y lire une peur panique qui le disputait à une grimace de jouissance proche du supplice.

Le Pistolero se sentit alors effleuré par l'esprit de l'oracle, le *genius loci,* le succube. Ses reins s'emplirent de lumière rosée, d'une lumière à la fois douce et violente. Un tourbillon s'installa dans son crâne et sa langue se gonfla, se fit atrocement sensible, jusqu'à lui donner à goûter la saveur de la salive dont elle était recouverte.

Ce fut avec une totale absence de pensée qu'il tira la mâchoire à demi pourrie dont il ne s'était jamais séparé depuis qu'il l'avait découverte au relais, dans l'antre du Démon qui Parle. Nulle pensée, mais nulle peur non plus d'agir sous la pure dictée de l'intuition. Il brandit le sourire fixe et préhistorique de la mâchoire, cependant que son autre bras se tendait avec raideur, l'index et le petit doigt pointés dans l'antique talisman fourchu de protection contre le mauvais œil.

Voile emporté par le vent, la vague de sensualité, s'arrachant à lui, reflua.

De nouveau, un cri suraigu monta des lèvres de Jake.

Le Pistolero s'approcha de l'enfant, offrit au regard tumultueux la vision de la mâchoire. Il y eut un son mouillé d'infinie souffrance et Jake tenta de détourner les yeux, mais en vain. Puis soudain, ses yeux basculèrent, ne présentant plus que leur blanc, et il s'écroula. Son corps heurta mollement le sol, une main touchant presque l'autel. Le Pistolero mit un genou à terre et prit l'enfant dans ses bras. Il était d'une légèreté surprenante : leur longue marche dans le désert l'avait laissé aussi déshydraté qu'une feuille en novembre.

Tout autour, Roland sentait encore la présence qui hantait ces lieux, vrombissante de jalouse colère, manifestant sa rage d'avoir été frustrée de sa proie. Toutefois, dès qu'il fut hors du cercle de pierre, la sensation cessa. Il s'engagea sur le chemin du retour et, au cours du trajet, les spasmes qui secouaient le corps inanimé de l'enfant s'espacèrent puis se résorbèrent dans un profond sommeil. Arrivé près des gris vestiges de leur feu, le Pistolero resta un moment à contempler le visage de Jake, baigné par le clair de lune De nouveau, il se prit à penser aux saints des églises, à leur pureté sculptée dans l'albâtre de l'innocence. Saisi d'une impulsion soudaine, conscient de l'amour qu'il portait au garçon, il le serra très fort contre son cœur. Et il crut presque percevoir le rire de l'homme en noir, quelque part, très loin au-dessus d'eux.

Jake l'appelait ; ce fut ce qui le réveilla. L'enfant — qu'il avait solidement attaché à l'un des épais buissons poussant à proximité — avait faim, et il était en colère. D'après la hauteur du soleil, on approchait des neuf heures et demie.

— Pourquoi m'avoir ligoté ? s'indigna-t-il alors que Roland défaisait les gros nœuds de la couverture. Je n'avais pas l'intention de me sauver.

— Tu t'es pourtant sauvé, répondit le Pistolero, et l'expression du garçon le fit sourire. J'ai dû partir à ta recherche. Tu as fait une crise de somnambulisme.

L'enfant lui jeta un regard méfiant.

— J'ai fait ça, moi ?

Le Pistolero confirma d'un signe et, tout à coup, exhiba la mâchoire, la brandit devant Jake qui se détourna, levant un bras pour se protéger.

— Tu vois ?

Jake fit signe que oui, l'air hagard.

— Bon. Maintenant, il faut que je te laisse un moment. Tu risques même de ne pas me revoir de la journée. Alors, écoute-moi bien. C'est important, mon gars. Si je ne suis pas de retour au coucher du soleil...

La panique bouleversa les traits de l'enfant.

— Vous allez m'abandonner !

Roland le regarda simplement droit dans les yeux.

— Non, dit Jake au bout d'un moment. Je le sens.

— Pendant mon absence, je ne veux pas que tu bouges d'ici. Et si tu te sens tout drôle — de quelque manière que ce soit —, tu ramasses cet os et tu le tiens entre tes mains.

Horreur et dégoût s'inscrivirent sur le visage de l'enfant, doublés d'incompréhension.

— Je n'y arriverai pas. C'est... c'est tout bonnement au-dessus de mes forces.

— Tu en es capable. Et tu auras peut-être à le faire. Passé midi, surtout. C'est capital. Compris ?

— Pourquoi faut-il que vous partiez ? explosa le gamin.

— Il le faut, c'est tout.

Une fois de plus, le Pistolero eut un fascinant aperçu de l'acier qui se dissimulait sous la frêle apparence de Jake, aspect de sa personnalité pour le moins aussi énigmatique que le récit qu'il lui avait fait sur cette ville d'où il venait et dont les immeubles étaient si hauts qu'ils grattaient littéralement le ciel.

— Bon, dit l'enfant.

Délicatement, Roland déposa dans l'herbe, juste à côté des vestiges de leur feu, la mâchoire dont le rictus grimaçant tourné vers le ciel évoqua le sourire d'un fossile érodé revoyant la lumière du jour après une nuit longue de cinq millénaires. Jake s'obstinait à regarder ailleurs ; il avait le teint blême et les traits défaits. Le Pistolero se demanda s'il n'aurait pas intérêt à l'endormir pour lui poser quelques questions, mais il y renonça, jugeant n'avoir pas grand-chose à en apprendre, peut-être même rien du tout. Il avait la quasi-certitude que l'esprit résidant à l'intérieur du cercle de pierres était un démon, probablement doublé d'un oracle. Un démon sans forme précise, simple regard de type sexuel doté de clairvoyance. La face sarcastique de son être émit l'hypothèse qu'il pût s'agir de l'âme de Sylvia Pittston, cette femme à la corpulence monstrueuse, fascinante, dont le fanatisme religieux avait entraîné le massacre final à Tull... mais il n'en était rien, il le savait. Les roches du cromlech portaient la marque d'une incroyable antiquité, territoire spécifique de tel démon, délimité bien avant l'aube de la préhistoire. À vrai dire, rompu qu'il était aux formes du parler, le Pistolero ne pensait pas réellement que Jake eût à recourir au talisman que constituait la mâchoire : la voix et l'esprit de l'oracle allaient être beaucoup trop mobilisés par les questions de Roland pour s'intéresser à l'enfant. Le Pistolero avait en effet besoin de connaître certaines choses, en dépit des risques qu'il allait courir... risques loin d'être négligeables. Mais tout autant pour Jake que pour lui-même, il avait désespérément besoin de savoir.

Il ouvrit sa blague à tabac et remua les feuilles froissées jusqu'à sentir sous ses doigts un minuscule objet enveloppé dans un fragment de papier blanc. Il le posa au creux de sa paume et parut le soupeser tandis que son regard, absent, montait vers le ciel. Puis il déplia le papier, en saisit le contenu entre le pouce et l'index : c'était une minuscule pilule blanche dont le frottement avait fini par émousser les angles.

Jake avait observé le manège avec une évidente curiosité.

— Qu'est-ce que c'est ?

Le Pistolero éclata d'un rire bref.

— La pierre philosophale, dit-il. Cort nous racontait toujours que les anciens dieux avaient pissé sur le désert et que la mescaline était apparue.

Visiblement, Jake n'en fut guère renseigné.

— Une drogue, enchaîna le Pistolero. Mais pas de celles qui te font dormir. Au contraire, ce que tu vois là t'éveille totalement l'espace de quelques heures.

— Ah oui, comme le LSD ! s'écria l'enfant qui tout de suite reprit son air perplexe.

— De quoi parles-tu ?

— Je n'en sais rien. C'est un mot qui m'est venu comme ça. D'avant, je pense... vous savez... avant...

Le Pistolero hocha la tête mais sans que diminuât son incertitude. Il n'avait jamais trouvé référence à la mescaline sous le nom de LSD, pas même dans les vieux livres de Marten.

— Ça fait mal ? demanda l'enfant.

— Ça ne m'en a jamais fait, dit le Pistolero, conscient de ce que sa réponse avait d'évasif.

— Je n'aime pas ça.

— Ne t'inquiète pas.

Roland alla s'accroupir devant l'outre et prit le cachet avec une gorgée d'eau. La première réaction fut, comme toujours, instantanée : sa bouche parut s'emplir de salive. Il retourna s'asseoir auprès du feu éteint.

— Quand est-ce que ça va vous faire quelque chose ? poursuivit l'enfant.

— Pas avant un petit moment. Maintenant, tais-toi.

Jake mit donc un terme à ses questions mais n'en continua pas moins d'observer de biais le Pistolero qui, calmement, procéda au rituel nettoyage de ses armes.

Puis il les rengaina et dit :

— Retire ta chemise, Jake. Donne-la-moi.

Non sans répugnance, le gamin se dépouilla du vêtement et le tendit à Roland qui extirpa une aiguille de la couture latérale de son jean, du fil d'une alvéole libre des cartouchières, et entreprit de recoudre la longue déchirure dont s'ornait l'une des manches de la chemise. Il la rendait à l'enfant, son ravaudage achevé, quand il sentit monter la drogue : son estomac se contracta et il eut l'impression que les muscles de son corps étaient autant de ressorts qui se bandaient à l'extrême.

— Faut que j'y aille, dit-il en se levant.

Le gamin, le visage assombri par une expression soucieuse, esquissa le geste de se lever à son tour, se rassit aussitôt.

— Soyez prudent. Je vous en prie.

— Et toi, je te prie de ne pas oublier la mâchoire, lui rappela le Pistolero, et il le quitta, lui passant la main dans ses cheveux couleur de blés mûrs pour les ébouriffer.

Un rire bref y répondit, puis l'enfant le suivit du regard, un sourire inquiet sur les lèvres, jusqu'à ce qu'il eût disparu dans la saulaie.

D'un pas décidé, le Pistolero s'achemina vers le cercle de pierres, s'arrêtant toutefois près de la source pour se rafraîchir. Dans une petite mare adjacente, bordée de mousses et de nymphéas, il entraperçut son propre reflet et resta un long moment à se regarder, tout aussi fasciné que Narcisse. La drogue prenait position dans ses synapses, ralentissant l'enchaînement de ses pensées en paraissant accroître les connotations de chaque idée, de chaque information qui lui était communiquée par ses sens. Certaines choses qui auparavant étaient passées inaperçues se dotaient à présent de substance et d'épaisseur. Il cessa de fixer son image, se releva et porta son regard sur l'épaisseur frémissante des saules pleureurs. Leur osier filtrait les rayons de soleil, les regroupait en faisceaux obliques chargés de poussières mouvantes et dorées ; il resta encore un moment à contempler le ballet virevoltant de ces particules infimes avant de se remettre en route.

Bien souvent, la drogue avait suscité en lui un état

de fébrilité exacerbée tant son ego regorgeait de puissance (ou manquait par trop de complexité, peut-être) pour tranquillement accepter de se voir éclipsé, mis à nu, réduit à l'état de cible pour un foisonnement d'émotions sensorielles qui le titillaient comme les moustaches d'un chat. Cette fois, pourtant, il se sentait exceptionnellement calme. C'était une bonne chose.

Il aborda la clairière et pénétra directement à l'intérieur du cercle. Puis il s'arrêta net et donna libre cours au flux incessant qui se déversait dans son esprit. Oui, tout allait se compliquer maintenant, se précipiter. L'herbe lui lançait à la figure le hurlement de sa couleur verte. Il lui semblait que, s'il se baissait pour y frotter les mains, il allait se relever paumes et doigts maculés de peinture verte. Il résista à la pressante impulsion de tenter l'expérience. L'oracle gardait un profond silence et nulle aura de sexualité n'en émanait.

Il marcha vers l'autel, s'immobilisa devant. Il lui était désormais pratiquement impossible d'échafauder une pensée cohérente. Il percevait avec une étrange sensibilité la présence des dents à l'intérieur de sa bouche. Une luminosité bien trop vive baignait le monde alentour. Il grimpa sur l'autel et s'y coucha. Son esprit se transformait en une jungle de plantes-pensées toutes nouvelles pour lui et dont il n'avait même jamais soupçonné l'existence, une sylve luxuriante qui aurait poussé autour d'une source de mescaline. Le ciel était une vaste flaque d'eau par-dessus laquelle il planait, immobile. Le vertige qu'insinua en lui cette vision lui parut lointain, de peu d'importance.

Un fragment d'ancien poème revint à sa mémoire mais ce n'était plus, comme auparavant, une comptine. Impossible. Sa mère avait toujours craint les drogues et regretté leur nécessité (comme elle avait toujours eu peur de Cort et déploré l'obligation de recourir aux services de ce bourreau d'enfants). Les vers qui lui trottaient par la tête lui venaient en fait de l'un des Repaires situés au nord du désert où les hommes vivaient encore parmi des machines qui, en règle générale, étaient hors d'usage... mais qui, lorsqu'il leur arrivait de fonctionner, les dévoraient parfois. Les syllabes du fragment de poème, inlassablement répétées dans son cerveau, lui rappelèrent (avec cette totale absence de transition caractéristique du flux mescalinien) la neige mystérieuse et presque hallucinante qui ne cessait de tomber à l'intérieur de cette boule de verre qu'il avait eue dans son enfance :

Plus loin que ne peut atteindre l'humanité,
Une goutte d'enfer, un doigt d'étrangeté...

Les arbres qui étendaient leurs branches au-dessus de l'autel recelaient des visages. Il les observa, pris d'une fascination analytique. Il vit là un dragon vert qui se tordait dans le feuillage. Là, une sylphide tendant vers lui les ramures de ses bras. Un crâne luisant de vase vibra là d'une vie interne. Des visages. Des visages partout.

Les hautes herbes de la clairière battirent soudain puis se courbèrent.

Oui !

Oui !

Un trouble vague s'empara de sa chair. Comment ai-je pu en arriver là, pensa-t-il, depuis ces merveilleux moments que nous avons connus, Susan et moi, couchés dans le foin tendre ?

Un corps de vent se lova contre son corps, des seins d'un soudain parfum de jasmin, de rose et de chèvrefeuille.

— Rends ton oracle, dit-il, la bouche emplie de métal.

Un soupir. Un gémissement sourd. Le Pistolero sentit ses parties se rétracter et durcir. Au bord du ciel, par-delà les visages des arbres, il vit les montagnes... dures, brutales, hérissées de crocs.

Le corps se mit à frémir, à bouger, à lutter contre

lui. Ses poings se crispèrent. Elle lui avait projeté l'image de Susan. Là-haut, c'était Susan. L'adorable Susan à sa fenêtre qui l'attendait, sa chevelure défaite roulant sur l'encolure. Il détourna vivement la tête, mais le visage de Susan resta dans son regard.

Jasmin, rose, chèvrefeuille, foin tassé par les amours... parfum de l'amour. Aime-moi.

— Ta prophétie... dit-il.

S'il te plaît, gémit l'oracle, pas de froideur. Il fait toujours si froid ici.

Des mains qui glissaient sur sa chair, des mains expertes qui l'enflammaient. Le tiraient. L'attiraient. Une fente noire. Ultime lascivité. Moite et chaude...

Non. Sèche. Froide. Stérile.

Montre-toi miséricordieux, pistolero. Ah, s'il te plaît ! J'implore tes faveurs ! Aie pitié !

— Est-ce que tu aurais eu pitié du gamin ?

Quel gamin ? Je ne connais pas de gamin. Est-ce un gamin dont j'ai envie ? Oh, s'il te plaît.

Jasmin, rose, chèvrefeuille. Foin bien sec gardant le fantôme des trèfles de l'été passé. Huile décantée dans de très vieilles urnes. Une émeute emporte la chair.

— Plus tard, dit-il.

Non. S'il te plaît. Tout de suite.

Il orienta vers elle son esprit — négation même de toute émotion —, le laissa se dévider. Le corps qui planait au-dessus de lui se figea, sembla hurler. Entre ses tempes, le Pistolero sentit les brefs et perfides assauts d'une lutte à la corde — c'était son cerveau qui faisait la corde, grise, fibreuse. Durant de longues minutes, il n'y eut aucun bruit sinon le souffle tranquille et régulier de sa respiration et celui de la brise légère qui faisait frémir, cligner de l'œil et grimacer les visages verts dans les arbres. Nul oiseau ne chantait.

L'emprise du succube se relâcha. De nouveau, le sanglot étouffé se fit entendre. Il fallait faire vite, car le risque était grand que la démone le quittât bientôt. S'attarder l'exposerait à une perte d'être ; il se pouvait que ce fût là sa manière de mourir. Déjà, il la sentait se retirer vers les limites du cercle de pierres. Un vent traçait dans l'herbe des dessins tourmentés.

— Prophétie, dit-il — laconisme extrême.

Un gémissement, soupir las. Il lui aurait presque accordé ce qu'elle implorait de lui s'il n'y avait eu Jake. Fût-il arrivé plus tard, la veille, si peu que ce fût, qu'il eût trouvé l'enfant mort ou pour le moins fou à lier.

Dors, donc.

— Non.

D'un demi-sommeil alors.

Le Pistolero porta son regard sur les visages dans les feuilles. Il s'y jouait une pièce pour son seul divertissement. Sous ses yeux naquirent et disparurent des mondes. Il vit se bâtir au cœur de sables miroitants des empires où des machines s'acquittaient des travaux pénibles dans le mouvement perpétuel de leur abstraite frénésie électrique. Les empires connurent leur déclin puis s'effondrèrent. Des roues qui, dans un silence fluide, avaient tourné à des vitesses vertigineuses commencèrent à ralentir, à grincer, à hurler, puis s'immobilisèrent. Sous des ciels constellés, pareils à de vastes gisements de gemmes aux feux glacés, le sable finit par combler les sillons d'acier immaculé de rues concentriques. Et, balayant tout sur son passage, un vent de mort se leva, un vent modificateur apportant avec lui le parfum de cannelle des derniers jours d'octobre. Le Pistolero contempla cet univers qui basculait.

Et bascula lui-même dans un demi-sommeil.

Trois. C'est le chiffre de ton destin.

Trois ?

Oui. Trois est l'arcane. Trois se tient au cœur du mantra.

Trois quoi ?

« *Nous n'entrevoyons que des fragments, tant s'est terni le miroir de la prophétie.* »

Dis ce que tu peux voir.

Jeune est le premier ; noirs sont ses cheveux. Il oscille au bord du vol, au bord du meurtre. Un démon est en lui qui le possède. Ce démon a pour nom HÉROÏNE.

De quelle nature est ce démon ? Je n'en ai jamais entendu parler, même dans les berceuses.

« *Nous n'entrevoyons que des fragments, tant s'est terni le miroir de la prophétie.* » *Il existe d'autres univers, pistolero, d'autres démons. Ces eaux sont profondes.*

Le deuxième ?

LA *deuxième. Et elle se déplace sur des roues. Elle a un cerveau d'airain mais son cœur et ses yeux sont de tendre substance. Je ne vois rien de plus.*

Le troisième ?

Dans les chaînes.

Et l'homme en noir ? Où est-il ?

Tout près. Tu vas parler avec lui.

De quoi allons-nous parler ?

De la Tour.

Et l'enfant ? Jake ?

...

Dis-moi ce que tu sais sur l'enfant !

L'enfant est pour toi le seuil de l'homme en noir. L'homme en noir est ta porte vers les trois. Les trois sont le chemin qui te mène à la Tour Sombre.

Comment ? Comment cela est-il possible ? Pourquoi doit-il en être ainsi ?

« *Nous n'entrevoyons que des fragments, tant s'est terni...* »

Que Dieu te damne !

Nul dieu ne m'a damnée.

Pas de condescendance à mon égard, Créature. Je suis plus fort que toi.

...

Alors, comment t'appelle-t-on ? Roulure des étoiles ? Putain des vents ?

Il en est qui vivent d'amour, de cet amour qui perdure aux lieux antiques... même en ces temps de tris-

tesse et de malédiction. Il en est, pistolero, qui vivent de sang. Et même, me suis-je laissé dire, du sang des jeunes garçons.

Ne pourrait-il être épargné ?

Si.

Comment ?

Interromps ta quête, pistolero. Lève le camp et dirige-toi vers l'ouest. Dans l'ouest, on a encore besoin d'hommes qui vivent par le plomb.

J'en ai juré par les pistolets de mon père et par la félonie de Marten.

Marten n'est plus. L'homme en noir a dévoré son âme. Tu le sais.

Je suis lié par serment.

Alors tu es damné.

Vas-y, salope. Fais de moi ce qu'il te plaît.

Un débordement trop longtemps contenu.

L'ombre bascula sur lui, l'enveloppa. Il atteignit instantanément à une extase constellée de souffrance, tout à la fois vive et diffuse, telles ces trop vieilles étoiles qui rougeoient dans le temps où sur elles-mêmes elles s'affaissent. Au sommet de leur étreinte, des visages se présentèrent spontanément à lui : Sylvia Pittston, Alice, la femme qu'il avait connue à Tull, Susan, Aïleen et une centaine d'autres.

Et pour finir, après une éternité, il reprit ses esprits, perçut sa lassitude et son dégoût, et la repoussa.

Non ! Encore ! Ce n'est pas...

— Laisse-moi, dit le Pistolero.

Il se redressa, faillit tomber en descendant de l'autel, mais retrouva de justesse son équilibre. Elle hasarda une caresse... *(chèvrefeuille, jasmin, suave senteur des huiles essentielles)*... et de nouveau, il la repoussa avec tant de violence qu'il en tomba à genoux.

Il se releva, chancelant. Tel un ivrogne il zigzagua jusqu'aux limites du cercle de pierres qu'il franchit, et il eut instantanément l'impression qu'un énorme fardeau lui était ôté des épaules. Il s'arrêta, se remit en route, la sentant toujours derrière lui qui le regardait s'éloigner, plaquée aux barreaux de sa prison. Il se demanda combien de temps s'écoulerait avant qu'un autre homme traversât le désert pour découvrir à son tour cette entité solitaire et affamée d'amour. Un long moment, il éprouva le sentiment d'être un nain en regard des infinies possibilités du temps.

— Vous vous sentez mal !

À peine avait-il vu le Pistolero surgir de la saulaie et se traîner vers le camp, Jake avait bondi sur ses pieds. Auparavant, il était resté blotti auprès des vestiges du petit feu, l'antique mâchoire sur les genoux, rongeant tristement les os du lapin qu'ils avaient mangé la veille. Et voilà qu'il courait vers Roland avec, dans le regard, un tel voile de détresse que le Pistolero se sentit soudain accablé par le hideux fardeau d'une trahison imminente qui — il en avait l'intuition — serait loin d'être la dernière.

— Non, dit-il. Je ne suis pas malade. Simplement fatigué. Rompu, même. (Sans paraître y accorder plus d'attention, il désigna d'un geste vague la mâchoire.) Tu peux jeter ça, maintenant.

Jake s'empressa de la lancer au loin, de toutes ses forces, puis s'essuya les mains sur sa chemise.

Le Pistolero s'assit — ou, plutôt, se laissa choir — sur le sol, les articulations douloureuses et le cerveau embrumé, comme roué de coups, sensation fort déplaisante qui ne manquait jamais d'accompagner la descente de mescaline. Il ressentait également dans ses parties la pulsation d'une douleur sourde. Il se roula une cigarette avec une lenteur appliquée, mais l'esprit totalement vide. Jake l'observait, et il eut une impulsion soudaine de lui raconter tout ce qu'il venait d'apprendre mais, aussitôt, repoussa l'idée avec horreur. Il se demanda si une part de son être — âme ou esprit — n'était pas en train de se désintégrer.

— On va encore rester ici cette nuit, dit-il. Et

demain, on reprendra notre escalade. Tout à l'heure, j'irai faire un tour, voir si je peux rapporter quelque chose pour le dîner. Mais là, j'ai avant tout besoin de sommeil. D'accord ?

— Bien sûr.

Le Pistolero hocha la tête et se coucha. Lorsqu'il se réveilla, les ombres s'allongeaient démesurément dans l'herbe rase.

— Prépare un feu, dit-il à Jake, et il lui lança la pochette de son nécessaire à briquet. Tu sauras t'en servir ?

— Oui, je pense.

Roland reprit le chemin de la saulaie mais, obliquant sur la gauche, la contourna sans y pénétrer. En un point où le terrain devenait une vaste prairie de hautes herbes grimpant vers les montagnes, il se retira dans l'ombre du sous-bois et y resta immobile sans faire le moindre bruit. Plus ou moins distinctement, il entendait Jake battre le briquet pour en tirer des étincelles. Il resta ainsi sans bouger pendant dix minutes, puis quinze, puis vingt. Trois lapins débouchèrent alors, et le Pistolero dégaina. Il abattit les deux plus dodus, les dépouilla, les vida, et les rapporta au camp. Jake avait allumé un feu et l'eau qu'il y avait mise à chauffer commençait déjà à frémir.

Le Pistolero marqua son approbation d'un signe de tête.

— C'est du bon boulot, dit-il.

Jake rougit de plaisir et, pour toute réponse, lui tendit la pochette contenant pierre et briquet.

En attendant que le ragoût fût à point, le Pistolero profita des dernières lueurs du jour pour retourner dans la saulaie. Il s'arrêta dès la première mare et entreprit une moisson des solides lianes qui poussaient sur ses rives. Plus tard, lorsque le feu ne serait plus que braises et que Jake dormirait, il les tresserait pour en faire des cordes qui, ultérieurement, pourraient s'avérer de quelque utilité, bien qu'il fût déjà presque persuadé que cette escalade ne présenterait aucune difficulté notable. Ce genre de pressentiment devenait de plus en plus courant chez lui et il avait fini par ne même plus s'en étonner.

Pendant leur transport jusqu'au camp, les lianes perdirent le sang vert de leur sève, maculant les mains du pistolero.

Le lendemain, ils se levèrent avec le soleil et, en moins d'une demi-heure, rassemblèrent leur paquetage. Le Pistolero aurait bien voulu profiter de ce moment où les lapins ont coutume de descendre manger dans la prairie pour en abattre un ou deux, mais aucun ne se montra et il n'était pas question de perdre du temps à les attendre. Le ballot contenant le reste de leurs provisions était à présent si réduit et si léger que Jake pouvait s'en charger sans peine. Il s'était endurci, ce gosse ; ça crevait les yeux.

Le Pistolero, lui, portait leur réserve d'eau qu'ils venaient de renouveler à l'une des sources de la saulaie. Il avait également enroulé autour de sa taille les trois cordes de liane confectionnées la veille. Ils firent un large détour pour éviter le cercle de pierres (le Pistolero craignait que Jake, à sa vue, ne connût une remontée de terreur extatique. Toutefois, lorsqu'ils passèrent sur une éminence rocailleuse qui le surplombait, ce fut à peine si l'enfant lui accorda un bref regard avant de lever les yeux vers le ciel où planait un oiseau porté par le vent). Assez rapidement, les arbres commencèrent à perdre en hauteur et en luxuriance. Ce ne furent bientôt que troncs torturés, racines à nu paraissant livrer au sol un combat désespéré pour lui arracher la moindre molécule humide.

— Tout donne une telle impression de vieillesse, dit Jake, morose, quand ils firent halte pour se reposer. N'y a-t-il rien ici qui soit jeune ?

Le Pistolero sourit et poussa l'enfant du coude.

— Si, dit-il. Toi.

— Ça va grimper dur ?

Roland posa sur le gamin un regard étrange.

— N'en as-tu pas l'impression ? C'est qu'elles sont hautes, ces montagnes.

Jake se tourna vers lui ; son regard était comme voilé par l'embarras.

— Non.

Et ils se remirent en marche.

Le soleil monta jusqu'à son zénith et parut y rester suspendu un temps considérablement plus court qu'il ne l'avait jamais fait durant leur traversée du désert ; puis il continua sa course et leur rendit leur ombre. Des langues de roche hérissaient la pente, évoquant les bras d'immenses chaises longues enfouies dans le sol. À cette altitude, il ne restait de végétation qu'une lande jaunâtre desséchée. Le chemin qu'ils suivaient finit par buter sur un gouffre insondable, cheminée lisse et verticale dont ils durent, pour la contourner par en haut, entreprendre l'escalade sur une courte distance. Le gel, durant des milliers de millénaires, avait disloqué la masse granitique, faisant apparaître les lignes de faille aussi rapprochées que les barreaux d'une échelle. Aussi, conformément à leur intuition commune, l'ascension fut des plus faciles. Ils firent halte sur la corniche large de quelques pieds, qu'ils trouvèrent au sommet de la falaise, et se retournèrent pour contempler la pente dévalant jusqu'à la gigantesque patte ocrée que le désert arrondissait autour des hautes terres. Dans les lointains, ils le voyaient se transformer en un ruban miroitant d'une blancheur éblouissante avant de se fondre dans la grisaille ondulante des brumes de chaleur. Ce ne fut pas sans une légère surprise que le Pistolero prit conscience que cette étendue stérile avait failli le tuer. De là où ils l'observaient, de ces montagnes baignées d'une fraîcheur vivifiante, le désert semblait certes impressionnant mais en rien meurtrier.

De nouveau, ils s'attelèrent à la tâche de gravir la pente, franchissant à quatre pattes les coulées d'éboulis et s'accroupissant pour passer sous d'obliques dalles de quartz et de mica. Ces pierres s'étaient chargées de soleil et leur contact était agréable mais l'air ambiant, lui, ne cessait de se refroidir. Vers la fin de l'après-midi, le Pistolero perçut le roulement sourd du tonnerre. Quoi qu'il en fût, la barrière des cimes, sans cesse plus haute et plus impénétrable, leur interdisait de voir s'il pleuvait ou non sur l'autre versant.

Quand les ombres commencèrent à virer au pourpre, ils établirent leur camp sur le surplomb d'une roche en saillie. Le Pistolero tendit leur couverture et la fixa au rocher de manière à former une sorte d'abri en appentis. Ils s'installèrent à l'entrée et virent le ciel jeter sur le monde son manteau de ténèbres. Jake s'était assis sur le rebord, les pieds pendant dans le vide, et Roland, tout en roulant sa cigarette du soir, l'observait, sourire en coin.

— Ne te retourne pas trop dans ton sommeil, dit-il. Tu risquerais de te réveiller dans l'au-delà.

— Il y a peu de chances que cela m'arrive, répliqua Jake, très sérieux. Ma mère avait l'habitude de dire...

Il s'interrompit brutalement.

—... de dire quoi ?

— Que quand je dormais, j'avais l'air d'un cadavre, acheva l'enfant.

Et il tourna vers le Pistolero un visage dont l'effort pour retenir les larmes faisait trembler la bouche.

Ce n'est qu'un gosse, pensa Roland, assailli d'une brusque souffrance comparable à ces pointes de glace que le contact d'une eau trop froide peut quelquefois vous planter dans l'intérieur du crâne. Rien qu'un gosse. Et pourquoi ? Interrogation absurde ! Lorsqu'un garçon, blessé dans son corps ou dans son âme, posait ce genre de question à Cort — ce foudre de guerre couturé de cicatrices, blanchi sous le harnais, dont le rôle était d'enseigner aux fils des pistoleros les bases de ce qu'il leur fallait savoir —, ce dernier avait coutume de répondre : « Pourquoi un *a* est-il un *a*, une lettre courbe dont tu ne pourras jamais faire un *i*... ? Ne t'occupe donc pas du pourquoi des choses. Remue-toi, morpion ! Allez, remue-toi un peu ! La journée ne fait que commencer ! »

— Pourquoi suis-je ici ? demanda Jake. Pourquoi ai-je tout oublié d'avant ?

— Parce que l'homme en noir t'en a arraché, répondit le Pistolero. À cause de la Tour aussi. Car la Tour s'élève sur une sorte de... centre de connexion. Un carrefour dans le temps.

— Je ne comprends pas !

— Moi non plus, en fait, dit le Pistolero. Pourtant, il s'est produit quelque chose. Et précisément dans ce temps qui est le mien. Le monde a changé, comme on dit... comme on a toujours dit. Mais à présent, il change de plus en plus vite. Il est arrivé quelque chose au temps.

Ils restèrent un moment assis sans rien dire. Un vent faible, mais vif et mordant, leur picotait les jambes. Quelque part, il s'engouffrait dans une fissure entre deux roches avec un hululement prolongé.

— D'où venez-vous ? demanda Jake.

— D'un endroit qui n'existe plus. Tu connais la Bible ?

— Jésus et Moïse ?

Le Pistolero eut un petit sourire.

— C'est ça. Eh bien, mon pays avait un nom biblique ; il s'appelait la Nouvelle Canaan. La terre où coulent le lait et le miel. Dans la Canaan de la Bible, les vignes donnaient, paraît-il, de si gros raisins qu'on était obligé d'employer des traîneaux pour transporter les grappes. Les nôtres étaient loin d'atteindre une pareille taille, mais c'était quand même un pays où il faisait bon vivre.

— On m'a également parlé d'Ulysse, hasarda Jake. Est-il aussi dans la Bible ?

— Peut-être, dit le Pistolero. De nos jours, le Saint Livre est entièrement perdu... à l'exception des passages que j'ai été obligé d'apprendre par cœur.

— Mais les autres...

— Il n'y en a pas, l'interrompit le Pistolero. Je suis le dernier.

Un croissant de lune émacié se leva dans le ciel, œil bridé qui jetait un regard fixe sur le chaos de roches au sein duquel ils avaient dressé leur camp.

— C'était joli ? Votre pays... l'endroit d'où vous venez ?

— C'était beau, répondit le Pistolero, comme perdu dans un rêve. Il y avait des champs et des rivières sur lesquels, au petit matin, planaient des lambeaux de brume. Mais tu as raison, c'était seulement joli. Ma mère aussi employait ce terme... elle avait coutume de dire que la seule vraie beauté réside dans l'ordre, l'amour et la lumière.

Jake émit un son vague, dénué de sens précis. Le Pistolero continua de tirer des bouffées de sa cigarette et se repassa des images du passé... les soirées de bal dans le grand hall central, les centaines de silhouettes, vêtues de riches atours, emportées dans les lents tourbillons majestueux de la valse ou dans l'ondoiement leste et plus rapide de la pol-kam. Aïleen à son bras, Aïleen dont les yeux éclipsaient par leurs feux l'éclat des plus précieuses gemmes. La clarté dispensée à profusion par des lampes électriques encloses dans le cristal et baignant de reflets chatoyants les coiffures apprêtées des courtisanes comme leurs amours teintées de cynisme. Il avait eu des proportions monumentales, ce grand hall de réception, oasis de lumière dont l'extrême antiquité défiait les estimations, ni plus ni moins, d'ailleurs, que l'ensemble du Domaine central où l'on pouvait compter près d'une centaine de puissantes forteresses de pierre. Douze ans s'étaient écoulés depuis que le Pistolero avait une dernière fois contemplé les lieux de son enfance avant de leur tourner le dos, le cœur percé d'une intolérable souffrance, pour se lancer sur la piste de l'homme en noir. Et même à cette époque, douze années auparavant, la ruine avait déjà touché les remparts du château, les mauvaises herbes envahi les cours intérieures, les chauves-souris élu domicile entre les poutres massives du grand hall, et dans les galeries désertes bruissait le vol souple des hirondelles. Les terrains où Cort leur avait appris à tirer à l'arc et au pistolet, où il les avait initiés au noble art de la fauconnerie, s'étaient couverts de hautes herbes, de broussailles et de l'épais tapis des vignes vierges. Les vastes cuisines, frémissantes d'échos, où, en un temps, Hax avait tenu sa propre cour imprégnée de l'encens des vapeurs aromatiques, abritaient désormais une colonie de Lents Mutants qui, dissimulés dans l'ombre clémente des piliers et des garde-manger, suivaient d'un œil attentif les déplacements de Roland. À la chaude moiteur dont la cuisson des quartiers de bœuf ou de porc avait jadis rempli ces hautes salles, s'était substituée l'humidité froide et visqueuse des mousses et, dans certains recoins où les Lents Mutants même n'osaient s'aventurer, poussaient d'énormes champignons vénéneux livides. Des caves, dont l'épaisse trappe de chêne était restée grande ouverte, remontait le plus violent de tous les remugles flottant dans ces lieux à l'abandon, une odeur qui semblait résumer à elle seule, par son aspect net et décisif, les faits brutaux de la dévastation et de la décadence : l'âcre et puissante senteur du vin qui par barriques entières avait tourné au vinaigre. Roland n'avait pas eu à livrer de combat intérieur pour décider de porter ses pas vers le sud, laissant derrière lui le château de son enfance... mais il en avait gardé le cœur brisé...

— Qu'est-il arrivé ? interrogea l'enfant. Une guerre ?

— Mieux même, dit le Pistolero, et, d'une chiquenaude, il expédia au loin l'ultime incandescence de sa cigarette. Une révolution. Nous n'avons cessé de voler de victoire en victoire pour en fin de compte perdre la guerre. À vrai dire, personne ne l'a gagnée, sauf peut-être les pillards et ceux qui vivent de récupération. À mon sens, ils n'ont manqué de rien au cours des années qui ont suivi.

— J'aurais bien aimé y être, dit Jake, le regard brillant de convoitise.

— C'était un autre monde, conclut le Pistolero. Bon. Au dodo, maintenant.

L'enfant, dont Roland ne percevait plus qu'une vague silhouette, gagna sa place à l'intérieur de l'abri et se coucha en chien de fusil sous la couverture qui claquait au vent. Le Pistolero resta encore assis pendant près d'une heure à monter la garde sur son sommeil et à ressasser interminablement les mêmes pensées. Pareille méditation était pour lui chose nouvelle, sans précédent, et non dénuée d'une certaine douceur au charme mélancolique quoique parfaitement dépourvue de valeur pratique : il n'existait pas l'ombre d'une solution au problème posé par Jake, hormis celle qu'avait suggérée l'Oracle... laquelle était tout simplement impensable. Une telle situation aurait pu être ressentie comme dramatique, mais le Pistolero ne voyait pas les choses ainsi : le regard qu'il posait sur le monde se bornait à constater l'existence de la prédestination et l'impossibilité d'échapper à ce qui, de toute éternité, vous était réservé. Puis, son naturel reprenant le dessus, il finit par plonger dans un sommeil sans rêves.

Le lendemain, alors qu'ils continuaient à grimper vers la passe étroite donnant accès à l'autre versant des montagnes, leur ascension se fit plus délicate. Le Pistolero progressait avec lenteur, toujours sans se presser. Sur la roche inerte qu'ils foulaient, n'apparaissait nulle trace de celui qu'ils poursuivaient, bien que Roland fût convaincu que l'homme en noir les avait précédés par le même itinéraire — et cette certitude ne provenait pas seulement du fait que, depuis les premières collines, Jake et lui avaient vu sa minuscule silhouette d'insecte gravir les montagnes en direction du col. Chaque bourrasque d'air glacé descendue des sommets leur portait son odeur, une senteur huileuse et sardonique imprégnant les narines d'une amertume comparable à celle de l'herbe du diable.

Les cheveux de Jake étaient maintenant beaucoup plus longs et bouclaient quelque peu sur sa nuque brûlée par le soleil. Il avait pris de l'assurance et grimpait comme un vrai montagnard, le pied sûr et franchissant des précipices ou escaladant des parois verticales sans paraître éprouver le moindre vertige. Par deux fois déjà, il s'était hissé jusqu'en des endroits que Roland n'aurait jamais pu atteindre et, fixant l'une de leurs cordes à un roc en saillie, avait permis au pistolero de le rejoindre.

Le jour suivant, ils grimpèrent toute la matinée dans l'atmosphère humide et froide d'un nuage qui noyait déjà les pentes derrière eux. Ce fut alors que la neige fit son apparition sous forme de plaques subsistant dans les plus profondes dépressions du terrain. Une neige dont la texture rappelait celle du sable avec ses petits grains durs, secs et brillants, comme des cristaux de quartz. Ce même jour, dans l'après-midi, ils virent sur l'une de ces plaques la trace isolée d'un pas. Jake resta un long moment les yeux rivés sur l'empreinte, saisi d'une intense fascination, puis, quand il leva la tête, ce fut avec un regard craintif, semblant s'attendre à voir l'homme en noir se matérialiser au-dessus de la forme de son pied. Le Pistolero lui tapota l'épaule et montra du doigt le chemin qu'ils avaient encore à couvrir.

— Allez ! On y va ! La journée commence à se faire vieille.

Quand elle fut au bord de la tombe, ils profitèrent de ses dernières lueurs pour établir leur camp sur un vaste replat qui prolongeait au nord et à l'est la faille donnant accès à l'intérieur des montagnes. Il y régnait une température glaciale, et un panache de brume, né de la condensation de leur souffle, flottait en permanence devant leur visage. Le roulement humide du tonnerre dans la clarté violine et cramoisie du crépuscule avait quelque chose de surnaturel, voire d'hallucinatoire.

Le Pistolero pensait que l'enfant, comme tous les soirs, allait se mettre à lui poser des questions, mais il n'en fut rien et Jake bascula presque instantanément dans le sommeil. Roland suivit son exemple. Il rêva de nouveau de ce lieu de ténèbres, de ce cachot enfoui dans les entrailles de la terre, et encore une fois de Jake en saint d'albâtre avec un clou planté dans le front. Il s'éveilla en sursaut et tendit instinctivement la main vers cette mâchoire dont ils s'étaient depuis longtemps débarrassés, s'attendant à sentir sous ses doigts l'herbe qui avait tapissé l'antique saulaie. À la place, ce fut le contact de la roche nue, et la morsure de l'air raréfié dans ses poumons. Jake dormait à ses côtés, mais d'un sommeil qui était loin d'être serein : il ne cessait de se tourner et de se retourner pour échapper à ses propres fantômes et murmurait de temps à autre des paroles indistinctes. Le Pistolero se recoucha, mal à l'aise, et se rendormit quand même.

Il leur fallut encore une semaine pour atteindre la fin du commencement — pour le Pistolero, douze ans d'un tortueux prologue dont l'ouverture avait sonné lors de l'ultime écroulement de son domaine natal et de la réunion des trois autres en un seul. Pour Jake, le seuil avait pris la forme d'une mort étrange dans un autre monde. Mais Roland avait vu la mort se présenter à lui sous une apparence encore plus insolite : celle d'une interminable chasse à l'homme en noir au travers de ce monde où ni carte ni mémoire ne pouvaient le guider. Cuthbert et les autres avaient disparu ; ils avaient tous disparu : Randolph, Jamie de Curry, Aïleen, Susan, Marten (oui, Marten aussi, qu'ils avaient réussi à attirer hors de son nid d'aigle ; la poudre avait parlé, et même les fruits de la vengeance s'étaient révélés d'une effroyable amertume). Si bien que, de l'ancien monde, il avait fini par n'en rester que trois, trois tels de sinistres arcanes tirés des lames d'un terrifiant tarot : pistolero, homme en noir et Tour Sombre.

Une semaine après que Jake eut découvert l'empreinte dans la neige, il leur fut donné de se trouver, un court laps de temps, face à face avec l'homme en noir. Le Pistolero eut alors le sentiment de pouvoir presque saisir dans leur totalité les diverses implications de la Tour, tant ce moment si bref sembla se prolonger à l'infini.

Ils continuaient de grimper cap au sud-ouest et avaient peut-être atteint, voire dépassé, l'axe de cette cyclopéenne chaîne de montagnes quand, juste alors que, pour la première fois, leur ascension paraissait sur le point de se révéler fort délicate (de toutes parts, ils étaient surplombés par des pics enneigés, des parois infranchissables dont les corniches en saillie semblaient prêtes à basculer sur eux et donnaient au pistolero une désagréable impression de vertige inversé), le défilé qu'ils suivaient se mit à redescendre. Un sentier, qui zigzaguait en épingle à cheveux, les conduisit jusqu'au fond d'une vallée encaissée où, entre deux congères, un torrent couleur d'ardoise, précipité depuis les sommets enneigés, bouillonnait avec fureur.

Cet après-midi-là, le gamin s'immobilisa et se retourna vers le Pistolero qui s'était arrêté pour se laver la figure au ruisseau.

— Je sens son odeur, dit Jake.

— Moi aussi.

Devant eux, la montagne dressa son ultime obstacle — gigantesque façade de granit qui se perdait dans l'infini des nuages. À tout moment, le Pistolero s'attendit alors qu'un tournant du torrent les mît en présence d'une cascade et de la roche lisse d'une insurmontable paroi... bref, d'un cul-de-sac. Mais l'air avait cette faculté, fréquente en altitude, de faire paraître proches des objets lointains, et il leur fallut encore marcher toute une journée avant d'atteindre l'énorme barrière de granit.

Et de nouveau, Roland connut les épouvantables tiraillements de l'impatience, renforcés par le sentiment prémonitoire qu'en définitive il était voué à parvenir au but. Il lui fallut alors livrer un dur combat intérieur pour se retenir de presser le pas.

— Attendez !

L'enfant s'était arrêté net. Ils venaient d'atteindre un point où le torrent, faisant un brusque coude, débouchait, avec force remous et gerbes d'écume, de derrière la masse, polie par l'érosion, d'un gigantesque bloc de grès. Depuis le début de la matinée, ils progressaient dans l'ombre des montagnes car la vallée s'était transformée en gorges étroites.

Saisi d'un violent tremblement, Jake était blême.

— Qu'est-ce qui se passe ?

— Rebroussons chemin, murmura l'enfant. Allons-nous-en... vite.

Les traits du pistolero restèrent de marbre.

Le frémissement incontrôlable de ses lèvres trahissait toutefois l'angoisse qu'il tentait de dissimuler. Au travers du lourd manteau de roche, ils pouvaient toujours entendre, tel un vacarme de machines souterraines, le roulement régulier et puissant du tonnerre. Le mince ruban de ciel encore visible accentuait l'atmosphère lugubre et fantastique par l'enchevêtrement de ses turbulences grisâtres nées de la tumultueuse rencontre des courants chauds et des courants froids.

— S'il vous plaît, s'il vous plaît !

Jake leva le poing comme pour frapper la poitrine du pistolero.

— Non.

La surprise se peignit sur le visage de l'enfant.

— Vous allez me tuer. La première fois, c'était lui. Maintenant, c'est vous.

Le Pistolero sentit le mensonge naître sur ses lèvres, et le formula :

— Tu n'as rien à craindre. (Puis un mensonge encore plus gros :) J'y veillerai.

Livide, Jake s'enferma dans le silence. Comme à contrecœur, il prit la main que lui tendait le Pistolero et tous deux s'engagèrent dans le tournant des gorges. De l'autre côté, ils se retrouvèrent face à face avec le mur de granit et avec l'homme en noir.

Il ne les dominait que de cinq ou six mètres, debout juste à droite de la cascade qui jaillissait de la gueule béante et déchiquetée d'une caverne. Les plis de sa robe à capuche ondulaient au gré d'un vent invisible. D'une main, il tenait un bâton et de l'autre semblait leur adresser la parodie d'un geste de bienvenue. Ainsi juché sur cette corniche de pierre et surplombé par ce ciel cataclysmique, il avait tout du prophète annonçant l'imminence du Jugement dernier. Sa voix se fit entendre, la voix d'un Jérémie.

— Pistolero ! Avec quelle perfection tu as accompli les prophéties des anciens ! Je te salue, je te salue, je te salue !

Il éclata d'un rire dont le fracas surpassa celui de la cascade rugissante.

Sans l'ombre d'une pensée consciente, sans même apparemment le plus petit déclic de ses réflexes, le Pistolero dégaina. L'enfant alla se blottir derrière lui sur sa droite, ombre de son ombre.

Par trois fois, Roland fit feu avant de pouvoir reprendre le contrôle de ses mains traîtresses — trois détonations dont les sonorités de bronze se répercutèrent sur les parois des gorges, couvrant par la démultiplication de leur écho le vacarme de l'eau et du vent.

Des particules de granit pulvérisé voltigèrent au-dessus de la tête de l'homme en noir ; d'autres à sa droite. Les trois balles avaient à l'évidence raté leur cible.

De nouveau monta le rire de celle-ci, rire phénoménal qui paraissait défier les derniers échos des coups de feu.

— Prendrais-tu le risque de tuer comme un rien les réponses à tes questions, pistolero ?

— Descends, dit Roland. Et parle.

Encore une fois, les montagnes retentirent d'un rire énorme et moqueur.

— Ce ne sont pas tes balles que je crains, Roland. Ce qui m'épouvante, c'est ton idée d'obtenir des réponses.

— Descends...

— Sur l'autre versant, je pense, dit l'homme en noir. Sur l'autre versant, nous tiendrons plus ample conseil.

Son regard passa fugitivement sur Jake et il ajouta :

— Rien que nous deux.

L'enfant s'écarta brusquement du pistolero avec un petit cri plaintif alors que l'homme en noir leur tournait le dos dans un tourbillonnant envol de sa robe. Les plis de celle-ci, dans la grisaille de l'air, évoquèrent les ailes d'une chauve-souris, puis disparurent dans l'anfractuosité de la roche d'où se déversait à gros bouillons l'eau de la cascade. Par un terrible effort de volonté, le Pistolero se retint de vider ses pistolets dans la noire crevasse — *prendrais-tu le risque de tuer les réponses à tes propres questions, pistolero ?*

On n'entendit plus que le fracas de l'eau et du vent, bruits qui, depuis mille ans peut-être, avaient seuls rompu le silence de ces lieux désolés. Et pourtant, l'homme en noir s'était tenu en cet endroit. À l'issue de ces douze années de poursuite impitoyable, Roland avait pu le voir en face et lui parler. Et l'homme en noir lui avait ri au nez.

Sur l'autre versant, nous tiendrons plus ample conseil.

L'enfant leva sur lui un regard plein de cette résignation muette qui se lit dans les yeux des moutons ; tout son corps était agité d'un tremblement incoercible. L'espace d'un instant, le Pistolero vit en surimpression sur le visage de Jake celui d'Alice, la femme qu'il avait connue à Tull, avec cette cicatrice au front telle une accusation silencieuse, et l'assaillit soudain une aversion irraisonnée pour ces deux êtres (beaucoup plus tard seulement, il devait lui traverser l'esprit que la cicatrice d'Alice et le clou que dans ses rêves il voyait planté dans le front de Jake occupaient exactement la même place). Le gamin parut saisir quelques bribes des pensées de Roland et un gémissement s'échappa de sa gorge. Gémissement de courte durée, car l'enfant se mordit aussitôt les lèvres pour le contenir. Il avait vraiment l'étoffe d'un homme supérieur et deviendrait peut-être un jour pistolero si le temps lui en était laissé.

Rien que nous deux.

Le Pistolero sentit naître en lui, dans quelque insondable et secret abîme de son corps, une soif intense, une soif impie, que nul vin n'aurait su étancher. Des mondes tremblaient, presque à portée de ses doigts, et, sur le mode instinctif, il lutta pour échapper à la corruption, néanmoins conscient, dans la froide distanciation de son esprit, de l'éternelle vanité d'un tel combat.

Il était midi. Roland leva son regard vers le ciel et, pour la dernière fois, laissa la clarté brumeuse et incertaine du jour briller sur le trop vulnérable soleil de sa propre droiture. Personne, songea-t-il, ne peut vraiment l'acquérir à prix d'or. C'est en monnaie de chair que se règle toujours l'échéance d'un mal — qu'il soit nécessaire ou non.

— Tu peux venir avec moi ou rester, dit-il.

Pour toute réponse, l'enfant se contenta de le regarder. Et aux yeux du pistolero, en cet ultime et vital instant où se consommait son divorce d'avec un principe moral, il cessa d'être Jake et devint seulement l'enfant, un être impersonnel, pion sur un échiquier.

Quelque chose hurla, déchirant la constance du vent ; tous deux perçurent ce cri, Roland et l'enfant.

Le Pistolero reprit son escalade et Jake, au bout d'un moment, lui emboîta le pas. Ensemble, ils gravirent l'amoncellement de roches qui jouxtait la cascade aux eaux froides comme l'acier, atteignant la corniche sur laquelle l'homme en noir s'était tenu avant eux. Puis, ensemble, ils pénétrèrent là où il avait disparu.

Et les ténèbres se refermèrent sur eux.

Les Lents Mutants

Le Pistolero parlait à Jake en inflexions ralenties qui s'enflaient et retombaient comme en un rêve.

— Nous étions trois : Cuthbert, Jamie et moi. On n'aurait pas dû être là, aucun de nous n'étant encore sorti de l'enfance. Se serait-on fait pincer qu'on nous aurait fouettés. Mais ça n'est pas arrivé. Aucun de ceux qui s'y sont hasardés avant nous ne s'est d'ailleurs fait prendre, je crois. Il faut qu'un petit garçon essaie en cachette le pantalon de son père puis qu'il le replace discrètement sur le cintre une fois qu'il s'est pavané avec devant la glace. Là, c'était pareil. Le père fait semblant de ne pas voir que son pantalon est disposé de façon différente, qu'il reste des traces de moustache en cigare sous le nez du gamin. Tu comprends ?

L'enfant ne répondit pas. Il n'avait rien dit depuis qu'ils avaient renoncé à la lumière du jour et le Pistolero parlait abondamment, fiévreusement, pour meubler le silence. Il ne s'était pas retourné sur le seuil obscur de la montagne, mais Jake oui. Le Pistolero avait mesuré le déclin de la clarté extérieure au tendre miroir des joues de l'enfant : d'abord rose pâle, puis opaline, argent terni ensuite, jusqu'aux ultimes lueurs d'un crépuscule. Plus rien, enfin. Le Pistolero avait allumé une torche et ils avaient poursuivi leur route.

Ils bivouaquaient à présent. Nul écho de l'homme en noir ne leur était répercuté. Avait-il choisi, lui aussi, de s'arrêter, de s'octroyer un peu de repos ? Ou bien filait-il toujours de l'avant, sans nul besoin de lumière dans ces salles que baignait une nuit perpétuelle ?

— Il se tenait une fois l'an dans le Grand Hall, reprit le Pistolero. On disait : le Hall aux Aïeux, mais le vrai nom, c'était simplement le Grand Hall.

Un bruit d'eau tombant goutte à goutte leur parvenait.

— Un rite amoureux. (Le Pistolero partit d'un rire désabusé et les parois inanimées en firent le halètement rauque d'un fou.) Qui aurait marqué jadis l'avènement du printemps, disent les livres. Mais la civilisation, tu sais...

Les mots moururent sur ses lèvres, impuissant qu'il était à décrire les changements impliqués dans ce mot galvaudé, la mort du romanesque et l'immorale survie de son stérile et charnel fantôme, maintenue à hautes doses de solennités et de clinquant. Lors du Bal de la nuit de Pâques, dans le Grand Hall, les figures géométriques du badinage s'étaient substituées à l'insensé gribouillis de l'amour, à quelque chose dont une vague intuition lui suggérait le manque — splendeur creuse là où jadis avaient régné des passions dévastatrices qui vous lessivaient l'âme.

— On en avait fait un spectacle décadent, poursuivit le Pistolero. Un amusement, un jeu. (Dans sa voix, tout l'inconscient dégoût de l'ascète, et une lumière plus vive eût révélé l'altération de ses traits... durcissement, tristesse. Mais l'essentiel de sa force n'avait subi nulle atteinte. L'absence d'imagination dans sa physionomie restait intacte.) Mais ce bal, fit-il. Ah ! ce bal...

L'enfant garda le silence.

— Il y avait cinq lustres de cristal, un parquet ciré, de lourds globes de verre avec des lumières électriques par-dessous. Tout n'était que lumière, une oasis de lumière.

» On s'était glissés dans une stalle de la troisième galerie, la vieille, celle qu'on disait peu solide. Mais des gosses, ça ne pèse pas lourd. On surplombait la salle. On voyait tout. Je n'ai pas souvenir de l'un de nous disant quoi que ce soit. On ne faisait que regarder. Des heures durant, on a regardé.

» Représente-toi une grande table de pierre d'où les pistoleros et leurs épouses contemplaient les évolutions des danseurs. Il y en avait quelques-uns sur la piste, mais peu, et rien que des jeunes. Les autres restaient assis et j'avais l'impression qu'ils se sentaient mal à l'aise au milieu de toutes ces lumières de la vie civilisée. Eux, les protecteurs, craints et vénérés, avaient l'air de palefreniers dans cette foule de petits-maîtres en galante compagnie...

» Quatre tables rondes croulaient sous la nourriture, et elles tournaient sans arrêt. Du soir, sept heures, à trois le lendemain matin, les serveurs n'ont pas cessé de faire la navette entre elles et les cuisines. Elles tournaient comme les aiguilles d'une horloge et des odeurs de rôti de porc, de bœuf, de homard, de poulet et de pommes cuites en montaient jusqu'à nous. Il y avait aussi des glaces et des sucreries. De grandes flammes derrière les gigantesques broches où cuisait la viande.

» Marten était assis avec mon père et ma mère — je n'avais pas de mal à les reconnaître, même de si haut —, et il a dansé une fois avec elle, lent tournoiement. Les autres leur ont laissé la piste et ont applaudi à la fin. Les pistoleros se sont abstenus de le faire, mais mon père s'est levé avec lenteur et a tendu les mains à ma mère. Elle est retournée vers lui en souriant.

» Cet instant fut celui d'une passation, Jake. Moment tel qu'il doit s'en trouver à la Tour Sombre, quand les choses prennent tournure, tiennent bon et développent leur puissance en temps voulu. Mon père s'était posé en maître, en tant que tel avait été reconnu, distingué. La reconnaissance était le fait de Marten, mon père avait fait en sorte qu'elle lui fût manifestée. Et sa femme, ma mère, est allée vers lui, lien entre eux deux. Traîtrise.

» Mon père fut le dernier seigneur de lumière.

Le Pistolero baissa les yeux sur ses mains. L'enfant ne disait toujours rien. Son expression n'était que pensive.

— Je me rappelle comme ils dansaient, dit doucement le Pistolero. Ma mère et Marten, l'enchanteur. Oui, j'ai gardé en mémoire leur manière de danser, de tourner au ralenti, ensemble ou séparés, seuls sur la piste, dans les pas de l'immémoriale chorégraphie courtoise. (Il posa un sourire sur l'enfant.) Mais ça ne voulait plus rien dire, tu sais. Car le pouvoir avait été transmis sur un mode que tous comprenaient sans le connaître, et ma mère était liée corps et âme à son détenteur. N'en fut-il pas ainsi ? N'est-elle pas retournée vers lui, la danse achevée ? Ne lui a-t-elle pas pris la main ? N'ont-ils pas applaudi ? La salle entière n'a-t-elle pas croulé sous les applaudissements et louanges des damoiseaux efféminés et de leurs fades conquêtes ? Dis-moi que ce n'est pas vrai. Dis-le-moi.

Une eau amère ruisselait au loin dans l'obscurité. L'enfant ne dit rien.

— Je me rappelle, répéta doucement le Pistolero. Je me rappelle comme ils dansaient. (Levant les yeux vers l'invisible plafond rocheux, il parut vouloir un instant l'agonir d'insultes, défier aveuglément ces tonnes de granit obtus qui portaient leurs chétives existences dans ses entrailles de pierre.) Quelle main a pu tenir le couteau qui courba mon père vers son trépas ?

— Je suis fatigué, dit l'enfant, mélancolique.

Le Pistolero retomba dans le silence et l'enfant s'allongea, interposant une main entre sa joue et le sol dur. Devant eux, la petite flamme vacillait. Le Pistolero se roula une cigarette. Il croyait encore avoir sous les yeux l'éclat du cristal baignant la salle des fêtes de ses souvenirs, entendre résonner dans ses oreilles la clameur d'approbation ; clameur vide sur des terres dévastées qui, même alors, n'opposaient plus qu'une résistance sans espoir à l'océan gris du temps. Le rappel de cette oasis de lumière le faisait cruellement souffrir et il eût voulu n'avoir jamais été témoin d'un tel spectacle, ni vu l'infortune de son père.

Il souffla un rond de fumée qu'il réaspira par les narines, les yeux toujours rivés sur l'enfant. Quels larges cercles dessinons-nous sur terre pour nous y lover, songea-t-il. Combien de temps faudra-t-il attendre pour revoir la lumière du jour ?

Il s'endormit.

Quand la respiration du pistolero se fut faite ample et régulière, Jake ouvrit les yeux et posa sur lui un regard empreint de quelque chose qui ressemblait fort à de l'amour. Les ultimes lueurs de leur petit feu se reflétèrent un instant dans sa pupille puis s'y noyèrent. Il se recoucha.

Dans l'immuable décor du désert, le Pistolero avait presque perdu toute notion du temps ; le reste s'évanouit dans l'obscurité non moins immuable de ces salles souterraines. Ni lui ni l'enfant ne disposaient du moindre repère pour mesurer la succession des heures et ce concept même se vida de son sens. D'une certaine manière, ils étaient hors du temps. Rien ne distinguait un jour d'une semaine. Ils marchaient, dormaient, mangeaient peu, sans autre compagnie que le tonnerre ininterrompu du torrent forant son chemin dans la roche tandis qu'ils en suivaient le cours, se désaltérant dans son eau plate, saturée de sels minéraux. Par moments, le Pistolero croyait voir glisser sous la surface de fugaces lueurs pareilles à des feux follets. Tout en supposant qu'il ne s'agissait que de simples projections de son cerveau, encore hanté par le souvenir de la lumière, il avertit l'enfant de rester à pied sec.

Son télémètre interne les guidait sans à-coups.

Le sentier longeant la rivière (car il s'agissait bien d'un sentier, uni, légèrement encaissé) ne cessait de monter, probablement vers la source. À intervalles réguliers, ils rencontraient des piliers de pierre arrondis, pourvus d'anneaux immergés (il se pouvait qu'on y eût jadis attaché des bœufs ou des chevaux de trait) et d'un étui en acier à l'intérieur duquel reposait une lampe électrique. Il n'y en eut aucune qui consentît à revivre.

Lors de leur troisième pause, Jake s'aventura un peu à l'écart. Le Pistolero perçut le crissement des cailloux remués par la progression prudente de l'enfant.

— Attention ! lui cria-t-il. Tu ne vois pas où tu mets les pieds.

— Je suis à quatre pattes. C'est... eh, dites !

— Qu'est-ce qui se passe ?

Il s'accroupit à demi, la main sur une des crosses. Court silence. Il s'usa les yeux en vain.

— Ça m'a tout l'air d'être une voie de chemin de fer, dit enfin l'enfant, encore hésitant.

Le Pistolero se redressa et, lentement, assurant chacun de ses pas, se dirigea vers l'endroit d'où lui parvenait la voix de Jake.

— Je suis là.

Une main se tendit, effleurant son visage. Le gosse était très doué dans le noir, meilleur que lui, en fait. Ses pupilles semblaient se dilater jusqu'à repousser toute couleur : le Pistolero s'en rendit compte quand il fit jaillir une maigre flamme. Ces profondeurs du roc ne leur offraient nul combustible et leurs réserves fondaient en cendres. Par moments, le besoin de lumière frisait l'intolérable.

L'enfant se tenait près d'une amorce de voûte où une rangée de hampes parallèles se perdait dans l'ombre, chacune ponctuée de boules noires qui avaient pu conduire l'électricité. En contrebas, dépassant de quelques centimètres du sol rocheux, couraient d'étincelants rails métalliques. Qu'est-ce qui pouvait jadis avoir roulé sur ces rails ? Le Pistolero échouait à imaginer autre chose que de noires balles électriques, transperçant cette nuit éternelle derrière les yeux terrifiés d'une paire de projecteurs.

Il ne connaissait rien de semblable et n'en avait jamais entendu parler, mais le monde n'était-il pas rempli de squelettes, comme il l'était de démons ? Il avait un jour rencontré un ermite qui avait acquis un pouvoir quasi religieux sur un misérable troupeau de pasteurs, simplement parce qu'il possédait une vieille pompe à essence. Accroupi près d'elle, l'enveloppant d'un bras jaloux, il débitait de mornes sermons, absurdes et filandreux. De temps à autre, il se passait entre les jambes le pistolet d'acier inoxydable, toujours étincelant au bout de son tuyau de caoutchouc cuit par le temps. Sur la pompe, en caractères parfaitement lisibles quoique cloqués de rouille, s'étalait une mystérieuse inscription au sens inconnu : AMOCO-Sans Plomb. Amoco s'était mué en totem d'une déité courroucée qui réclamait de ses fidèles d'orgiaques sacrifices de brebis.

Des carcasses, songeait le Pistolero. De banales carcasses dénuées de sens, enfouies sous les sables là où jadis s'étendaient des océans.

Et maintenant, une voie de chemin de fer.

— On va la suivre, dit-il.

Jake s'abstint de tout commentaire.

Le Pistolero souffla la lumière et ils dormirent. Quand il se réveilla, l'enfant, déjà levé, le fixait sans le voir, assis sur un rail.

Ils se remirent en route comme deux aveugles, le Pistolero devant, l'enfant sur ses talons, d'un pas glissé d'aveugle, gardant en permanence le contact avec l'un des rails. Le déferlement continu de la rivière à leur droite leur tenait compagnie. Ils ne parlaient pas, et il en fut ainsi sur trois périodes d'éveil. Le Pistolero ne vit plus la nécessité d'aligner des pensées cohérentes ni celle d'échafauder des projets. Il dormit d'un sommeil sans rêves.

La quatrième période les fit littéralement buter sur une draisine.

Le Pistolero la prit en pleine poitrine ; l'enfant s'y cogna le front et s'écroula dans un cri.

Le Pistolero fit aussitôt de la lumière.

— Ça va ?

Sa voix était devenue cassante, presque acerbe. Il fit la grimace.

— Oui.

L'enfant se tenait la tête avec précaution. Il la secoua pour être sûr de dire vrai. Puis ils se retournèrent et examinèrent l'obstacle.

Un plateau de métal assis sur les rails avec, au centre, une poignée à bascule.

Objet qui n'évoqua rien au pistolero mais que l'enfant reconnut instantanément.

— C'est une draisine.

— Quoi ?

— Une draisine, répéta l'enfant avec impatience. Comme dans les vieux films. Regardez.

Il se hissa dessus et saisit la poignée. Il lui fallut y suspendre tout son poids pour qu'elle consentît à s'abaisser, et l'effort lui arracha un bref gémissement. Dans une intemporalité silencieuse, la draisine avança, mais de presque rien.

— C'est dur à faire bouger, expliqua l'enfant comme s'il s'en excusait.

Le Pistolero le rejoignit sur l'engin et à son tour pesa sur la poignée. La draisine obéit mais une fois de plus s'arrêta. Il avait senti tourner sous ses pieds un arbre de transmission, sensation plaisante — mis à part la pompe au relais, c'était la première fois depuis des années qu'il voyait une machine ancienne en état de marche — qui toutefois ne laissait pas de le troubler. Ils n'en toucheraient que plus vite au but. Encore un cadeau empoisonné, se dit-il, certain que l'homme en noir avait délibérément placé la draisine sur leur chemin.

— C'est chouette, hein ? dit l'enfant, et il y avait un dégoût immense dans sa voix.

— Qu'est-ce que c'est, des films ? demanda le Pistolero.

Jake ne répondit pas et entre eux tomba un noir silence, la nuit du tombeau. Le Pistolero ne percevait plus que la pulsation de ses organes et la respiration de l'enfant. Rien d'autre.

— Mettons-nous chacun d'un côté, proposa Jake Il faut que vous poussiez tout seul jusqu'à ce que la draisine soit lancée. Autrement je ne pourrai pas vous aider. Ensuite, ce sera chacun son tour pendant qu'on roulera. Compris ?

— Compris, répondit le Pistolero, serrant les poings dans son désespoir, son impuissance.

— Mais vous devez pousser tout seul jusqu'à ce que la machine soit lancée, répéta l'enfant, les yeux rivés sur lui.

Brusquement, le Pistolero eut une vision parfaitement nette du Grand Hall, un an après le Bal du printemps, dans les dévastations de la révolte, de la guerre civile et de l'invasion. Suivit le souvenir d'Allie, la femme à la cicatrice de Tull, tressautant sous les balles qui la tuaient par pur réflexe, puis du visage de Jamie bleui par la mort et des traits de Susan, contractés et baignés de larmes. Tous mes vieux amis, songea le Pistolero avec un hideux sourire.

— Je pousserai, dit-il.

Et il joignit le geste à la parole.

Ils roulaient dans le noir, leur progression plus rapide, maintenant qu'elle avait cessé d'être tâtonnante. Une fois son mécanisme débarrassé de la poussière des ans, la draisine marcha sans à-coups. L'enfant tenait à accomplir sa part, et le Pistolero le laissa de temps à autre s'accrocher au levier — mais la plupart du temps il effectuait seul la manœuvre, amples mouvements ascendants et descendants, qui mettaient à rude épreuve les muscles de son torse. La rivière les escortait toujours, juste sur leur droite, s'éloignant parfois. À un moment donné, elle les assourdit d'un grondement caverneux comme si elle venait de franchir le narthex de quelque préhistorique cathédrale ; une autre fois, elle se fit presque inaudible.

La vitesse et le vent résultant qui les giflait se substituaient à leur vue défaillante pour leur rendre le sens du temps et de l'espace. Le Pistolero estima qu'ils devaient couvrir entre quatre et six lieues à l'heure, le long d'une rampe presque imperceptible et d'autant plus perverse. Il en sortait exténué, s'endormait comme une souche à l'issue de chaque étape. La nourriture allait bientôt manquer ; c'était le cadet de leurs soucis.

Pour le Pistolero, la tension d'une conclusion prochaine était aussi insidieuse — mais non moins réelle et cumulative — que la fatigue engendrée par la manœuvre de la draisine. On touchait à la fin du commencement. Il se sentait comme un acteur en lever de rideau, juste avant les trois coups ; lorsqu'il a pris la pose et que, la première ligne de son texte en tête, il entend le public invisible déplier le programme et remplir les fauteuils. Il vivait avec une boule compacte, précise, au creux de l'estomac et bénissait l'effort qui lui accordait le sommeil.

L'enfant parlait de moins en moins ; mais au dernier bivouac précédant l'attaque des Lents Mutants, il questionna presque timidement le Pistolero sur sa sortie de l'enfance.

Adossé au levier, une cigarette, soustraite à ses déclinantes réserves de tabac, vissée au coin des lèvres, le Pistolero était sur le point de sombrer dans son habituel sommeil de plomb quand l'enfant l'avait interrogé.

— Pourquoi tu me demandes ça ? fit-il.

La voix de l'enfant prit un accent curieusement entêté, comme s'il cherchait à dissimuler son embarras.

— Parce que. (Après un silence, il ajouta :) J'ai toujours eu envie de savoir comment on grandit. On raconte tant de mensonges.

— On ne devient pas grand du jour au lendemain, répondit le Pistolero. Je n'ai pas grandi d'un seul coup. Ça s'est fait progressivement. Un jour, j'ai vu pendre un homme. Ça a joué un rôle même si je n'en ai pas eu conscience à l'époque. Douze ans plus tard, j'ai quitté une fille dans une ville qui s'appelait King's Town. Ça aussi, ça a joué. Et, chaque fois, je ne m'en suis jamais rendu compte sur le moment. Je ne l'ai toujours su que plus tard.

Il s'aperçut avec une certaine gêne qu'il éludait la question.

— Je suppose qu'atteindre la majorité a également fait partie du processus, reprit-il presque à contrecœur. C'était tout un rituel. Quelque chose de presque stylisé. Comme une danse. (Il eut un rire déplaisant.) Ou comme l'amour.

» Ma vie n'a toujours été qu'amour et mort.

L'enfant ne dit rien.

— Il fallait faire ses preuves en combat singulier, commença le Pistolero.

L'été et la chaleur.

Août s'était jeté sur le pays comme un amant vampire, consumant la terre et les récoltes des métayers, plaquant une blancheur stérile sur les champs qui entouraient la cité féodale. Quelques lieues plus loin vers l'ouest, sur les marges du monde civilisé, la bataille avait déjà commencé. Les nouvelles étaient mauvaises, mais aucune ne soutenait la comparaison avec la chaleur qui s'était appesantie sur le domaine central. Le bétail aux yeux vagues restait affalé dans les enclos. Les porcs grognaient avec indolence, oublieux des couteaux qu'on affûtait pour l'automne. Les gens râlaient contre les impôts et la conscription, comme d'habitude, mais une immense vacuité se sentait sous les jeux dépassionnés de la politique. Le centre s'effilochait comme un tapis en lambeaux, foulé, battu, lavé, suspendu, séché. L'ultime collier sur la gorge du monde perdait ses perles. Tout se désintégrait. La terre, cet été-là, retenait sa respiration dans l'attente de l'éclipse.

Le garçon flânait dans le couloir desservant le dernier étage de l'édifice de pierre où il avait sa demeure, sentant ces choses sans les comprendre. Lui aussi était vacant et dangereux.

Trois années s'étaient écoulées depuis la pendaison de ce cuisinier qui avait toujours su dénicher de quoi caler l'estomac des gamins affamés. Il s'était étoffé depuis. Âgé de quatorze ans maintenant, éternellement moulé dans un jean délavé, déjà doté de ce torse large et de ces longues jambes qui allaient caractériser sa silhouette adulte. Toujours puceau, mais deux des plus jeunes souillons d'un marchand du quartier ouest venaient de lui manifester un intérêt auquel son corps s'était empressé de répondre, réponse à l'exigence croissante. Il était en sueur quelle que fût la fraîcheur régnant dans le hall.

Il allait passer devant les appartements de sa mère et s'en approchait avec indifférence, comptant ne pas s'y arrêter, gagner directement la terrasse où l'attendait, sous la caresse d'une brise légère, le plaisir dispensé par sa main.

Il venait de dépasser la porte quand une voix monta dans son dos :

— Hé, fiston.

C'était Marten, l'enchanteur, dans une tenue d'une décontraction suspecte et irritante : pantalon noir et whipcord presque aussi ajusté que les collants d'un danseur et chemise blanche largement ouverte sur la poitrine. Il avait les cheveux en bataille.

L'adolescent le regarda sans rien dire.

— Entre, entre ! Ne reste pas dans le couloir ! Ta mère veut te parler.

Si les lèvres arboraient un sourire bénin, le reste du visage trahissait un humour nettement plus dévastateur, le tout voilant une insensibilité totale.

Que sa mère désirât le voir lui parut des plus douteux. Il la trouva dans son salon, installée dans un fauteuil à dossier bas près de la grande fenêtre — celle qui donnait sur les pavés chauffés à blanc de la cour centrale — et vêtue d'une robe d'intérieur flottante. L'unique regard qu'elle lui accorda s'accompagna d'un sourire bref, scintillement mélancolique, reflet du soleil d'automne sur une eau fugitive. Puis elle s'absorba jusqu'à la fin de l'entrevue dans la contemplation de ses mains.

Il ne la voyait plus trop désormais, et le souvenir des berceuses s'était presque effacé de sa mémoire. Toutefois, l'étrangère qu'elle était devenue pour lui restait une étrangère bien-aimée. Une vague crainte l'assaillit ; une haine imprécise à l'égard de Marten, le bras droit de son père (ou était-ce l'inverse ?), était née.

Et, bien sûr, il y avait déjà eu ces bruits de couloir — des rumeurs qu'il croyait sincèrement n'avoir jamais entendues.

— Tu vas bien ? lui demanda-t-elle avec douceur, les yeux toujours baissés.

Marten était revenu se placer près d'elle et posait une main pesante, troublante, à la jonction de la blanche épaule et du cou blanc, les enveloppant tous deux d'un même sourire. Ses yeux marron s'en faisaient presque noirs.

— Oui, répondit-il.

— Tes études aussi ?

— Je fais de mon mieux, dit-il.

Ils savaient l'un comme l'autre qu'il n'avait ni l'intelligence de Cuthbert ni même la simple vivacité d'esprit de Jamie. Lui avait la tête dure et devait bûcher.

— Et David ?

Elle connaissait l'affection qu'il portait au faucon.

Le garçon leva les yeux vers Marten qui avait toujours son sourire protecteur.

— C'est qu'il n'est plus de la première jeunesse.

Il crut voir sa mère tressaillir ; une fraction de seconde, le visage de Marten parut s'assombrir et la main se crispa sur l'épaule qu'elle tenait. Puis sa mère tourna les yeux vers la blanche incandescence du dehors, et tout redevint comme avant.

C'est une charade, pensa-t-il, un jeu. Mais qui sont les joueurs ?

— Tu as une cicatrice au front, lui dit Marten

sans cesser de sourire. Est-ce la marque du futur guerrier sur les traces de son père ou le simple résultat de la lenteur ?

Cette fois, le tressaillement de sa mère ne fit aucun doute.

— Les deux, répondit-il, fixant Marten et réussissant péniblement à sourire.

Même ici, la chaleur était difficilement supportable.

Le sourire de Marten s'évanouit brusquement.

— Tu peux aller sur la terrasse, maintenant. Si je ne me trompe, tu as quelque chose à y faire.

Mais Marten s'était mépris, l'avait sous-estimé. Au bas langage — parodie de relation d'égal à égal — dans lequel ils s'étaient jusqu'alors exprimés, l'adolescent substitua le Haut Parler :

— Ma mère ne m'a pas encore signifié mon congé, serf !

Le visage de Marten se tordit comme sous un coup de cravache. Le garçon entendit sa mère exhaler un terrifiant soupir de chagrin. Elle prononça son nom.

Mais le douloureux sourire resta intact sur les lèvres du garçon, qui fit un pas en avant.

— Vas-tu me rendre hommage, serf ? Au nom de mon père dont tu es le vassal ?

Marten posa sur lui un regard fixe, totalement incrédule.

— Va, dit-il doucement. Monte retrouver ta main.

Le garçon sortit en souriant.

La porte refermée, alors qu'il reprenait le couloir en sens inverse, abandonnant son projet de plaisir solitaire, il entendit gémir sa mère. La plainte d'une âme errante.

Puis fusa le rire de Marten.

Il souriait toujours quand il alla se soumettre à l'épreuve.

Jamie revenait de chez les boutiquières et, voyant Roland traverser la place d'armes, il courut à sa rencontre pour lui livrer tout chauds les derniers potins concernant l'insurrection qui ensanglantait l'Ouest. Mais il se figea net, les mots coincés dans sa gorge. Ils s'étaient connus au berceau et ne comptaient plus les fois où, depuis, ils s'étaient défiés et battus, lancés dans l'exploration de ces murailles entre lesquelles ils avaient vu le jour et grandi.

Roland le dépassa sans altérer le rythme de ses pas de géant, regardant sans voir, le douloureux sourire toujours plaqué sur les lèvres. Il se dirigeait vers la maison de Cort dont les stores baissés tentaient de faire obstacle à la cruelle chaleur de l'après-midi. À cette même heure, tous les jours, l'instructeur faisait la sieste afin de pouvoir jouir pleinement, le soir venu, de ses virées de matou dans le dédale des bordels crasseux de la ville basse.

Jamie eut soudain l'intuition de ce qui allait se passer et, pris entre sa crainte et son exaltation, il ne savait s'il devait suivre Roland ou aller chercher les autres.

Il finit par s'arracher à sa paralysie et courut vers les demeures en criant : « Cuthbert ! Allen ! Thomas ! » Sa voix paraissait grêle et fluette dans l'atmosphère épaissie. Tous avaient toujours su, par ce mystérieux mode de connaissance propre aux enfants, que Roland serait le premier à franchir le pas. Mais pas si tôt.

Le hideux sourire sur le visage de Roland avait cependant galvanisé Jamie comme n'aurait su le faire aucun bruit de guerre, de révolte ou de sorcellerie. Il avait plus de valeur que toutes les paroles prononcées par une bouche édentée au-dessus d'une tête de laitue maculée de chiures de mouches.

Roland marcha jusqu'à la petite maison de Cort dont il poussa la porte d'un coup de pied. Elle s'ouvrit à la volée, alla cogner contre le plâtre du mur et rebondit.

C'était la première fois qu'il entrait chez son instructeur. La porte donnait sur une cuisine austère, sombre et fraîche. Une table, deux chaises et deux placards en composaient le mobilier. Par terre, un linoléum avait échangé ses motifs passés contre un triangle de traces noires entre le rafraîchissoir scellé au sol, le plan de travail avec son râtelier à couteaux et la table.

L'intimité d'un homme public. L'ultime et fade sobriété d'un brutal débauché noctambule qui avait aimé sur le mode bourru quelque trois générations de garçons et fait de certains d'entre eux des pistoleros.

— Cort !

Un nouveau coup de pied — dans la table, cette fois — expédia cette dernière à l'autre bout de la pièce contre le râtelier. Les couteaux tombèrent dans un joyeux pêle-mêle de reflets métalliques.

Il entendit remuer dans l'autre pièce — le gras raclement de gorge d'un homme encore à moitié endormi — mais n'entra pas, conscient qu'il s'agissait d'une feinte, que Cort s'était immédiatement réveillé, qu'il était là, derrière la porte, l'œil brillant, attendant de briser la nuque de l'indésirable et imprudent visiteur.

— Cort ! J'exige ta présence, serf !

C'était du Haut Parler. Cort ouvrit.

En caleçon, exhibant un corps trapu aux jambes torses, couturé de cicatrices de la tête aux pieds, noué de muscles bulbeux. Il y avait aussi un ventre proéminent, mais que l'adolescent savait par expérience offrir l'élasticité d'un ressort d'acier. Sous les creux et bosses du crâne rasé, l'unique œil valide le foudroyait du regard.

Le garçon salua cérémonieusement.

— Je n'ai plus besoin de tes leçons, serf. Aujourd'hui, c'est moi qui en donne.

— Tu es en avance, piaillard, répondit Cort comme si de rien n'était, mais dans les formes du Haut Parler, lui aussi. En avance de cinq ans, dirais-je. Bon, je ne le répéterai pas deux fois : te rétractes-tu ?

Le garçon se contenta de river sur lui son hideux sourire, et Cort, qui reconnaissait ce sourire pour l'avoir vu sur une vingtaine de champs d'honneur et de déshonneur détrempés de sang, jugea la réponse suffisante. Peut-être même était-ce la seule qu'il fût disposé à croire.

— Dommage, fit-il, l'air distrait. Tu étais un élève prometteur — à vrai dire, le meilleur depuis plus de vingt ans. Il sera triste de te voir, les os brisés, engagé sur un chemin sans issue. Mais le monde a changé. Les temps de misère approchent au grand galop.

Le garçon resta muré dans son silence (et se fût révélé incapable de formuler une explication cohérente, y eût-il été contraint), mais pour la première fois son atroce rictus s'atténua.

— Quoi qu'il en soit, reprit sombrement Cort, la voix du sang reste la plus forte, révolte et sorcellerie à l'Ouest ou non. Je suis ton esclave, mon garçon. Je reconnais ton autorité et — pour une fois — je m'incline devant elle de tout cœur.

Et ce même Cort, qui l'avait giflé, battu, blessé, injurié, ridiculisé et n'avait pas hésité à le traiter de vérole rampante, ploya un genou et courba la tête.

Et sur le cuir tanné — néanmoins vulnérable — de cette nuque, le garçon posa une main émerveillée.

— Relève-toi, serf. Au nom de notre amitié.

Cort s'exécuta, au ralenti, et peut-être y eut-il de la souffrance derrière le masque impassible de ses traits burinés.

— C'est du gâchis. Rétracte-toi, gamin. Je romprai mon serment. Rétracte-toi et prends patience !

Le garçon resta silencieux.

— Très bien. (Le ton de Cort s'était fait sec, terre à terre.) Dans une heure. Avec ton arme.

— Tu auras ton bâton ?

— Comme toujours.

— Combien t'en a-t-on arraché, Cort ?

Ce qui revenait à demander : combien de garçons venus sur l'aire jouxtant le Grand Hall l'ont-ils quittée pistoleros novices ?

— Je garderai mon bâton aujourd'hui, répondit

lentement Cort. Et à regret, crois-le, car le châtiment de la hâte est le même que celui de la faiblesse. Ne peux-tu patienter ?

Le garçon revit Marten, écrasante montagne dressée devant lui.

— Non, fit-il.

— Bon. Quelle arme as-tu choisie ?

Le garçon s'abstint de répondre.

Le sourire de Cort révéla deux rangées de chicots ébréchés.

— Tu es un malin. Dans une heure, donc. Te rends-tu compte que tu risques de ne plus jamais revoir les autres, ni ton père ni cet endroit ?

— Je sais ce que signifie l'exil, répondit tranquillement le garçon.

— Va.

Le garçon s'en alla sans un regard en arrière.

Il régnait dans le sous-sol de la grange une fraîcheur factice, une odeur d'eau suintante et de toiles d'araignées. Même éclairée par l'omniprésent soleil, elle demeurait à l'abri de la chaleur du dehors. Le garçon y gardait son faucon et l'oiseau semblait s'y plaire.

David était vieux maintenant. Il ne chassait plus. Son plumage avait perdu le lustre qu'on lui voyait encore trois ans plus tôt, mais ses yeux restaient aussi fixes et perçants que jamais. Nul ne devient l'ami du faucon, dit-on, s'il n'est faucon lui-même, comme lui passager solitaire sur la terre, dénué d'amis ou du désir d'en avoir. Un faucon ne s'embarrasse pas de morale.

David était un vieux faucon, désormais. Le garçon espérait (ou bien, manquant par trop d'imagination, s'agissait-il seulement d'une certitude) en être lui-même un jeune.

— Aïle, fit-il à mi-voix, et son bras se tendit vers le perchoir où l'oiseau était attaché.

Le faucon y monta et s'y tint immobile, décapuchonné. De son autre main, le garçon fouilla dans sa poche et en sortit un morceau de viande séchée que le faucon lui happa délicatement des doigts avant de le faire disparaître.

Avec un soin extrême, il commença de caresser David. Cort n'en aurait probablement pas cru ses yeux, mais Cort ne croyait pas davantage que l'heure de son élève fût arrivée.

— Tu vas mourir aujourd'hui, je pense, dit-il sans interrompre les caresses. À ton tour d'être sacrifié, comme tous ces petits oiseaux qui ont servi à ton exercice. Tu t'en souviens ? Non ? Qu'importe. À compter d'aujourd'hui, c'est moi le faucon.

David restait sur son bras, silencieux, l'œil fixe, indifférent à la mort comme à la vie.

— Tu es vieux, continua le garçon, pensif. Et peut-être n'es-tu pas mon ami. Il y a encore un an, ce sont mes yeux que tu aurais dévorés plutôt que cette lanière de viande, non ? Cort va bien rigoler. Mais si nous réussissons à nous approcher... qu'est-ce qui l'emportera, oiseau ? L'âge ou l'amitié ?

David ne trancha pas la question.

Le garçon lui enfila son capuchon et prit les jets qui étaient enroulés au bout du perchoir. Puis ils quittèrent la grange.

L'aire derrière le Grand Hall n'était pas une cour mais un couloir gazonné délimité par des haies épaisses. On y procédait au rituel du passage à l'âge d'homme depuis des temps immémoriaux, bien avant l'époque de Cort ou de son prédécesseur, qui était mort ici même d'une estocade portée par un bras trop ardent.

L'extrémité orientale, par laquelle entrait toujours le maître d'armes, avait vu ressortir adultes bon nombre de garçons. Elle s'ouvrait sur le Grand Hall, sur la brillance et les intrigues du monde civilisé. D'autres garçons, en bien plus grand nombre, s'étaient furtivement éclipsés, meurtris et ensanglantés, par l'extrémité occidentale, laquelle ne livrait jamais passage qu'à des enfants. Au-delà les attendaient les montagnes et les huttes des populations marginales, plus loin les forêts touffues du monde barbare, plus loin encore le désert. Le garçon qui devenait un homme quittait l'obscurité et l'ignorance pour la lumière et les responsabilités. Celui qui avait dû battre en retraite ne pouvait que la poursuivre à jamais. La lice était aussi verte et plane qu'un terrain de jeu. Elle avait une longueur exacte de vingt-cinq toises.

À chaque extrémité se pressait habituellement la foule tendue des spectateurs et des parents, la date du rite de passage étant en général fixée à l'avance avec une grande précision — dans la dix-neuvième année du garçon, le plus souvent (ceux qui atteignaient vingt-cinq ans sans y avoir encore été soumis demeuraient toute leur vie d'obscurs tenanciers, incapables d'affronter le brutal tout-ou-rien de l'épreuve). Mais ce jour-là, il n'y avait que Jamie, Cuthbert, Allen et Thomas, massés bouche bée côté enfance et franchement terrifiés.

— Ton arme, abruti ! chuchota Cuthbert au supplice. T'as oublié ton arme !

— Je l'ai, répondit froidement le garçon.

Il se demandait vaguement si la nouvelle avait déjà gagné les demeures, était parvenue aux oreilles de sa mère... et de Marten. Son père s'était lancé dans une chasse à l'homme et n'allait pas rentrer avant plusieurs semaines. Absence qui entraînait chez lui quelque honte : son père l'aurait compris, voire approuvé, il le sentait.

— Cort est arrivé ?

— Il est ici. (La voix venait de l'autre bout de la lice et Cort s'y montra, les yeux protégés de la sueur par l'épais bandeau de cuir qui lui barrait le front, un bâton de bois de fer à la main, pointu à un bout, arrondi en spatule à l'autre. Il entama la litanie que tous, choisis par le sang aveugle de leurs ancêtres, connaissaient depuis la plus tendre enfance, qu'ils avaient apprise en prévision du jour où — qui sait ? — ils seraient enfin des hommes.)

— Es-tu venu animé d'une intention sérieuse ?

— Je suis venu animé d'une intention sérieuse, maître.

— Es-tu venu proscrit de la maison paternelle ?

— C'est ainsi que je suis venu, maître.

Et il le resterait jusqu'à sa victoire sur Cort. En cas de défaite, l'exil serait éternel.

— Es-tu venu avec l'arme de ton choix ?

— C'est ainsi que je suis venu, maître.

— Quelle arme as-tu choisie ?

Question qui avantageait le maître en lui laissant la possibilité d'adopter contre la fronde, la lance ou le filet, la tactique appropriée.

— J'ai choisi David, maître.

Cort ne marqua qu'un soupçon de pause.

— C'est donc ainsi que tu veux courir sus à moi ?

— C'est ainsi.

— Alors sois prompt.

Et Cort entra en lice, le bâton passant d'une main dans l'autre. Les gosses pépiaient comme une volée de moineaux, les yeux sur leur camarade marchant à sa rencontre.

J'ai choisi David, maître.

Cort y pensait-il ? Avait-il vraiment saisi ? Si oui, tout était peut-être perdu. Son plan reposait en effet sur la surprise — et sur le bon vouloir du faucon. Resterait-il posé, indifférent, sur son bras tandis que Cort lui défoncerait le crâne à coups de bois de fer ? Ou s'enfuirait-il à tire-d'aile vers le ciel chauffé à blanc ?

Ils se rapprochaient l'un de l'autre. Le garçon voulut préparer le capuchon de l'oiseau. Il avait les doigts mous. La coiffe tomba sur l'herbe verte et il s'arrêta. Il vit les yeux de Cort se poser sur le faucon, la surprise y déferler, la compréhension s'y faire jour.

Tout de suite, donc.

— Attaque ! cria-t-il en levant le bras.

Et David s'envola, balle brune et silencieuse. En deux ou trois battements d'ailes, il fut accroché par le bec et par les serres au visage du maître d'armes.

— Bravo, Roland ! s'écria Cuthbert, fou de joie.

Perdant l'équilibre, Cort tituba en arrière, son bâton ne massacrant que le vide autour de lui. Soudé à son crâne, le faucon offrait l'aspect d'une vibrante boule de plumes.

Le garçon se rua en avant, bras tendu, coude verrouillé, main raidie en fer de lance.

Mais son adversaire était encore presque trop rapide pour lui.

Bien que la masse du faucon lui occultât neuf dixièmes de sa vision, Cort leva son arme, bout plat en l'air, et fit de sang-froid la seule chose qui pouvait à cet instant retourner la situation. Il se frappa au visage par trois fois, sans un tressaillement de ses muscles bandés.

David lâcha prise, tomba au sol le corps disloqué, battant frénétiquement des ailes, ses yeux froids de prédateur rivés, farouches, sur le visage ruisselant de sang de Cort dont l'œil mort saillait maintenant hors de l'orbite.

Visant la tempe, le garçon décocha un coup de pied sur lequel, normalement, le combat aurait dû prendre fin. Que sa jambe fût restée engourdie de l'unique coup reçu jusqu'alors n'en avait pas amoindri la violence, et ce choc aurait vraiment dû mettre un terme au combat. Or, il n'en fut rien. Une altération passagère se lut simplement sur les traits de Cort qui soudain se fendit, cherchant à saisir le pied du garçon.

Lequel recula hors de portée mais trébucha et s'étala de tout son long. Au loin, il entendit Jamie pousser un cri.

Cort s'était déjà redressé, prêt à bondir, à en finir. L'espace d'un instant, leurs regards se croisèrent — le maître au-dessus de l'élève, sa joue gauche ruisselante de sang et son œil aveugle, dont le blanc n'apparaissait plus qu'à travers une étroite fente, presque clos. Ce soir, pas de tournée des bordels pour Cort !

Le garçon sentit quelque chose lui tirailler la

main. C'était le faucon. David mordait à l'aveuglette. Il avait les deux ailes brisées. Qu'il fût encore en vie tenait du miracle.

Le garçon le saisit à pleine main, comme une pierre, indifférent au bec qui lui arrachait du poignet des lambeaux de chair. Au moment où Cort, les membres déployés, se jetait sur lui, le garçon lança le faucon.

— Aïle, David ! Tue !

Cort alors, occultant le soleil, s'abattit sur lui.

Le faucon se trouva étouffé entre eux, et le garçon sentit le contact d'un pouce calleux à la recherche de son orbite. Il s'en empara et le tordit en même temps qu'il levait la jambe pour bloquer de la cuisse le genou que Cort tentait de lui enfoncer dans les parties. Sa main s'abattit sèchement à trois reprises sur le cou de son adversaire. C'était comme de cogner sur une colonne cannelée.

Cort émit un grognement sourd ; un frisson le parcourut. Le garçon entrevit une main tâtonnante à la recherche du bâton et, d'une ruade, le repoussa au loin. David avait planté ses serres dans l'oreille droite de Cort et, de son autre patte, lui labourait sans pitié la joue, la réduisait en charpie. Du sang chaud gicla dans la figure du garçon et l'odeur lui rappela celle des copeaux de cuivre.

Le poing de Cort descendit sur les reins du faucon, les lui brisa, redescendit sur le cou qui en resta déboîté. Mais les serres refusaient toujours de lâcher prise. Cort n'avait plus d'oreille, rien qu'un trou rouge sur le côté du crâne. Un troisième coup projeta au loin l'oiseau, libérant Cort de son masque meurtrier.

Le garçon assena le tranchant de sa main sur le nez de son adversaire, brisant net la cloison. Les narines se frangèrent d'écume écarlate.

Une main agrippa les fesses de Roland à l'aveuglette et, roulant sur lui-même pour se dégager, il rencontra le bâton. Il se releva sur les genoux.

Cort fit de même, souriant. Il avait du sang partout sur la figure et son œil valide tournait aussi follement que l'autre était fixe. Son nez s'était épaté de travers. Il avait les joues pendantes.

Le garçon tenait la longueur de bois de fer comme un joueur de base-ball tient sa batte pour attendre la balle.

Cort fit une double feinte, puis plongea droit sur lui.

Le garçon était prêt. Le bâton faucha l'air et cueillit le crâne de Cort dans un choc assourdi. Cort tomba sur le flanc, laissant flotter sur le garçon un regard qui ne le voyait pas. Un mince filet de bave apparut au coin de ses lèvres.

— Rends-toi ou meurs, dit le garçon, la bouche pâteuse.

Et Cort sourit. Il était pratiquement inconscient — promis d'ailleurs à passer la semaine suivante au lit sous surveillance, enseveli dans les ténèbres du coma —, mais pour l'heure il se cramponnait au monde avec toute l'énergie de son être, sans pitié ni coin d'ombre.

— Je me rends, pistolero. Avec le sourire.

Puis son œil valide se ferma.

Le Pistolero le secoua doucement mais non sans insistance. Les autres l'entouraient à présent, les mains tremblantes de l'envie de lui donner une amicale bourrade dans le dos et de le hisser sur leurs épaules ; mais ils se retenaient, effrayés par le nouvel abîme qu'ils sentaient s'être creusé. Il ne leur était pourtant pas devenu beaucoup plus étranger qu'auparavant : il y avait toujours eu un fossé entre les autres et lui.

Dans le battement de sa paupière, l'œil valide se rouvrit faiblement.

— La clé, dit le Pistolero. C'est mon patrimoine, maître, et il me le faut.

C'était sur les pistolets qu'il faisait valoir ses droits, non sur les pesants revolvers de son père aux crosses lestées de bois de santal, mais sur d'autres armes à feu non moins authentiques, non moins interdites, sauf à quelques-uns. Des armes décisives, absolues. Dans la chambre forte sous le casernement, là où, de par l'antique loi, il était désormais tenu de résider loin du sein maternel, étaient accrochées les armes de son noviciat, lourds objets de nickel et d'acier passablement encombrants. Elles avaient servi son père jusqu'à la fin de son apprentissage — et son père était à présent le maître, en titre du moins.

— Alors, est-ce si terrible ? murmura Cort comme s'il eût parlé dans son sommeil. Si contraignant ? Je l'ai craint ! Tu as gagné, pourtant.

— La clé.

— Ce faucon... quel coup de génie ! Quelle arme redoutable ! Combien de temps t'a-t-il fallu pour entraîner ce salopard ?

— Je n'ai jamais eu à l'entraîner. J'en ai fait mon ami. Cette clé.

— Sous mon ceinturon, pistolero.

L'œil se referma.

Passant la main sous le ceinturon de Cort, le Pistolero sentit l'insistante pression de l'abdomen et la compacité de muscles à présent au repos. La clé était accrochée à un anneau de cuivre. Il la prit et la serra au creux de son poing, réprimant sa folle envie de la lancer vers le ciel pour manifester sa victoire.

Il se leva et s'apprêtait à retourner vers les autres quand il sentit la main de Cort tâtonner à la recherche de son pied. Craignant un ultime assaut, il se raidit, mais Cort se bornait à lui faire signe de se baisser, d'un doigt encroûté de sang.

— Je vais m'endormir, chuchota-t-il calmement. Peut-être pour toujours, qui sait ? Je ne t'enseignerai plus rien, pistolero. Tu m'as surpassé, et deux ans plus tôt que ton père qui fut pourtant le plus jeune pistolero de sa génération. Mais permets-moi de te donner un conseil.

— Quoi ? jeta impatiemment le Pistolero.

— Prends patience.

— Hein ?

— Attends que ta légende t'ait précédé. D'autres que toi se chargeront de la répandre. (Son regard flotta par-dessus l'épaule du pistolero.) Les idiots ne manquent pas. Laisse-toi devancer par ta réputation. Que grandisse ton ombre. Qu'elle s'étoffe. Laisse-la se faire diffuse. (Il s'efforça piteusement de sourire.) Avec le temps, les mots peuvent enchanter jusqu'à un enchanteur. Tu me suis, pistolero ?

— Oui.

— Tiendras-tu compte de mon ultime conseil ?

Le Pistolero s'assit sur ses talons, adoptant pour réfléchir une posture préfigurant l'homme qu'il allait devenir. Il regarda le ciel s'assombrir dans les pourpres. La chaleur du jour déclinait et une barrière de cumulus sur l'horizon ouest présageait un orage. De brefs éclairs harcelaient au loin le flanc serein des montagnes. Derrière, le cœur de la chaîne dressait ses sommets et, derrière encore, montaient des flots de sang et de déraison. Il sentit la fatigue le pénétrer jusqu'à la moelle des os.

Ses yeux redescendirent se poser sur Cort.

— J'enterrerai mon faucon cette nuit, maître. Plus tard, j'irai dans les bordels de la ville basse prévenir ceux et celles qui se poseraient des questions à ton sujet.

Un petit sourire triste étira les lèvres de Cort, puis il sombra dans l'inconscience.

Le Pistolero se releva et se tourna vers les autres.

— Faites une civière et transportez-le chez lui. Ensuite, allez chercher une garde-malade. Non, deux. Compris ?

Ils continuaient de le fixer, pris dans un instant qui ne pouvait encore se rompre. Sans doute s'attendaient-ils toujours à le voir ceint d'une couronne de feu ou se métamorphosant comme dans les histoires de loups-garous.

— Deux gardes-malades, répéta le Pistolero, puis il sourit.

Eux aussi sourirent.

— T'es un beau salaud ! s'écria soudain Cuthbert,

le visage fendu d'une oreille à l'autre. C'est à peine s'il nous reste quelques bouts de viande à ronger sur ses os !

— La terre ne va pas s'arrêter de tourner du jour au lendemain, répliqua le Pistolero, citant le vieil adage avec un sourire. Allez, remue-toi, Allen ! Secoue ta graisse !

Allen entreprit de confectionner une civière pendant que Thomas et Jamie s'acheminaient ensemble vers le hall central et l'infirmerie.

Le Pistolero et Cuthbert échangèrent un regard. Ils avaient toujours été particulièrement proches l'un de l'autre — autant du moins que le permettaient leurs caractères respectifs. À l'évidence, des horizons s'ouvraient dans les yeux de Cuthbert, et le Pistolero eut grand-peine à ne pas lui déconseiller d'affronter l'épreuve avant un an, voire dix-huit mois, au risque d'un départ vers l'ouest. Ils avaient tout un vécu ensemble, et le Pistolero voyait mal comment lui faire part de ses craintes sans que cela fût pris pour de la condescendance. Je commence à ruser, songea-t-il, quelque peu consterné. Mais à la pensée de Marten et de sa mère, il préféra gratifier son ami d'un sourire trompeur.

Je serai le premier, se dit-il, avec une conviction qui n'avait jamais encore été la sienne, quoiqu'il se fût maintes fois enivré d'une telle pensée. Le premier...

— Allons-y, fit-il.

— Avec plaisir, pistolero.

Ils quittèrent le couloir bordé de haies par le côté oriental au moment où Thomas et Jamie revenaient en compagnie des gardes-malades. Elles ressemblaient à des fantômes avec leurs lourdes robes blanches au plastron frappé d'une croix rouge.

— Je t'aide pour le faucon ? demanda Cuthbert.

— Oui, je veux bien, répondit le Pistolero.

Et plus tard, quand fut venue l'obscurité et à sa faveur les gifles de l'orage, cependant que d'énormes caissons livides roulaient de par le ciel et que les tortueuses ruelles de la ville basse s'éclaboussaient à chaque éclair de feu bleu, cependant qu'à l'attache attendaient les chevaux, tête basse et queue pendante, le Pistolero prit une femme et avec elle coucha.

L'acte fut rapide et satisfaisant. Quand ils eurent fini, alors qu'ils restaient côte à côte allongés sans rien dire, il se mit à grêler dans un accès de férocité crépitante. En bas, lointain, un piano jouait *Hey Jude* en rag-time. Le Pistolero rentra en lui-même, et ce fut dans ce silence martelé de grêlons, juste avant de sombrer dans le sommeil que, pour la première fois, il pensa qu'il pourrait bien être aussi le dernier.

Le récit fait à l'enfant n'avait évidemment rien eu d'aussi détaillé mais il se pouvait que l'essentiel eût transparu. C'était un gosse extrêmement réceptif, avait déjà pu constater le Pistolero, assez peu différent de Cuthbert, voire de Jamie.

— Tu dors ? lui demanda-t-il.

— Non.

— Tu as compris ce que je t'ai raconté ?

— Compris ? fit l'enfant avec une prudente nuance de mépris. Compris quoi ? Vous vous fichez de moi ?

— Non.

Le Pistolero restait sur la défensive. Il n'avait encore jamais parlé à personne de cette entrée dans l'âge adulte qui n'était pas sans ambivalence à ses yeux. Certes, le faucon avait constitué une arme parfaitement légitime, mais il ne s'en était pas moins agi d'une ruse. Et d'une trahison. La première d'une longue série ! *Me préparerais-je à livrer cet enfant à l'homme en noir ?*

— J'ai compris, déclara l'enfant. C'était un jeu, n'est-ce pas ? Est-ce que les grands doivent toujours jouer ? Faut-il que tout soit prétexte à jeux ? Y en a-t-il pour vraiment devenir des grandes personnes ou se contente-t-on d'atteindre sa majorité ?

— Ne t'imagine pas tout savoir, riposta le Pistolero en s'efforçant d'endiguer la lente montée de la colère.

— Non ! Mais je sais ce que je représente pour vous.

— Et quoi donc ? demanda le Pistolero, la gorge serrée.

— Un jeton de poker.

Réprimant sa sérieuse envie de trouver une pierre pour lui fracasser le crâne, le Pistolero s'abstint de répliquer.

— Dors, lui enjoignit-il. Les gosses ont besoin de sommeil.

Et, dans sa tête, il entendit en écho le « Monte retrouver ta main ! » de Marten.

Il resta assis dans le noir, crispé, frappé d'horreur et terrifié (la première terreur qu'il eût de quoi que ce fût dans toute son existence) à l'idée de pouvoir être saisi par le dégoût de soi.

Au cours de la période d'éveil suivante, la voie ferrée se rapprocha de la rivière souterraine, et là se plaça leur rencontre avec les Lents Mutants.

Ce fut Jake qui les aperçut le premier et il poussa un cri.

Le Pistolero, qui rivait les yeux droit devant lui alors que ses bras pompaient pour faire avancer la draisine, tourna brusquement la tête à droite. À quelque distance et en contrebas, il y avait une tache ronde, verdâtre, comme une sorte de feu follet, qui palpitait faiblement. Pour la première fois, il prit conscience de l'odeur — fade, désagréable, humide.

Cette lueur glauque était un visage, et ce visage n'avait rien de normal. Au-dessus d'un nez épaté, les nodosités d'yeux d'insectes les regardaient, dénuées d'expression. Le Pistolero sentit un ancestral frisson lui nouer tripes et parties et accéléra sensiblement sa cadence sur la poignée de la draisine.

Le phosphorescent visage s'évanouit.

— C'était quoi ? demanda l'enfant avec un mouvement de recul instinctif. Qu'est-ce...

Les mots s'étranglèrent dans sa gorge : ils allaient croiser un groupe de trois formes complètes, debout entre la voie et la rivière invisible, et qui les observaient, immobiles.

— Des Lents Mutants, répondit le Pistolero. Je ne crois pas qu'ils nous inquiéteront. On leur fait probablement aussi peur que...

Une des formes se détacha des autres et s'ébranla vers eux dans des variations de luminosité. Des traits d'idiot famélique, un corps flou et nu, devenu enchevêtrement de membres tentaculaires garnis de ventouses.

L'enfant poussa encore un cri et se plaqua dans les jambes du pistolero comme un chiot apeuré.

Un tentacule commença de palper le plateau de la draisine. Ça puait l'humide, le noir, l'étrange. Le Pistolero lâcha la poignée, dégaina et logea une balle en plein front dans le faciès de demeuré. La créature s'affaissa et sa luminescence de feu follet s'éteignit comme un astre éclipsé. L'éclair jailli du canon de l'arme resta longtemps imprimé sur leurs sombres rétines, ne s'effaçant qu'à contrecœur. L'odeur de poudre brûlée distilla dans ces lieux enfouis quelque chose d'ardent, de sauvage, de radicalement étranger.

Puis il y en eut d'autres, beaucoup d'autres, aucun ne s'attaquant ouvertement à eux, mais tous se rapprochant insensiblement, cernant la voie comme une bande de badauds hideux et silencieux.

— Il va probablement falloir que tu manœuvres à ma place, dit le Pistolero. T'en sens-tu capable ?

— Oui.

— Alors, tiens-toi prêt.

L'enfant se plaça à côté de lui, le corps en position. Son regard ne faisait qu'effleurer au passage les Lents Mutants, sans y mettre d'insistance ni s'attarder plus que nécessaire. Il semblait disposé à supporter une certaine dose d'horreur, comme si le

« ça » eût pour ainsi dire suinté par ses pores pour le revêtir d'une cuirasse psychique.

Le Pistolero actionnait la poignée avec régularité, se retenant toutefois d'accélérer. Les Lents Mutants devaient sentir quelle terreur s'était emparée d'eux, il le savait sans pour autant croire qu'ils pussent s'en contenter. L'enfant et lui n'étaient-ils pas des créatures de la lumière... et des créatures normales ? Comme ils doivent nous haïr, songea-t-il, se demandant s'ils avaient voué la même haine à l'homme en noir. Il en doutait. Ou peut-être ne l'avaient-ils pas vu, était-il passé parmi eux, traversant leur pitoyable essaim sans plus attirer l'attention que l'ombre d'une aile obscure.

L'enfant émit un bruit de gorge et le Pistolero tourna négligemment la tête. Quatre mutants se lançaient maladroitement à l'assaut de la draisine et l'un d'eux cherchait déjà une prise.

Le Pistolero lâcha la poignée et dégaina une fois de plus, du même mouvement apathique et instinctif. Il tira dans la tête du premier mutant qui émit un son tenant du soupir et du sanglot, un sourire niais se dessinant sur ses traits. Il avait des mains flasques et visqueuses... mortes ; les doigts adhéraient les uns aux autres comme ceux d'un gant oublié dans de la boue qui a séché. Une de ces mains cadavériques accrocha le pied de l'enfant et commença de tirer.

Le hurlement de Jake monta vers l'invisible plafond de granit.

Le Pistolero fit feu, visant la poitrine du mutant. Le sourire se souilla de bave. Jake était en train de glisser hors de la plate-forme et, quand il voulut le retenir par un bras, le Pistolero faillit à son tour perdre l'équilibre. La créature était d'une vigueur stupéfiante. Le Pistolero lui logea dans le crâne une balle supplémentaire. Un œil s'éteignit, soufflé comme une chandelle, sans que son propriétaire fît mine de lâcher. Entre eux s'engagea, silencieuse, une lutte décisive pour la possession du corps tressautant de Jake. Ils se le disputèrent comme des chiens un os.

La draisine ralentissait. Les autres — les aveugles et les estropiés — commençaient à se rapprocher. Peut-être ne cherchaient-ils qu'un Christ qui pût les guérir et, tel Lazare, les rendre à la lumière.

C'en est fini du gosse, pensa froidement le Pistolero. Voici venue la fin qu'il pressentait. Le lâcher pour retourner à la poignée ou le retenir et périr. C'en est fini de lui.

Il imprima une furieuse secousse au bras de l'enfant et déchargea son arme dans le ventre du mutant. L'espace d'un instant — d'une éternité, sembla-t-il —, la créature tira plus fort et Jake recommença de glisser. Puis les mains fangeuses lâchèrent prise et le Lent Mutant bascula face contre terre entre les rails derrière la draisine freinée. Il souriait toujours jusqu'aux oreilles.

— J'ai cru que vous m'aviez abandonné, sanglota l'enfant. J'étais persuadé...

— Accroche-toi à mon ceinturon, lui dit le Pistolero. Du mieux que tu peux.

Une main s'insinua sous le cuir et s'y agrippa ; la respiration de l'enfant s'était faite convulsive ; de vastes hoquets silencieux.

Le Pistolero se remit à la manœuvre et la draisine reprit de la vitesse. Les Lents Mutants reculèrent d'un pas et les regardèrent s'éloigner avec sur leur visage à peine humain (ou si pathétiquement tel) cette pâle phosphorescence propre aux étranges poissons qui hantent les profondeurs sous l'incroyable pression des ténèbres liquides, et dans leurs yeux vides, ni colère ni haine, mais simplement quelque chose comme un regret d'idiot vaguement conscient.

— Leurs rangs s'éclaircissent, déclara le Pistolero qui sentit se relâcher légèrement la tension dans les muscles de son bas-ventre et dans ses parties. Ils...

La route était barrée ; les Lents Mutants avaient placé des pierres sur la voie. Du boulot vite fait, minable. Dégager les rails pouvait ne prendre qu'une minute, mais c'était une minute d'arrêt. Et quelqu'un allait devoir descendre s'en occuper. L'enfant frissonna, gémit et se serra davantage contre le Pistolero. Celui-ci lâcha la poignée et la draisine poursuivit en roue libre jusqu'au tas de pierres contre lequel, dans un choc sourd, elle s'immobilisa.

Les Lents Mutants se remirent en marche avec une sorte de détachement, presque comme s'ils passaient par là, perdus dans quelque songe ténébreux, et qu'ils eussent trouvé à qui demander leur chemin. Congrégation de damnés postée sous l'antique roche, comme d'autres aux carrefours des rues.

— Est-ce que nous sommes perdus ? demanda calmement l'enfant.

— Non. Maintenant, tais-toi une seconde !

Il examina le tas de pierres. Les mutants étaient évidemment trop faibles pour avoir pu traîner de gros rochers sur la voie. Ils avaient dû se contenter de pierres de petite taille, mais suffisantes pour les stopper et obliger l'un d'eux à descendre.

— Descends, ordonna le Pistolero. Il faut les enlever. Je te couvrirai.

— Non, gémit l'enfant. Je vous en prie.

— Je ne peux pas te confier une arme, ni transporter ces pierres et tirer en même temps. C'est toi qui dois y aller.

Jake roulait des yeux effarés et son corps se mit à trembler pendant un moment au rythme des pensées qui se succédaient follement dans sa tête, puis il se laissa glisser de la plate-forme et commença à jeter fiévreusement les pierres à droite et à gauche, sans regarder nulle part.

Le Pistolero dégaina et attendit.

Deux mutants, titubant plus qu'ils ne marchaient, avançaient dans la direction de l'enfant en tendant vers lui leurs bras à la consistance pâteuse. Les pistolets firent leur travail, lardant l'obscurité de traits d'un feu blanc-rouge qui blessait les yeux du pistolero comme autant d'aiguilles fichées dans ses pupilles. L'enfant laissa échapper un cri, mais continua de déblayer les pierres. Des éclats de lumière papillotaient de tous côtés. Impossible d'y voir à présent ; rien ne pouvait être pire. Tout s'était fondu dans l'ombre. Un mutant, celui-ci à peine phosphorescent, saisit brusquement l'enfant entre ses bras de croque-mitaine en caoutchouc. Ses yeux, qui lui mangeaient la moitié de la tête, roulaient presque onctueusement.

Jake poussa un nouveau cri et engagea la lutte.

Le Pistolero tira sans prendre le temps de réfléchir, de peur que sa vision troublée ne le trahît et ne fît trembler sa main. Les deux têtes n'étaient séparées que par quelques centimètres ; ce fut la masse gélatineuse du mutant qui tomba.

Jake se remit frénétiquement à la tâche. Les mutants s'agglutinaient juste au-delà d'une invisible ligne de démarcation, avant de se rapprocher petit à petit, de plus en plus près. D'autres les avaient rejoints, grossissant leur nombre.

— Ça va, fit le Pistolero. Remonte. Vite.

Quand l'enfant s'ébranla, les mutants passèrent à l'attaque. Jake réussit à franchir le rebord de la plate-forme et, quand il se remit sur ses pieds, le Pistolero manœuvrait déjà la poignée de toutes ses forces. Les deux revolvers avaient déjà regagné leurs étuis. L'instant était à la fuite.

D'étranges paumes se plaquèrent à grand fracas sur la surface métallique de la plate-forme. L'enfant se retenait maintenant des deux mains au ceinturon du pistolero, la tête enfouie au creux de ses reins.

Un petit groupe de mutants courait entre les rails, visages qui restaient empreints de la même attente vague, décérébrée. Dans l'organisme du pistolero, l'adrénaline avait atteint son taux maximal. La draisine filait à toute allure dans l'obscurité. Elle heurta de plein fouet les quatre ou cinq pitoyables formes phosphorescentes qui s'éparpillèrent comme des bananes pourries giclant de leur peau.

Ils continuèrent de foncer dans l'obscurité funèbre et silencieuse.

À l'enfant, craintif mais curieux de savoir, il fallut une éternité pour oser relever la tête. La lueur des coups de feu persistait sur ses rétines, mais il n'y avait rien d'autre à voir que l'ombre, rien de plus à entendre que le grondement du cours d'eau.

— Ils sont partis, dit l'enfant, tout à coup pris de peur à l'idée que la voie pouvait soudain cesser, qu'ils risquaient d'être brutalement projetés hors des rails, au milieu d'un amas de ferraille.

Il avait déjà roulé en voiture et son rigoriste de père s'était fait siffler pour avoir conduit à cent cinquante à l'heure sur l'autoroute à péage du New Jersey. Mais il n'avait encore jamais voyagé à l'aveuglette et en plein vent, environné d'horreurs, au bord d'une rivière à la voix moqueuse — la voix de l'homme en noir. Les bras du pistolero n'étaient plus que le jeu de pistons d'une machine humaine emballée.

— Ils sont partis, répéta timidement l'enfant, le vent lui arrachant les mots des lèvres à mesure qu'ils s'y formaient. Vous pouvez ralentir maintenant. Nous les avons lâchés.

Mais le Pistolero n'entendait rien, et ils se ruaient toujours plus avant dans ces étranges ténèbres.

Trois périodes d'éveil et de repos se succédèrent sans incident.

Au cours de la quatrième (au milieu ou aux trois quarts ? ils n'auraient su le dire, savaient seulement qu'ils n'étaient pas encore assez fatigués pour envisager de s'arrêter), un bruit sec retentit au-dessus d'eux ; la draisine oscilla et la pesanteur inclina brusquement leurs corps vers la droite alors que la voie amorçait un virage en sens inverse.

Il y avait une lumière là devant — si faible, si insolite qu'elle parut d'abord ressortir d'un élément totalement neuf : ni terre, ni air, ni feu, ni eau. Elle était également dénuée de couleur, et ils n'eurent conscience de son existence que par la perception retrouvée de leurs mains et de leurs visages sur un autre mode que celui du toucher. La sensibilité de leurs yeux s'était accrue au point qu'ils distinguèrent cette lueur à plus de deux lieues de distance.

— La sortie, fit l'enfant, laconique. C'est fini.

— Non. (Singulière assurance dans la voix du pistolero.) Pas encore.

Et il avait raison. Cette lumière n'était pas celle du jour.

À l'approche de sa source, ils s'aperçurent que la muraille rocheuse sur leur gauche s'était éloignée, que d'autres rails, raccordés aux leurs, formaient en se croisant une complexe toile d'araignée. Cette lumière vectorisait leur course sur des lignes de luisance. De sombres masses stationnaient sur certaines voies : fourgons et wagons de voyageurs ; une plate-forme était accolée aux rails. Le Pistolero se sentit mal à l'aise, comme en présence de vaisseaux fantômes, galions prisonniers de quelque souterraine mer des Sargasses.

La lumière se fit plus intense, blessante pour les yeux, mais dans une gradation assez lente pour leur laisser le temps de s'y accoutumer. Ils quittaient l'obscurité pour la lumière à la façon de plongeurs remontant du fond par paliers.

Devant eux, de plus en plus proche, un hangar immense naissait de l'ombre. Découpées dans son volume en carrés de jaune lumière, deux douzaines d'ouvertures changèrent progressivement de dimension à mesure qu'ils s'en rapprochèrent, passant de la taille d'une fenêtre de maison de poupée à celle d'un bâtiment de deux étages. Ils franchirent l'une des entrées médianes. Au-dessus s'étalait une série de caractères où le Pistolero soupçonna la même phrase dans des langues différentes et, avec stupéfaction, se découvrit à même de lire la dernière, écrite dans un lointain ancêtre du Haut Parler :

VOIE 10 VERS SURFACE ET DESTINATION OUEST.

À l'intérieur, la lumière était plus vive et les rails se croisaient et se confondaient par le biais d'une série d'aiguillages. Ici, certains feux de signalisation fonctionnaient encore, alternant, sempiternels, leurs rouges, leurs ambres et leurs verts.

Ils passèrent entre de hauts quais de pierre noircis par la circulation de milliers de véhicules puis se retrouvèrent dans une sorte de gare centrale. Le Pistolero laissa la draisine s'arrêter d'elle-même et ils jetèrent un regard autour d'eux.

— On se croirait dans le métro, déclara l'enfant.

— Le métro ?

— Peu importe.

L'enfant grimpa sur la chaussée de ciment. Sous leurs yeux s'alignaient des kiosques déserts et silencieux où jadis on avait vendu livres et journaux, une ancienne cordonnerie, une boutique de prêt-à-porter pour dames et une armurerie (tout excité soudain, le Pistolero y découvrit des revolvers et des fusils, mais dont un examen plus attentif lui révéla les canons obstrués avec du plomb ; il trouva toutefois un arc qu'il se passa en bandoulière, ainsi qu'un carquois de flèches pratiquement inutilisables tant elles étaient mal lestées). Quelque part, un convertisseur brassait l'air sans arrêt. Il devait le faire depuis des milliers d'années, mais il se pouvait que ses jours fussent désormais comptés. Un grincement s'en échappait à mi-cycle comme pour rappeler que le mouvement perpétuel — fût-ce dans les conditions les plus rigoureusement contrôlées — demeurait une chimère. Cet air avait une saveur fade et artificielle. Leurs pas suscitaient des échos sans résonance.

— Hé ! cria l'enfant.

Le Pistolero rebroussa chemin et le trouva pétrifié devant le kiosque à journaux. Il y avait une momie à l'intérieur, affalée dans l'angle opposé. L'uniforme à liserés d'or dont elle était vêtue suggérait un employé du réseau ferroviaire. Sur ses genoux reposait un vieux journal parfaitement conservé qui tomba en poussière quand le Pistolero voulut y jeter un coup d'œil. Il tendit un doigt prudent vers ces traits parcheminés qui évoquaient une vieille pomme, et de la joue à peine effleurée s'éleva un petit nuage de poussière. Il se dissipa. Un trou exposait l'intérieur de la bouche et une dent en or y brillait.

— Le gaz, murmura le Pistolero. On savait fabriquer des gaz capables de produire ce résultat.

— Ça servait à faire la guerre ? dit sombrement l'enfant.

— Oui.

Il y avait d'autres momies — pas en grand nombre, quelques-unes seulement. Elles portaient toutes un uniforme bleu et or. Le Pistolero conjectura que le gaz avait dû être utilisé à un moment où l'endroit était vide de voyageurs. Peut-être, en quelque obscure époque, la gare avait-elle représenté un objectif militaire assigné à une armée aussi oubliée que la cause pour laquelle elle combattait.

Cette idée l'accabla.

— Nous ferions mieux de continuer, dit-il en prenant la direction de la voie 10 et de la draisine.

Mais l'enfant resta en arrière.

— Sans moi.

Le Pistolero se retourna, surpris.

Le visage de l'enfant s'était crispé, vibrait sous un violent tremblement.

— Vous n'obtiendrez ce que vous cherchez que si je suis mort. Je préfère tenter ma chance tout seul.

Diplomate, le Pistolero hocha la tête, non sans maudire son attitude.

— D'accord.

Il se détourna, traversa le quai de pierre et, en souplesse, bondit sur la draisine.

— Vous avez conclu un pacte ! lui cria l'enfant. Je le sais !

Le Pistolero s'abstint de répondre. Soigneusement, il déposa son arc en lieu sûr, devant le montant du levier.

L'enfant serrait les poings, les traits tordus par la souffrance.

Comme il est facile de duper cet enfant, songea froidement le Pistolero. Son intuition ne cesse de le jeter sur ce seuil et chaque fois qu'il s'y trouve, tu le manœuvres à ta guise — mais, après tout, n'es-tu pas son seul ami ?

La solution lui apparut tout d'un coup, nette comme une vision : il lui suffisait de renoncer, de faire demi-tour avec l'enfant dans lequel il puiserait une force neuve. Oui, il n'était pas nécessaire de recourir à un moyen aussi humiliant pour atteindre la Tour Sombre. Il pouvait laisser grandir ce gosse et, à eux deux, ils se débarrasseraient de l'homme en noir sans plus de difficulté que d'un vulgaire jouet mécanique.

Et quoi encore ? se dit-il cyniquement.

Un brusque éclair de lucidité venait de lui faire comprendre que retourner en arrière signifierait leur mort à tous deux — leur mort ou pis : l'ensevelissement parmi les morts-vivants qu'ils avaient laissés derrière eux, le déclin de toutes leurs facultés. Et il n'était pas impossible que les pistolets de son père — voués qu'ils étaient à longtemps leur survivre — n'en vinssent, de par leur pitoyable splendeur et à l'instar de la pompe à essence dont il avait gardé souvenir, à prendre valeur de totems.

Un peu de cran, se dit-il, hypocrite.

Il saisit la poignée, l'actionna, et la draisine s'éloigna du quai.

— Attendez ! hurla l'enfant, qui s'élança en diagonale vers l'endroit où la draisine allait apparaître avant de s'enfoncer dans l'obscurité.

Le Pistolero fut tenté d'accélérer, ne fût-ce que pour laisser l'enfant dans l'incertitude.

Mais au lieu de céder à cette impulsion, il le rattrapa au moment où il sautait. Sous la fine chemise de l'enfant, qui se serrait contre lui, il sentit le cœur de Jake palpiter avec la violence d'un cœur de poulet.

Il était vraiment très près maintenant.

Le bruit de la rivière s'était fait assourdissant et son grondement perpétuel envahissait jusqu'à leurs rêves. Par simple fantaisie, le Pistolero laissa l'enfant manœuvrer la draisine pendant qu'il tirait dans le noir quelques flèches attachées à une bonne longueur de fil.

Bien que miraculeusement préservé, l'arc ne valait rien. Sans précision et atrocement dur à bander, il aurait été vain de chercher à l'améliorer, le Pistolero le savait. Même changer la corde n'aurait pas rendu au bois sa souplesse. Les flèches ne volaient pas très loin, mais la dernière qu'il lança fut récupérée trempée. Quand l'enfant lui demanda quelle distance elle avait atteinte, il se contenta de hausser les épaules. Il doutait toutefois que, propulsée par une telle arme, elle eût pu couvrir plus de cinquante toises — la chance aidant.

Et toujours le bruit qui s'amplifiait.

Au cours de la troisième période d'éveil après leur départ de la gare, le rayonnement spectral se manifesta de nouveau. Ils s'étaient engagés à l'intérieur d'un long boyau creusé dans une étrange roche phosphorescente, dont les parois suintantes scintillaient d'une myriade de minuscules fragments d'étoiles. Tout ce qu'ils voyaient portait à présent le sceau d'une espèce d'irréalité fantastique.

Le tumulte de la rivière leur était renvoyé par les murailles voisines qui faisaient office d'amplificateur naturel. Le son demeurait néanmoins bizarrement égal, malgré la proximité du carrefour que l'écartement progressif des parois laissait pressentir au pistolero. La pente de la rampe qu'ils gravissaient s'accentua.

Les rails filaient en ligne droite vers la nouvelle source de lumière, rappelant au pistolero les feux follets enfermés dans des tubes que l'on avait parfois vendus à la foire de la Saint-Joseph, alors que l'enfant y voyait d'interminables néons. Mais ce que la phosphorescence de la roche leur révéla, ce fut que ce monde minéral dont ils étaient depuis si longtemps captifs s'achevait devant eux par deux promontoires jumeaux déchiquetés, s'ouvrant sur l'obscurité béante du gouffre où plongeait la rivière.

Les rails continuaient au-dessus de cet abîme insondable, soutenus par un viaduc sans âge. Au-delà, dans des lointains incommensurables, luisait un infime point de lumière ; ni reflet ni halo, mais la pure clarté du jour ; aussi minuscule qu'une pointe d'épingle piquée dans une étoffe sombre, et pourtant lourde d'un sens effroyable.

— Arrêtez, dit l'enfant. Arrêtez un instant. Je vous en prie.

Sans poser de question, le Pistolero laissa s'immobiliser la draisine. En contrebas, devant eux, la rivière faisait entendre son invariable rugissement. L'artificielle radiance de la roche humide lui devint brusquement odieuse et, pour la première fois, il se sentit effleuré par la noire aile de la claustrophobie. Un impérieux besoin de sortir d'ici, d'échapper à cet état d'enterré vif s'empara de lui.

— On va s'y engager, reprit l'enfant. C'est ce qu'il veut, non ? Que nous conduisions notre engin au-dessus de... de ça... et que nous y tombions ?

Le Pistolero savait bien que non, mais il répondit :

— J'ignore ce qu'il veut.

— Nous ne sommes plus très loin. Ne peut-on poursuivre à pied ?

Ils descendirent de la draisine et s'approchèrent prudemment du bord de l'abîme. Le sol continua de grimper sous leurs pas jusqu'au point où, basculant en sens inverse, il se sépara de la voie qui, elle, s'enfonçait droit dans le noir.

Le Pistolero se laissa choir sur les genoux et son regard, plongeant dans le précipice, réussit à distinguer un invraisemblable enchevêtrement de poutrelles et d'étais de moins en moins net à mesure qu'il descendait à la rencontre de la rivière mugissante et servant de support au gracieux viaduc franchissant le vide.

Il se représenta les ravages qu'avaient dû faire subir au métal l'eau et le temps, ces meurtriers compères. Quelle résistance conservait l'ouvrage ? Faible, sans doute. Minime ? Nulle ? Il se rappela soudain le visage de la momie et avec quelle facilité cette peau qui semblait ferme s'était pulvérisée au moindre effleurement.

— Oui, on va marcher, fit le Pistolero.

Il s'attendait à voir l'enfant regimber une fois de plus, mais celui-ci le précéda calmement entre les rails, posant le pied avec assurance sur les traverses d'acier soudées. Le Pistolero le suivit, prêt à le rattraper s'il faisait un faux pas.

Ils avaient laissé la draisine et s'avançaient en équilibre précaire au-dessus des ténèbres.

Le Pistolero sentit une fine pellicule de sueur lui voiler la peau. Ce pont était pourri, et pas qu'un peu. Subissant les assauts du cours impétueux de la rivière en contrebas, il vibrait sous ses pas, oscillait au bout de câbles invisibles. On est comme deux acrobates, songea-t-il. Regarde, mère, sans filet. Je vole. Il s'agenouilla, examina les traverses sur lesquelles ils progressaient. Elles étaient encroûtées, piquetées de rouille (et la fraîcheur sur son visage lui en donnait la cause : l'air, ami de toute corruption. Ils n'étaient plus très loin de la surface), et un solide coup de poing sur le métal les ébranla dangereusement. À un autre moment, il perçut par le bas de son corps un grincement prémonitoire et sentit l'acier s'affaisser, menacer de céder — mais déjà il avait franchi le point critique.

Plus léger de cinquante kilos, l'enfant ne risquait rien, bien sûr, à moins que la traversée ne dût peu à peu se faire plus ardue.

Derrière eux, la draisine s'était fondue dans l'obscurité. Le quai de pierre à leur gauche, plus long que celui de droite, les avait peut-être escortés sur une longueur de vingt pieds, mais l'ayant également dépassé, ils se retrouvaient sans appui au-dessus du gouffre.

Au début, il leur sembla que la dimension de la tache de lumière demeurait malicieusement constante (s'éloignant peut-être d'eux au fur et à mesure qu'ils avançaient par quelque prodigieux tour de magie). Le Pistolero finit toutefois par se rendre compte qu'elle s'élargissait, gagnait en netteté. Elle les dominait toujours, mais ils continuaient de monter vers elle.

Un grognement de surprise jaillit des lèvres de l'enfant, qui vacilla, bras emportés dans de vastes révolutions ralenties. Il donna l'impression de rester ainsi une éternité, en équilibre sur le bord, puis il redémarra.

— Elle a failli lâcher, celle-là, murmura-t-il sans émotion apparente. Sautez par-dessus.

Le Pistolero obéit. La traverse sur laquelle l'enfant avait posé le pied s'était presque entièrement détachée. Elle pendait mollement, retenue par un rivet à demi désagrégé. Elle oscillait autour avec lenteur, pareille au volet d'une maison hantée.

La montée n'en finissait pas. L'aspect cauchemardesque de la traversée la leur faisait paraître plus longue qu'elle ne l'était en réalité. L'air même semblait s'épaissir et les engluer, au point que le Pistolero avait davantage l'impression de nager que de marcher. De folles supputations lui tournaient dans la tête, concernant l'épouvantable distance séparant le pont de la rivière enjambée, sa pensée lui présentant le détail spectaculaire d'une chute : le grincement du métal tordu, l'embardée qui le jetterait de côté, ses doigts qui chercheraient en vain quelque prise, la glissade de ses talons sur l'acier traître — et le plongeon tournoyant, la chaleur entre ses cuisses quand sa vessie se viderait, le vent qui le giflerait, lui dresserait les cheveux sur la tête comme dans une terreur de dessin animé, qui lui retournerait les paupières, et l'eau noire qui se ruerait à sa rencontre à une vitesse telle qu'il n'aurait pas même le temps de crier.

Le métal hurla sous son poids qu'il répartit pour franchir posément le périlleux passage, refusant de penser à la chute ou au chemin parcouru ou à celui qui restait. Sans penser non plus que l'enfant allait être sacrifié ni que lui-même avait déjà pour le moins presque à demi négocié la perte de son honneur.

— Là, il y en a trois qui manquent, l'informa calmement l'enfant. Je vais sauter. Hop ! Hop !

L'espace d'un instant, le Pistolero le vit se découper sur la lumière du jour, les membres gauchement déployés en grand aigle. Quand il atterrit, l'édifice entier vibra dangereusement. Le métal gémit et, beaucoup plus bas, quelque chose tomba, émit deux sons bien distincts : d'abord celui d'un choc, puis celui d'une plongée en eau profonde.

— Tu es passé ? demanda le Pistolero.

— Oui, répondit l'enfant, lointain. Mais tout est pourri par ici. Je ne crois pas que ça vous résisterait. À moi si, mais pas à vous. Retournez en arrière. Repartez et fichez-moi la paix.

Sa voix le montrait à bout de nerfs, glacial mais à bout de nerfs.

Le Pistolero franchit l'obstacle. Une grande enjambée avait suffi. L'enfant était pris d'un tremblement incoercible.

— Repartez. Je ne veux pas mourir à cause de vous.

— Avance, nom de Dieu, fit rudement le Pistolero. Tout va s'effondrer.

L'enfant se mit en marche. Il titubait. Ses mains vibraient, tendues devant lui, doigts écartés.

Ils reprirent leur ascension.

Oui, tout était de plus en plus pourri. Qu'il manquât une, deux, voire trois traverses n'était pas rare, et le Pistolero s'attendait à tout instant à se retrouver face à face avec un trou dont la dimension les contraindrait à rebrousser chemin ou à faire du funambulisme sur les rails au-dessus du vide.

Il gardait les yeux fixés sur la lumière du jour.

Elle s'était teintée de bleu et, à mesure qu'elle se rapprochait, son éclat se faisait plus doux, estompait la phosphorescence du roc en s'y fondant. Plus qu'une cinquantaine de mètres ? Cent ? Il n'aurait su dire.

Ils marchaient toujours, et le Pistolero regardait maintenant à ses pieds, franchissant les traverses une à une. Quand il releva les yeux, il vit que la lueur irradiait d'un orifice, qu'il ne pouvait s'agir d'une lampe, que c'était une issue. Il touchait au but.

Trente mètres. Même pas. C'était faisable. Ils n'allaient plus tarder à rejoindre leur proie, peut-être. Et peut-être les fleurs du mal épanouies dans l'esprit de l'homme en noir allaient-elles s'étioler au grand soleil, et tout serait alors possible.

Quelque chose s'interposa devant la lumière du jour.

Le saisissement lui fit relever la tête, le regard fixe, et il vit qu'une silhouette occultait l'orifice, le dévorait, n'en laissait qu'un bleu narquois surlignant les épaules et soutenant l'entrejambe.

— Salut, les gars !

La voix se propagea jusqu'à eux, amplifiée par le goulet de pierre, et le sarcasme de l'homme en noir s'en dota d'une formidable résonance. Les doigts du pistolero tâtonnèrent à la recherche de la mâchoire, mais elle n'était plus dans sa poche, disparue quelque part, son pouvoir épuisé.

Le rire de l'autre les dominait, un rire qui retentissait autour d'eux, répercuté comme le fracas du ressac dans une grotte marine. L'enfant poussa un cri et chancela, moulin à vent une fois de plus avec ses bras qui tournoyaient dans l'air raréfié.

Le métal se déchira, s'effrita sous leurs pieds et les rails ployèrent dans une torsion lente et rêveuse. L'enfant s'enfonça. Mouette dans le noir, sa main jaillit, arrêta sa chute. Il resta suspendu dans le vide, levant sur le Pistolero des yeux noirs pleins d'un savoir ultime, perdu, aveugle.

— Aidez-moi.

— C'est maintenant, pistolero, ou jamais ! ricocha la voix de l'homme en noir.

Tapis. Et cartes sur table sauf une. L'enfant se balançait, le Pendu d'un vivant tarot, le marin phénicien, l'innocent, l'égaré, à flot mais de si peu sur la vague d'une mer stygienne.

Attends, attends encore.

— Dois-je m'en aller ? (Cette voix si sonore, elle l'empêchait de penser, exerçait son pouvoir d'obscurcir l'esprit des hommes...)

N'en fais pas une tragédie ; si la chanson est triste, teinte-la d'espoir...

— Aidez-moi.

Le métal grinçant des supports se tordait davantage, s'effilochait comme de la guimauve, cédait...

— Je vais devoir t'abandonner.

— Non !

Ses jambes le portèrent dans une brusque détente hors de l'entropie qui le tenait et par-dessus l'enfant suspendu vers la lumière qui s'offrait, le noir profil de la Tour gravé sur la rétine de son œil intérieur — soudain : silence, la silhouette évanouie, jusqu'à la pulsation de son cœur enfuie cependant que l'ossature descellée du pont s'affaissait davantage, entamant au ralenti son ultime ballet vers l'abîme, cependant que sa main s'accrochait à cette lèvre de roche éclairée qui le damnait, cependant que, derrière lui, au sein d'un affreux silence, la voix de l'enfant montait de trop loin en contrebas.

— Allez-vous-en. Il y a d'autres mondes.

Et ça s'arracha à lui, toute la masse. Et alors qu'il se hissait vers la lumière, y débouchait, à l'air libre, à la réalité d'un nouveau karma (tout s'enchaîne), il se retourna, tourna la tête, lutta dans sa souffrance, s'efforça d'être Janus — mais il n'y avait là qu'un insondable silence : l'enfant avait cessé toute existence audible.

Puis ce fut le rétablissement sur la saillie rocheuse d'où son regard domina la plaine herbue qui s'étirait au bas de la pente, y découvrit l'homme en noir planté jambes écartées et bras croisés.

Il se redressa, titubant, plus blême qu'un spectre, les yeux écarquillés sous la corniche de son front, sa chemise en daim blanche de poussière, conséquence de son ultime et frénétique reptation. Le traversa l'idée qu'il était voué à toujours fuir le meurtre. Le traversa aussi celle qu'il n'avait pas fini de connaître les humiliations de l'esprit, qu'auprès des autres qui l'attendaient, celle-ci risquait de lui paraître dérisoire, et qu'il ne cesserait pas pour autant de la fuir, de lit en lit, par couloirs et cités. Il fuirait le visage de l'enfant, chercherait à l'enfouir dans le sexe des femmes, voire dans une destruction moins symbolique, pour en fin de compte pénétrer dans une dernière chambre où ce serait lui-même que son regard découvrirait par-dessus la flamme d'un cierge. Il était devenu l'enfant, l'enfant s'était fait lui. Lycanthrope, il était, garou, et dans les abîmes de ses rêves il serait de nouveau l'enfant, s'exprimerait dans d'étranges parlers.

Est-ce la mort ? Est-ce elle ?

Dans une ivre lenteur, il descendit la pente de roc nu vers l'endroit où l'attendait l'homme en noir. Ici, la voie s'était effacée au soleil de la raison et rien ne permettait de croire qu'elle eût même existé.

Dans un vaste éclat de rire et du revers de ses deux mains, l'homme en noir repoussa son capuchon.

— Alors ! lança-t-il. Non pas une fin, mais à la fin du commencement, hein ? Tu progresses, pistolero ! Tu progresses ! Ah ! que je t'admire !

Le Pistolero dégaina, éblouissant de rapidité, tira ses douze balles. Les flammes qui jaillirent du canon de ses armes éclipsèrent le soleil et derrière elles rebondirent les détonations sur la roche escarpée.

— Allons, allons ! fit l'homme en noir, toujours hilare. On fait une belle équipe de magiciens, tous les deux. Tu ne me tues pas plus que tu ne réussis à te tuer.

Il recula, s'éloigna sans cesser de faire face au pistolero, les traits barrés d'un large sourire.

— Viens... viens... viens...

Fourbu, le Pistolero le suivit vers le lieu du conseil.

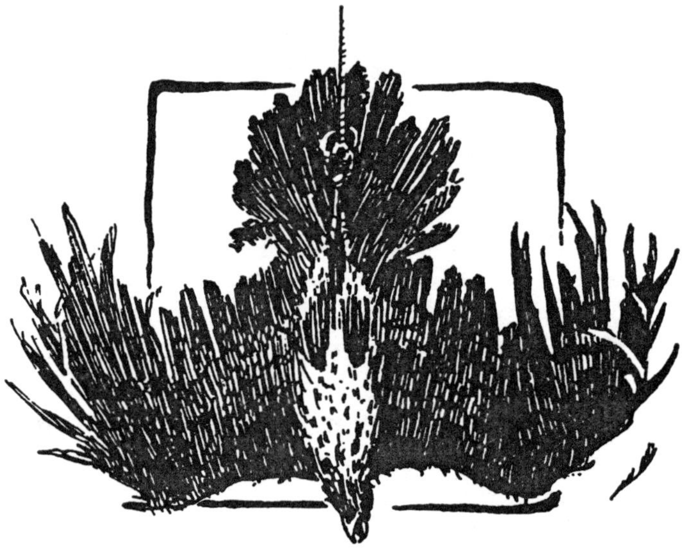

Le Pistolero
et
l'Homme en Noir

L'homme en noir le conduisit pour la palabre sur une antique aire de mise à mort, et le Pistolero y reconnut tout de suite un golgotha, un lieu-du-crâne : de partout montaient vers eux les regards narquois de crânes blanchis — bovins, coyotes, lièvres et daims. Çà et là encore, le xylophone d'albâtre d'une poule faisane abattue pendant qu'elle picorait ou le délicat semis d'os minuscules d'une taupe, peut-être tuée pour le plaisir par un chien errant.

C'était une cuvette creusée dans le flanc de la montagne et, plus bas, en altitudes plus praticables, le Pistolero vit des arbres de Josué, des sapins rabougris. Le ciel était d'un bleu tendre comme il n'en avait pas vu depuis longtemps et, dans les lointains relativement proches, quelque chose d'indéfinissable suggérait la mer.

Je suis dans l'Ouest, Cuthbert, pensa-t-il, émerveillé.

Et naturellement, dans chaque crâne, dans la rondeur évacuée de chaque œil, il vit le visage du garçon.

L'homme en noir s'assit sur une vieille souche de bois de fer. Ses bottes étaient blanches de poussière et d'os. Il avait remis son capuchon, mais le Pistolero pouvait nettement apercevoir le carré du menton, les lignes de la mâchoire.

Un sourire effleura des lèvres plus renfoncées dans l'ombre.

— Ramasse du bois, pistolero. Ce versant de la montagne est clément mais à pareille altitude, le froid peut encore plonger sa lame dans le ventre d'un homme. N'est-ce pas un lieu de mort ?

— Je te tuerai.

— Non. Tu ne peux pas. Mais tu peux toujours ramasser du bois pour te remettre en mémoire ton Isaac.

La référence échappa au pistolero. Sans mot dire, il se mit à ramasser du bois comme un simple marmiton. C'était une denrée rare. Pas d'herbe du diable sur ce versant et le bois de fer n'aurait pas brûlé, minéralisé qu'il était. Il revint quand même avec une pleine brassée de branches, couvert de poudre d'os, comme roulé dans la farine. Le soleil avait sombré derrière les plus hauts des arbres de Josué ; avec une lugubre indifférence, il les fixait par le serti torturé des ramures.

— Magnifique, fit l'homme en noir. Quel être d'exception ! Quel esprit méthodique ! Je m'incline bien bas !

Il gloussa. Le Pistolero lui lâcha son bois devant les pieds, soulevant une bouffée de poussière d'os.

L'homme en noir ne tressaillit ni ne sursauta, entreprit simplement de construire un feu. Le Pistolero fasciné regarda l'idéogramme (dans son état originel, cette fois) prendre forme et se révéler double cheminée complexe d'environ trois empans. La main de l'homme en noir monta vers le ciel, belle main effilée qui se dégagea de la vaste manche puis se rabattit, index et petit doigt tendus, dessinant l'antique fourche contre le mauvais œil. Une flamme bleue jaillit et le feu prit.

— J'avais des allumettes, dit jovialement l'homme en noir, mais je me suis dit qu'un peu de magie ne te déplairait pas. Pour la beauté du geste, pistolero. Maintenant, prépare-nous à dîner.

Un frisson parcourut les plis de sa robe et un lapin bien en chair en tomba, dépouillé et vidé.

Sans mot dire, le Pistolero embrocha l'animal et le mit à rôtir. Une odeur appétissante s'éleva dans l'air alors que le soleil se couchait. Des ombres violacées dérivèrent, affamées, au-dessus de la cuvette où l'homme en noir avait choisi de finalement se confronter à lui. D'interminables borborygmes se firent entendre dans son ventre à mesure que dorait le lapin, mais quand il fut cuit, gorgé de ses sucs dans leur prison de peau croustillante, il tendit en silence la broche à l'homme en noir, fouilla dans son sac à présent presque plat et en sortit ses dernières lanières de viande séchée. C'était horriblement salé, pénible à mâcher, avec un goût de larmes.

— Totalement superflu, dit l'homme en noir, réussissant à mêler colère et amusement dans sa voix.

— Qu'importe.

Le manque de vitamines lui avait tapissé la bouche de petites irritations et le sel lui arrachait des grimaces.

— Tu as peur que ce ne soit de la viande ensorcelée ?

— Oui.

L'homme en noir repoussa son capuchon.

Le Pistolero le regarda en silence. Déception troublante, en un sens, que ce visage. Des traits fins, réguliers, sans rien des stigmates de qui a connu des temps difficiles et s'est vu instruit de grands secrets. Il avait des cheveux noirs, longs et nattés, un front haut, des yeux sombres et brillants. Un nez indescriptible. Des lèvres pleines et sensuelles. Un teint pâle comme celui du pistolero.

— Je m'attendais à quelqu'un de plus âgé, finit par dire celui-ci.

— Pourquoi ? Je suis pratiquement immortel. J'aurais pu prendre une apparence plus conforme à ton attente, bien sûr, mais j'ai choisi de te montrer celle... euh... qui m'a été donnée à ma naissance. Regarde, pistolero, le soleil est en train de se coucher.

Il avait déjà disparu, en fait, et une morne fournaise occupait l'horizon ouest.

— Tu ne le reverras pas se lever d'ici, ce qui risque de te paraître très long, dit à mi-voix l'homme en noir.

Le Pistolero se remémora l'obscur tunnel sous les montagnes puis leva les yeux vers le ciel où les constellations se déployaient dans leur profusion spiralée.

— Aucune importance, désormais, dit-il non moins doucement.

L'homme en noir battit les cartes avec une dextérité d'illusionniste. Un jeu d'une rare épaisseur, les dos imprimés de circonvolutions complexes.

— Un tarot, expliquait l'homme en noir. Le jeu classique, augmenté de lames personnelles. Regarde bien, pistolero.

— Pourquoi ?

— Parce que je vais te prédire l'avenir, Roland. Il faut en retourner sept, une par une, et les placer en conjonction avec les autres. Voilà bien trois siècles que je n'ai tiré les cartes à personne, et je soupçonne ne l'avoir jamais fait pour y lire un avenir tel que le tien. (De nouveau l'ironie se glissait dans sa voix, comme au cœur de la nuit un baroudeur kuvien armé de son couteau.) Tu es le dernier aventurier au monde, le dernier croisé. Quel sujet de fierté, Roland ! Et tu n'en restes pas moins dans l'ignorance de la distance qui te sépare encore de la Tour, dans l'espace et dans le temps. Les mondes gravitent autour de toi.

— Vas-y, fit le Pistolero, la voix âpre. Dis-moi la bonne aventure.

Une première lame fut retournée.

— Le Pendu, dit l'homme en noir. (La nuit tombante lui avait rendu son capuchon.) Mais en l'occurrence, hors de toute conjonction, cela signifie force et non mort. Le Pendu, c'est toi, pistolero, cheminant vers ton but, obstinément, par-dessus les puits de l'Hadès. Tu y as déjà lâché un compagnon de voyage, si je ne me trompe.

Il retourna la deuxième.

— Le Marin. Remarque ce front lisse, ces joues glabres, ces yeux blessés. Il se noie, pistolero, et il n'y a personne pour lui lancer un filin. C'est l'enfant. C'est Jake.

Le Pistolero tiqua et ne dit rien.

Troisième carte. Un babouin au large sourire à califourchon sur l'épaule d'un jeune homme. Le jeune homme renversait la tête ; sa grimace résumait l'horreur et la panique. En y regardant de plus près, le Pistolero vit que le babouin tenait un fouet.

— Le Prisonnier, dit l'homme en noir.

Le feu animait d'ombres instables le visage de l'homme chevauché, donnant l'impression qu'il se convulsait de terreur muette. Les yeux du pistolero bondirent ailleurs.

— Un tantinet inquiétant, non ? fit l'homme en noir, et il parut sur le point de ricaner.

Il retourna la quatrième lame. Une femme coiffée d'un châle y était assise à un rouet. Le Pistolero sidéré la voyait à la fois sourire, finaude, et sangloter.

— La Dame d'Ombres, annonça l'homme en noir. Ne lui sens-tu pas deux visages, pistolero ? À juste titre. C'est un vrai Janus.

— Pourquoi me montres-tu ces cartes ?

— Pas de questions ! (Cinglant. Souriant aussi.) Tu regardes, c'est tout. Vois-y comme un rituel absurde, si ça peut te rassurer. Comme à l'église.

Il étouffa un rire en retournant la cinquième lame.

Un moissonneur grimaçant, nouant sur le manche de sa faux ses doigts de squelette.

— Mort, dit simplement l'homme en noir. Mais pas pour toi.

La sixième à présent.

Et à sa vue, le Pistolero sentit sourdre au fond des tripes un étrange pressentiment : horreur et joie mêlées, ensemble indescriptible. Il en retirait en même temps l'envie de vomir et celle de danser.

— La Tour, dit l'homme en noir presque en un souffle.

Le Pendu — carte du pistolero — était au centre du tirage, chacune de celles qui avaient suivi étant allée se poster à l'un des quatre angles. La figure évoquait le ballet de planètes autour de leur étoile.

— Et cette sixième, où se place-t-elle ? demanda le Pistolero.

L'homme en noir posa la Tour au centre, recouvrant exactement le Pendu.

— Qu'est-ce que ça veut dire ? demanda le Pistolero.

Pas de réponse.

— Qu'est-ce que ça veut dire ? répéta le Pistolero, la voix décomposée.

Toujours pas de réponse.

— Va te faire foutre !

Pas de réponse non plus.

— Alors, quelle est la septième carte ?

L'homme en noir la retourna. Un soleil qui montait dans la lumière d'un ciel d'azur semé d'amours et de lutins virevoltants.

— Vie, annonça l'homme en noir, toujours aussi bas. Mais pas pour toi.

— Où s'inscrit-elle dans la figure ?

— Tu n'as pas à le savoir. Ni moi, d'ailleurs. (Il expédia négligemment la carte dans le feu déclinant. Elle noircit, prit sa courbure puis s'enflamma. Le Pistolero en eut un coup au cœur, une main de glace qui le lui arrêtait.) Maintenant, dors, ajouta l'homme en noir, indifférent. Il se peut que tu rêves ce genre de choses.

— Je vais t'étrangler, dit le Pistolero, et dans une instantanéité splendide, sauvage, ses jambes se ramassèrent, se détendirent, le projetèrent sur l'autre par-dessus les braises.

L'homme en noir souriant envahit son champ de vision puis se mit à reculer dans un long couloir bruissant d'échos et bordé de piliers d'obsidienne. L'univers s'emplit d'un rire sardonique. Le Pistolero tombait. Mourait. S'endormait.

Il rêva.

L'univers était vide. Pas un mouvement. Rien.

Le Pistolero planait, nébuleux.

— De la lumière, fit la voix de l'homme en noir, nonchalante.

Et la lumière fut. Détaché, le Pistolero pensa que la lumière était bonne.

— Et maintenant, des ténèbres constellées au firmament et des eaux en contrebas.

Cela se fit. Le Pistolero plana sur des mers sans fin. En surplomb, les étoiles scintillèrent à l'infini.

— La terre, suggéra l'homme en noir.

Il en fut ainsi. Elle se souleva de l'océan primordial dans d'interminables convulsions galvaniques. Elle était rouge, aride, craquelée, vitrifiée. Elle était stérile. Interminablement, des volcans vomirent leur magma, gigantesque éruption d'acné sur quelque bouille adolescente et ronde.

— Bien, disait l'homme en noir. C'est un début. Pourquoi pas quelques plantes ? Des arbres. De l'herbe et des pâtures.

Il en fut ainsi. Des dinosaures déambulèrent çà et là, grognant et glapissant, s'entre-dévorant et s'embourbant dans de bouillonnantes, d'odorantes mares de bitume. D'immenses forêts vierges partout s'étendirent. Des fougères géantes saluèrent le ciel, balançant la dentelle de leurs frondes parfois ponctuées de scarabées bicéphales. Toutes choses que vit le Pistolero, n'en continuant pas moins de se sentir démesuré.

— L'homme, à présent, murmura l'homme en noir, mais le Pistolero tombait... tombait toujours plus haut.

L'horizon de cette terre vaste et féconde s'incurva. Oui, ses maîtres n'avaient cessé de le lui répéter : elle était ronde, fait prouvé, selon eux, longtemps avant que le monde eût changé. Mais cet...

Plus haut, toujours plus haut. Sous ses yeux éberlués, des continents prenaient forme, et des spirales de nuages venaient les occulter. L'atmosphère enveloppait le monde d'un sac placentaire et sur la courbure de l'épaule le soleil se levait.

Il poussa un cri, interposa un bras devant la vision.

— Que la lumière soit !

La voix n'était plus celle de l'homme en noir. Elle était énorme, nourrie de résonances, emplissant l'espace et les espaces entre les espaces.

— Lumière !

Chute ascendante que rien n'arrêtait.

Le soleil rétrécit. Il dépassa la rotation d'une planète rouge, hachurée de canaux, cernée par les furieuses révolutions de ses deux satellites. Puis une tournoyante ceinture d'astéroïdes. Une planète géante, effervescente de gaz, trop massive pour supporter sa masse et, partant, ovoïde. Puis un monde ceint d'anneaux, d'un scintillant disque d'esquilles glacées.

— Lumière ! Que la lumière...

D'autres corps célestes. Un, deux, trois. Et, bien au-delà du dernier, solitaire, une boule de glace et de roc étirant son ellipse dans des ténèbres inanimées autour d'un soleil réduit à la brillance d'un sou terni.

Puis le noir absolu.

— Non, articula le Pistolero, et sa voix blanche resta sans écho dans l'obscurité. (Dans ces ténèbres plus noires que simplement noires, auprès desquelles la plus épaisse nuit de l'âme avait l'éclat du plein jour, qui ravalait le noir séjour sous la montagne au rang de simple tache sur la face de la Lumière.) Assez, maintenant. Assez, par pitié. Assez...

— LUMIÈRE !

— Assez. Par pitié...

Et ce fut au tour des étoiles de rapetisser. D'entières nébuleuses se ramassèrent, se réduisirent à d'insignifiantes mouchetures. Quelque chose semblait aspirer l'univers entier autour de lui.

— Seigneur, assez, assez, assez...

La voix de l'homme en noir susurra, soyeuse, à son oreille :

— Renonce, alors. Chasse la Tour de tes pensées. Va ton chemin, pistolero, et sauve ton âme.

Il se ressaisit. Seul, ébranlé, environné de ténèbres, redoutant qu'une implication finale ne se ruât sur lui, il se ressaisit et proféra le décisif éclair d'un refus :

— NON ! JAMAIS !

— QUE LA LUMIÈRE SOIT, DONC !

Et la lumière fut, écrasante, primordiale. En elle s'évanouit toute conscience, mais pas avant que le Pistolero n'eût entrevu un détail d'une importance cosmique. Il s'y accrocha dans un douloureux effort et se chercha.

À force de fuir la démence qu'impliquait un tel savoir, il finit par se retrouver.

Il faisait encore nuit... cette même nuit ou une autre, il n'aurait su dire. Il s'arracha du sol où l'avait jeté, à bout de course, le démoniaque ressort de sa poursuite et leva les yeux vers la souche de bois de fer où l'homme en noir avait pris place. Il était parti.

Le désespoir le submergeait — mon Dieu, tout à refaire — quand la voix de l'homme en noir monta dans son dos.

— Par ici, pistolero. C'est que je n'aime pas te voir trop près. Tu parles en dormant.

Il pouffa.

Le Pistolero se hissa sur ses genoux, encore abruti, et se retourna. Du feu ne restaient que braises éparses dans des cendres au dessin familier. L'homme en noir, assis près d'elles, se délectait bruyamment des restes du lapin.

— Tu t'en es bien sorti, dit-il. Je n'aurais jamais pu communiquer une telle vision à Marten. Il en serait revenu gaga.

— Qu'est-ce que c'était ? demanda le Pistolero, la voix floue et tremblante, intuitivement convaincu que ses jambes refuseraient de le porter s'il cherchait à se relever complètement.

— L'univers, répondit négligemment l'homme en noir.

Il rota et jeta les os récurés dans le feu ; ils s'y

parèrent d'une blancheur malsaine. Le vent sifflait avec une poignante tristesse en survolant la dépression du golgotha.

— L'univers, répéta sans comprendre le Pistolero.

— Tu cherches la Tour, dit l'homme en noir.

Ce pouvait être une question.

— Oui.

— Mais elle continuera de t'échapper. (L'homme en noir eut un sourire éclatant de cruauté.) Je ne suis pas sans savoir à quelle extrémité elle t'a poussé récemment. À mi-chemin du prochain monde, elle te tuera.

— Tu ne sais rien de moi, rétorqua tranquillement le Pistolero, et le sourire s'effaça des lèvres de l'autre.

— C'est moi qui ai fait ton père et c'est moi qui l'ai brisé, enchaîna l'homme en noir, sinistre. J'ai approché ta mère par l'entremise de Marten et je l'ai possédée. C'était écrit et ce fut accompli. Je suis à l'avant-garde des suppôts de la Tour Sombre. La Terre m'a été confiée.

— Qu'ai-je vu ? dit le Pistolero, réitérant sa question. Juste à la fin ? Qu'était-ce ?

— Quelle en était l'apparence ?

Le Pistolero marqua un temps de silence, songeur. Il palpa ses poches à la recherche de son tabac, mais sa blague était vide et l'homme en noir ne s'offrit pas à la lui remplir par magie... fût-elle noire ou blanche.

— Il y avait de la lumière, finit-il par dire. Une intense lumière blanche. Puis...

Il s'interrompit et son regard se riva sur l'homme en noir qui s'était penché en avant, le visage marqué par une émotion terriblement insolite chez lui, et trop manifeste pour qu'il pût la nier sans mentir. L'étonnement.

— Ainsi tu n'en sais rien ! s'écria le Pistolero, esquissant un sourire. Ô grand magicien qui sais ressusciter les morts ! Dans ce domaine, tu es ignare !

— Si, je sais. Mais je ne sais toujours pas... quoi.

— Une lumière blanche, répéta le Pistolero. Et puis... un brin d'herbe. Un seul brin d'herbe qui remplissait tout. Et moi, j'étais minuscule. Infinitésimal.

— De l'herbe. (L'homme en noir ferma les yeux. Il avait les traits tirés, décomposés.) Un brin d'herbe. Tu es sûr ?

— Oui. (Il fronça les sourcils.) Mais violette.

Et l'homme en noir se mit donc à parler.

L'univers (dit-il) présente un paradoxe d'une telle amplitude qu'il excède les limites de l'esprit. À l'instar du cerveau vivant qui échoue à concevoir un cerveau non doué de vie — encore qu'il puisse s'en croire capable — l'esprit fini ne peut appréhender l'infini.

La simple existence de l'univers provoque à elle seule la déroute du pragmatique comme du cynique. Il y eut un temps — cent générations avant que le monde ne changeât, pourtant — où l'humanité eut à son actif assez de prouesses scientifiques et techniques pour arracher quelques éclats de l'immense colonne du réel. À cela près que, même à l'époque, la pseudo-lumière de la science — du savoir, si tu préfères — ne brillait que dans quelques pays évolués.

Or, malgré l'énorme accroissement des données disponibles sur le comment des choses, la compréhension de leur pourquoi resta remarquablement sporadique. Nos aïeux, pistolero, ont triomphé du fléau-qui-pourrit — que nous appelons cancer —, ont presque vaincu la vieillesse, sont allés sur la lune...

(— Je n'en crois rien, dit carrément le Pistolero. Et l'homme en noir répondit en souriant : — Qui t'y oblige ?)

... ont fabriqué ou découvert une centaine d'autres merveilleux joujoux. Mais cette profusion de connaissances n'a guère accru, voire pas du tout, leur pénétration. Nulle ode ne fut jamais composée à la gloire de l'insémination artificielle...

(— De quoi s'agit-il ? — De faire des bébés avec du sperme congelé. — De la merde. — Si tu veux... mais avec cette matière-là, même les anciens n'y sont pas arrivés.)

... ou de la voiture-qui-roule-toute-seule. Peu, si même il y en eut, donnèrent l'impression d'avoir saisi le Principe de Réalité : que tout acquis se solde par un mystère encore plus insondable. Une description physiologique plus fine du cerveau rend l'existence de l'âme à la fois moins possible et plus probable, de par la nature même de l'enquête. Tu me suis ? Sans doute pas. Tu baignes dans le romanesque, cul et chemise avec l'occulte. Il n'en reste pas moins que tu touches aux confins... non de la foi mais de la gnose. C'est à la contre-entropie de l'âme que te voilà confronté.

Mais restons au ras des pâquerettes.

La plus grande énigme de l'univers n'est pas la vie mais la proportion. La proportion englobe la vie, et la Tour englobe la proportion. L'enfant, qui est chez lui dans le merveilleux, ne demande-t-il pas : « Qu'y a-t-il au-dessus du ciel, papa ? — Les ténèbres de l'espace », répond le père. « Et après l'espace, qu'est-ce qu'il y a ? insiste l'enfant. — La galaxie », dit le père. L'enfant : « Et après la galaxie ? » Le père : « Une autre galaxie. » L'enfant : « Et plus loin que toutes les galaxies ? » Le père : « Personne n'en sait rien. »

Tu vois, la proportion nous domine. Aux yeux du poisson, le lac où il vit se confond avec l'univers. Quelles peuvent être ses pensées quand, arraché par la bouche aux frontières argentées de l'existence, il se retrouve dans un univers autre où l'air le noie, où la lumière a le bleu de la démence ? où d'immenses bipèdes sans ouïes dans l'étouffoir d'une boîte l'enferment et le recouvrent d'herbe humide jusqu'à ce que mort s'ensuive ?

Ou encore, prenons un crayon bien taillé, grossissons-en la pointe. Il arrive un moment où, stupéfiante révélation, tu t'aperçois que la mine n'est pas solide : c'est en fait un milliard de milliards d'atomes qui tourbillonnent comme des planètes en folie. Ce que tu prenais pour un corps tangible n'est qu'un lâche réseau dont la gravitation seule assure la cohérence. Ce sont des lieues, des abîmes, des distances incommensurables qui séparent ces atomes une fois ramenés à leurs justes proportions. Eux-mêmes ne sont pas des corps solides mais l'incessante révolution d'électrons autour d'un noyau de neutrons et de protons. Le pas suivant t'amène au niveau des particules élémentaires. Et ensuite ? Plus rien ? Que non ! Tout dans l'univers infirme le concept de néant. Envisager un stade ultime relève de l'impossible.

Suppose que tu ailles jusqu'au bout de l'univers. Vas-tu y trouver quelque rue barrée d'une palissade avec un panneau marqué : VOIE SANS ISSUE ? Non, bien sûr. En revanche, il se peut que tu tombes sur une surface compacte, concave, quelque chose comme ce que perçoit le poussin dans son œuf, et si tu fais comme lui, si tu perces la coquille, quelle insoutenable et torrentielle lumière va se ruer par ce trou au fond de l'espace ? Maintenant, colles-y ton œil, à ce trou. Ne vas-tu pas découvrir que notre univers entier n'est qu'un seul élément d'un seul atome de ton fameux brin d'herbe ? Ne seras-tu pas forcé d'en déduire que, brûler la moindre brindille, c'est réduire en cendres une éternité d'éternités ? Que l'existence ne tend pas vers l'infini mais vers une infinité d'infinis ?

Il se peut donc que tu aies vu quelle place occupe notre univers dans l'ordre des choses : celle d'un atome dans un brin d'herbe. Tout ce que nous percevons, de l'infinitésimal virus à la lointaine nébuleuse d'Orion, est contenu dans un seul brin d'herbe... un brin qui n'a peut-être eu d'existence que l'espace d'un jour ou deux dans un flux temporel différent du nôtre. Et si quelque lame le fauchait, sa décomposition disséminerait-elle dans notre univers et dans nos vies des humeurs putrides, jaunissant et desséchant tout ? Peut-être le processus est-il déjà en cours. Nous disons que le monde a changé, mais n'entendons-nous pas par là qu'il a commencé de flétrir ?

Songe à quel point pareille conception des choses nous rend négligeables, pistolero ! S'il est un Dieu qui nous observe, irait-il rendre la justice pour un peuple de moucherons perdu dans une multitude illimitée d'autres races d'aussi piètre importance ? Son œil voit-il tomber le moineau quand celui-ci n'est pas même un atome d'hydrogène séparé de ses congénères et dérivant dans les profondeurs de l'espace ? Et même s'il le voit... quelle peut être la nature de ce Dieu ? Où est-il ? Comment peut-on résider au-delà de l'infini ?

Représente-toi ce sable du désert de Mohaine que tu viens de traverser derrière moi. Imagine un milliard de milliards d'univers — d'univers, te dis-je, pas de mondes — enclos dans chaque grain, et une infinité d'autres dans chacun d'eux. Et nous voilà dominant ce foisonnement d'univers, perchés sur notre misérable brin d'herbe, libres de balancer notre pied dans des milliards de milliards de mondes, de les envoyer valdinguer dans les ténèbres, de les vouer à ne plus jamais reformer leur chaîne.

La proportion, pistolero... l'échelle des grandeurs...

Mais n'en restons pas là, continuons d'imaginer... que tous ces mondes, tous ces univers se rencontrent en un point unique d'un axe, un même pilier, une tour. Un escalier, peut-être, des marches montant vers la Divinité. Aurais-tu l'audace, pistolero ? Si quelque part, surplombant le réel et son infinitude, il existait une pièce ultime...

Non, tu n'oserais pas.

Tu n'oseras pas.

— Quelqu'un l'a eue, cette audace, dit le Pistolero.

— Qui donc ?

— Dieu, dit-il tout bas. (Ses yeux brillaient.) Dieu a osé... ou alors, cette pièce serait-elle vide, devin ?

— Je n'en sais rien. (La peur passa sur les traits narquois de l'homme en noir, sombre et veloutée comme l'aile d'un busard, et il ajouta :) D'ailleurs, je ne me pose pas de questions. Il se pourrait que ce soit déconseillé.

— Peur d'être foudroyé sur place ? fit le Pistolero, sarcastique.

— Peut-être d'avoir des comptes à rendre, rétorqua l'homme en noir, et le silence s'installa entre eux.

La nuit n'en finissait pas. La Voie lactée se déployait au-dessus d'eux dans toute sa splendeur, terrifiante aussi dans sa vacuité. Le Pistolero se demanda quelle serait sa réaction si ce ciel d'encre se déchirait pour déverser des torrents de lumière.

— Le feu, dit-il. J'ai froid.

Le Pistolero s'assoupit. À son réveil, il vit que l'homme en noir le contemplait avec une avidité malsaine.

— Qu'est-ce que tu regardes comme ça ?

— Toi, bien sûr.

— Alors, arrête. (Il tisonna les braises, brouillant l'idéogramme.) Je n'aime pas ça.

Il se tourna vers l'est, en quête d'une lueur naissante, mais la nuit s'éternisait.

— Tu t'y prends bien tôt pour chercher la lumière.

— Je suis né pour elle.

— Ah, oui, c'est exact. Quelle impolitesse de ma part d'avoir oublié ce détail ! Mais nous avons encore une longue discussion devant nous. Ainsi en a décidé mon maître.

— Qui ?

L'homme en noir sourit.

— Allons-nous enfin nous dire la vérité, toi et moi ? Sans plus de mensonges ? Sans plus de fascinerie ?

— De fascinerie ? Qu'est-ce que ça veut dire ?

Mais l'homme en noir suivit le fil de sa pensée :

— Allons-nous parler en toute franchise, en hommes ? Pas comme des amis mais d'ennemi à ennemi, d'égal à égal, donc. Pareille opportunité ne te sera pas souvent donnée, Roland. Les ennemis seuls sont sincères. Amis et amants ne cessent de mentir, pris comme ils sont dans les rets du devoir.

— En ce cas, nous dirons la vérité. (Mais il n'avait rien fait d'autre depuis le début de la nuit.) Commence par m'expliquer ce qu'est la fascinerie.

— La fascinerie est charme, enchantement. C'est ainsi que mon maître a suspendu cette nuit, qu'il continuera de la suspendre... jusqu'à ce que nous en ayons fini.

— Ce sera long ?

— Oui. Impossible d'être plus précis. Je n'en sais pas davantage. (L'homme en noir se tenait au bord du feu, les braises dessinant sur son visage un masque d'ombre et de lumière.) Pose tes questions. J'y répondrai dans la mesure de mon savoir. Tu y as droit : tu m'as rattrapé. Je ne croyais pas que tu y parviendrais. Toutefois, ta quête n'en est qu'à ses débuts. Pose tes questions. Il sera toujours temps d'en arriver à l'essentiel.

— Qui est ton maître ?

— Je ne l'ai jamais vu, mais toi, tu le verras. Il te faudra passer par lui pour atteindre la Tour, par lui, l'Inconnu Sans Âge. (Il sourit sans rancune.) Et tu auras à le tuer. Mais ce n'est pas ce que tu voulais me demander, je pense.

— Comment le connais-tu, puisque tu ne l'as jamais vu ?

— Il m'est apparu en songe sous les traits d'un adolescent alors que je vivais dans une contrée lointaine, il y a de ça mille ans, ou peut-être cinq mille si ce n'est dix mille. C'était à l'époque où les anciens n'avaient pas encore franchi la mer, dans un pays qui se nommait l'Angleterre. Voilà donc une brassée de siècles que ma tâche m'a été confiée, même si j'ai eu à m'acquitter de diverses missions entre ma jeunesse et mon apothéose. Cette apothéose que tu représentes, pistolero. (Il rit sous cape.) Tu vois, quelqu'un au moins t'a pris au sérieux.

— Cet Inconnu n'a pas de nom ?

— Que si. Il en a un.

— Et quel est-il ?

— Maerlyn, répondit l'homme en noir presque en un souffle. (Et quelque part dans les ténèbres orientales, là où la chaîne dressait ses sommets, un éboulement vint ponctuer ce nom ; un puma cria, et son cri ressemblait à celui d'une femme. Le Pistolero frissonna et vit tressaillir l'homme en noir.) Mais, encore une fois, je ne pense pas que ce soit la question que tu souhaites me poser. Il n'est pas dans ta nature de te projeter si loin dans l'avenir.

Le Pistolero savait quelle était cette question. Elle ne l'avait pas lâché de la nuit, le tourmentait déjà depuis plusieurs années, songea-t-il. Elle lui brûlait la langue, tremblotait au bord de ses lèvres mais il ne la formula pas... pas encore.

— Cet Inconnu, ce Maerlyn, est-il un suppôt de la Tour Sombre ? Comme toi ?

— Sans commune mesure avec moi. Bien supérieur. Il lui a été donné de remonter le temps. Il se fond dans l'ombre. Il s'en imprègne. Il est de tout temps. Mais il y a plus puissant que lui.

— Qui ?

— La Bête, chuchota craintivement l'homme en noir. Le gardien de la Tour. La source de toute *fascinerie*.

— Qu'est-ce à dire ? Que fait cette Bête...

— Fini, les questions ! cria l'homme en noir. (Le ton s'était voulu péremptoire et se désagrégeait dans la prière.) Je ne sais rien de tout ça ! Je ne veux pas savoir. Parler de la Bête, c'est appeler sur soi la ruine de l'âme. Devant elle, Maerlyn est comme je suis devant lui.

— Et au-dessus de la Bête, c'est la Tour et ce qu'elle renferme.

— Exact, murmura l'homme en noir. Mais là encore, ce n'est pas ce que tu voulais me demander.

Exact aussi.

— D'accord. (Alors le Pistolero posa la plus vieille

question du monde.) Est-ce que je te connais ? T'ai-je déjà vu quelque part ?

— Oui.

— Où ?

Il se pencha en avant, anxieux de la réponse. Son destin était en jeu.

L'homme en noir se plaqua les mains sur la bouche et pouffa comme un gosse.

— Je crois que tu le sais.

— Où ?

Il était debout, les mains sur les crosses polies.

— Ne t'en sers pas. Cela n'ouvre aucune porte mais les ferme à jamais.

— Où ? répéta le Pistolero.

— Dois-je le mettre sur la voie ? demanda l'homme en noir aux ténèbres. Il me semble. (Son regard retourna sur le Pistolero, brûlant.) Un jour, on t'a donné un conseil, dit-il. Ton maître...

— Oui, Cort, coupa le Pistolero.

— Il t'a dit de prendre patience. Mais le conseil était mauvais. Les plans de Marten, déjà, venaient à échéance. Quand ton père est rentré...

— On l'a tué, acheva inutilement le Pistolero.

— Et toi, quand tu t'es retourné, Marten était déjà parti... pour l'ouest. Or, il y avait dans l'entourage de Marten un homme qui arborait la robe du moine et le crâne rasé du pénitent...

— Walter, fit le Pistolero en un souffle. Tu... n'es pas Marten. Non. Tu es Walter... Walter !

L'homme en noir gloussa.

— Et ton serviteur.

— Je devrais t'abattre sur-le-champ.

— Ce ne serait pas justice. Après tout, n'est-ce pas moi qui t'ai livré Marten, trois ans plus tard, quand...

— Tu m'as donc manipulé ?

— En un sens, oui. Mais c'est fini, pistolero. Vient maintenant le temps du partage. Ensuite, au matin, lorsque j'aurai jeté le charme, les rêves te visiteront. Ta quête, alors, commencera pour de bon.

— Walter, fit encore une fois le Pistolero, ébahi.

— Assieds-toi. Je vais te raconter mon histoire, elle sera moins longue que la tienne.

— Je ne parle jamais de moi, grommela le Pistolero.

— Il faudra que tu fasses une exception, cette nuit. Pour que nous puissions comprendre.

— Comprendre quoi ? Mon but ? Tu le connais. Trouver la Tour. J'ai juré d'y parvenir.

— Pas cela, pistolero, mais ta manière de poursuivre ce but. Cet esprit lent, laborieux, opiniâtre qui t'anime. Et qui n'a pas eu son pareil dans toute l'histoire du monde, peut-être même dans toute celle de la Création.

» L'heure de parole est venue. L'heure des récits.

— Alors vas-y, raconte.

L'homme en noir secoua la volumineuse manche de sa robe. Un paquet en tomba, papier replié autour du renflement de son contenu. Le bord froncé accrocha la clarté des braises.

— Du tabac, pistolero. Ça te dit ?

Il avait su résister au lapin mais là, il n'en fut pas question. Ses doigts déplièrent fébrilement le paquet. Du tabac de coupe fine, enveloppé dans des feuilles vertes qui lui gardaient sa fraîcheur. Et quelle fraîcheur ! Voilà bien dix ans qu'il n'avait eu sous les yeux pareille qualité.

Il roula deux cigarettes dont il trancha l'extrémité d'un coup de dents pour libérer la saveur, en tendit une à l'homme en noir qui la prit. Chacun ramassa dans le feu sa brindille incandescente.

Le Pistolero alluma sa cigarette et inhala jusqu'au fond des poumons une première bouffée de l'aromatique substance, les yeux fermés pour se concentrer sur la sensation. Puis il la souffla dans une longue et lente complétude.

— C'est bon ? demanda l'homme en noir.

— Très.

— Profites-en. Tu risques de ne pas refumer d'ici longtemps.

Le Pistolero accueillit impassiblement la nouvelle.

— Parfait, dit l'homme en noir. Commençons :
» Il faut bien comprendre que la Tour a toujours existé, qu'il y a toujours eu des garçons pour le savoir et, partant, la convoiter, plus que pouvoir, femmes ou richesses...

Et paroles il y eut, une entière nuitée de paroles — plus qu'entière, même, Dieu seul sut de combien —, mais le Pistolero n'en devait retenir que peu de chose... et sa tournure d'esprit singulièrement pratique n'y vit rien qui parût avoir une quelconque importance. Il lui fallait gagner la mer, apprit-il de l'homme en noir. Il la trouverait à huit lieues de marche aisée vers l'ouest. Il y serait investi du pouvoir de tirer les cartes.

— Mais ce n'est pas vraiment ça non plus, dit l'homme en noir, expédiant sa cigarette dans les vestiges de leur feu. Nul ne cherche à t'investir d'un pouvoir, pistolero ; il est en toi, tout simplement, et je suis obligé de t'en informer pour moitié à cause du sacrifice de l'enfant, pour l'autre parce que c'est la loi, le cours naturel des choses. Aussi nécessairement que l'eau suit sa pente, il faut que tu sois informé. Tu vas en tirer trois, ai-je compris... mais peu m'importe, en fait, je ne tiens pas à le savoir.

— Trois, murmura le Pistolero, repensant à l'Oracle.

— Ensuite, le jeu va commencer. Mais je ne serai plus là, et depuis longtemps. Adieu, pistolero. J'ai fait ma part. La chaîne est toujours entre tes mains. Prends garde qu'elle ne s'enroule autour de ton cou.

Poussé par une force qui lui était extérieure, Roland dit :

— Il te reste encore une chose à dire, non ?

— Oui, répondit l'homme en noir. (Et, de ses yeux sans fond, il sourit au pistolero, une main tendue vers lui.) Que la lumière soit.

Et la lumière fut.

Au réveil, Roland se retrouva près d'un feu en cendres avec dix ans de plus. Ses cheveux noirs s'étaient raréfiés aux tempes, avaient pris le gris des toiles d'araignées sur la fin de l'automne. Ses traits s'étaient creusés, sa peau épaissie.

Le restant du bois ramassé avait tourné au bois de fer et l'homme en noir s'était fait squelette hilare encore vêtu des lambeaux de sa robe noire, quelques os de plus dans cet ossuaire, un crâne ajouté au golgotha.

Le Pistolero se leva et promena son regard autour de lui. Il regarda la lumière et vit que la lumière était bonne.

D'un geste prompt et soudain, il tendit la main vers les vestiges de son compagnon de la nuit écoulée — d'une nuit qui, de quelque manière, avait duré dix ans —, arracha la mâchoire de Walter et la fourra négligemment dans la poche arrière de son jean où elle remplaça fort à propos celle qui était restée sous les montagnes.

La Tour. Quelque part devant, elle l'attendait : pivot du Temps, pivot de la Proportion.

Il se remit en route vers l'ouest, tournant le dos au soleil levant, dirigeant ses pas vers l'océan, prenant conscience qu'une page importante de sa vie venait d'être tournée.

— Je t'ai aimé, Jake, dit-il tout haut.

La raideur le quitta et son allure se fit plus rapide. Au soir, il avait atteint l'extrême limite des terres émergées. Il s'assit sur le sable d'une plage qui, à gauche comme à droite, s'étendait à l'infini, déserte. Inlassablement, les vagues s'y fracassaient. Le soleil couchant plaquait sur la mer une large coulée de dorure.

Le Pistolero s'assit là, les yeux levés vers la clarté déclinante. Et il rêva ses rêves coutumiers, contemplant l'apparition des étoiles : son objectif restait toujours aussi net, son cœur ne faiblissait pas, sa chevelure désormais grise et clairsemée flottait autour de sa tête et les pistolets de son père, avec leurs crosses en bois de santal, reposaient, lisses et meurtriers, contre ses hanches. L'obscurité descendait sur le monde et le monde changeait. Le Pistolero attendit ainsi le temps de la prophétie, rêvant ses longs rêves sur la Tour Sombre qu'il aborderait un jour au crépuscule, soufflant dans son cor, pour livrer quelque ultime et inconcevable bataille.

Postface

Le récit qui précède — lequel est presque (mais pas tout à fait !) complet en soi — forme la première époque d'un cycle plus long, *La Tour Sombre*. Une part de ce qui le suit est déjà bouclée, mais il reste à faire — mon synopsis suggère un pavé final de trois mille pages, peut-être plus. On va probablement penser que mes projets concernant ce roman ont largement dépassé la simple ambition pour planer dans la folie douce... mais demandez à votre professeur de littérature préféré de vous parler des projets de Chaucer pour les *Canterbury Tales*. Cela dit, il reste toujours possible que Chaucer ait eu un grain.

Au train où va l'ouvrage, il me faudrait vivre environ trois siècles pour achever ce cycle de *La Tour Sombre*. Cette première époque, *Le Pistolero*, a été écrite sur une période de douze ans. C'est de loin le plus long temps que j'aie passé sur un de mes livres... et, pour parler franc, le plus long temps qu'une de mes œuvres inachevées soit restée en vie, et viable à mes propres yeux — et si un livre n'est pas vivant dans l'esprit de son auteur, il est aussi mort qu'une vieille bouse de l'an passé, quand bien même les mots continueraient-ils de marcher en rangs serrés sur la page.

La Tour Sombre est née, je pense, d'une ramette de papier que j'ai reçue en héritage dans le deuxième semestre de ma dernière année d'université. Ce n'était ni votre papier ordinaire ni même une de ces ramettes de pelure colorée (souvent garnies de copeaux de bois non dissous) dont se servent bon nombre d'écrivains dans leur temps de vache enragée, pour le seul motif qu'elles coûtent trois ou quatre dollars de moins.

C'étaient des feuilles vert vif à grain serré, presque de la carte, et de dimensions parfaitement excentriques : environ dix-sept centimètres cinq de large sur vingt-cinq de long, ai-je souvenir. J'avais un job à la bibliothèque de l'université du Maine, à l'époque, et un lot desdites ramettes, dans diverses teintes, y apparut un jour, inexplicablement et sans traces dans les comptes. Ma future épouse — alors Tabitha Spruce — en prit une (bleu œuf de merle), le type avec qui elle était alors en prit une autre (jaune coucou). Et la verte m'échut.

Il se trouva que nous étions tous trois promis à faire carrière dans la littérature — coïncidence presque trop improbable pour être ainsi nommée dans un monde où des dizaines (voire des centaines) de milliers d'étudiants aspirent au métier d'écrivain alors qu'il en perce à peine quelques maigres centaines. J'ai d'ores et déjà publié une demi-douzaine de romans, ma femme un (et elle travaille d'arrache-pied sur le suivant), et le gars avec qui elle était à l'époque, David Lyons, s'est révélé un excellent poète doublé d'un éditeur puisqu'il a fondé les Lynx Press du Massachusetts.

Ce fut peut-être le papier, les amis. Du papier magique. Vous savez, comme dans les romans de Stephen King...

Quoi qu'il en soit, vous tous qui lisez ces lignes pouvez ne pas comprendre comment ces cinq cents feuilles de papier vierge peuvent sembler avoir été chargées de potentialités. Mais je pense aussi qu'il en est parmi vous bon nombre qui, à l'instant même, hochent la tête d'un air entendu. Ceux qui vivent de leur plume ont à leur disposition tout le papier qu'ils désirent : c'est leur matière première. Ils peuvent même le déduire de leurs impôts. En fait, cette pléthore de papier vierge n'est pas sans porter sa propre malédiction — de meilleurs écrivains que moi ont parlé de l'angoisse de la page blanche et Dieu sait combien d'entre eux s'en sont trouvés réduits au silence.

L'endroit de la médaille, particulièrement pour qui débute dans le métier, est l'exaltation impie que tout ce papier vierge peut produire : on se sent comme un alcoolique en présence d'une bouteille de whisky non dépucelée.

J'habitais à l'époque un bungalow en bordure de la rivière, pas très loin de l'université, et j'y vivais seul. Le troisième tiers de ce qui précède a été écrit dans un silence de mort, que rien ne vint rompre, et dont j'ai quelque mal à me souvenir, maintenant que m'entourent une pleine maisonnée d'enfants émeutiers, deux secrétaires et une gouvernante qui me trouve toujours mauvaise mine. Les trois colocataires avec lesquels j'avais commencé l'année s'étaient défilés. En mars, quand les glaces ont lâché la rivière, je me sentais comme le dernier des dix petits nègres d'Agatha Christie.

Ces deux facteurs, le défi de ce vert papier vierge et le silence absolu (hormis le ruissellement de la neige fondue dévalant jusqu'à la Stillwater) sont plus que tout autre à l'origine de ce volet d'ouverture de *La Tour Sombre*. Il y a eu un troisième facteur, mais sans les deux premiers, je ne crois pas que cette histoire eût vu le jour.

Ce troisième élément fut un poème étudié deux ans plus tôt dans le cadre d'un cours de deuxième année sur les premiers romantiques anglais (et quel meilleur moment pour se pencher sur les poètes romantiques qu'une deuxième année d'université ?). La plupart des autres poèmes abordés à cette occasion me sont depuis sortis de la tête mais celui-ci, splendide, riche, inexplicable, a subsisté... et demeure encore. C'était « Childe Roland » de Robert Browning.

J'ai caressé l'idée de m'attaquer à une longue nouvelle romantique incarnant le sentiment, si ce n'est le sens exact, du poème de

Browning. Caressé, cela n'a pas été plus loin car j'avais alors bien d'autres choses à écrire, mes propres poèmes, des nouvelles, des colonnes dans des journaux. Dieu sait quoi.

Mais durant ce semestre printanier, une sorte de sourdine s'abattit sur ma vie créative, précédemment fort active pourtant. Non le blocage de l'écrivain mais le sentiment qu'il était temps d'arrêter de faire l'imbécile avec une pelle et une pioche pour prendre les commandes d'un bon sang de vraie grosse pelleteuse, le sentiment qu'il était temps d'en mettre un coup, d'exhumer quelque chose de vraiment maousse, même si cela devait se révéler être un monumental échec.

Une nuit de mars 70, donc, je me suis retrouvé devant ma vieille Underwood de bureau au « m » ébréché, au « O » qui s'envole, en train d'aligner les mots qui ouvrent ce récit : *L'homme en noir fuyait à travers le désert et le Pistolero le poursuivait.*

Dans les années qui se sont écoulées depuis que j'ai tapé cette phrase — avec Johnny Winter sur la chaîne, impuissant à vraiment masquer les torrents de la fonte des neiges tout autour —, j'ai commencé à grisonner, j'ai eu des gosses, j'ai enterré ma mère, je me suis mis aux drogues et je m'en suis sorti, j'ai appris deux ou trois choses sur moi, tantôt amères, tantôt désagréables, le plus souvent franchement drôles. Comme ferait sans doute observer le Pistolero, le monde a changé.

Mais dans tout ce temps, je n'ai jamais vraiment quitté le monde du pistolero. L'épais papier vert s'est perdu en route, mais j'ai toujours les quarante et quelques feuillets de l'original, lequel comprenait les deux premières parties : *Le Pistolero* et *Le Relais*. Il a été remplacé par du papier plus conforme à la norme mais le souvenir que j'ai gardé de ces drôles de feuilles vertes véhicule plus d'affection que je ne saurai jamais en exprimer. J'ai revisité le monde du pistolero *(L'Oracle et les Montagnes)* alors que *Salem* était dans une impasse, et narré la triste fin de Jake peu de temps après avoir vu un autre enfant, Danny Torance, se sortir d'un mauvais pas dans *Shining*. En fait, la seule période au cours de laquelle mes pensées ne sont pas retournées, ne fût-ce qu'à l'occasion, vers l'univers aride et pourtant splendide (du moins m'a-t-il toujours donné cette impression) du pistolero fut celle où j'étais hanté par un autre non moins réel à mes yeux : l'univers post-apocalyptique du *Fléau*. Quant au dernier fragment ici présenté : *Le Pistolero et l'Homme en Noir*, il a été écrit il y a moins d'un an et demi, dans l'ouest du Maine.

Je dois probablement au lecteur qui m'a accompagné aussi loin une sorte de synopsis (« l'argument », auraient dit ces grands poètes romantiques) de ce qui doit suivre, puisque je suis à peu près sûr de mourir avant que ce roman... ou cette épopée... ou quel que soit le nom qu'on lui donne... parvienne à son terme. Hélas, j'en suis incapable. Les gens qui me connaissent savent que je n'ai rien d'un feu d'artifice intellectuel, et ceux qui ont lu mes œuvres avec un regard critique (ils sont rares : je les paie) s'accordent probablement à dire que le meilleur est venu du cœur et non de la tête... ou alors des tripes, endroit où les plus forts des écrits dictés par l'émotion prennent naissance.

Tout ça pour dire que je ne suis jamais complètement sûr de savoir où je vais, et c'est d'autant plus vrai dans ce récit. Je sais, par la vision que Roland a près de la fin de cette première partie, que son monde est effectivement en train de changer parce que l'existence de cet univers est entièrement comprise dans une seule molécule d'un brin d'herbe, quelque part dans le cosmos, sur un terrain encore à lotir (je suppose avoir pris l'idée dans *Chaîne autour du soleil*, de Clifford Simak ; par pitié, Cliff, ne lâche pas sur moi tes avocats !), et je sais que le tirage implique l'appel de trois personnes hors de notre monde (de même que Jake en a été tiré par l'homme en noir) qui se joindront à Roland pour sa quête de la Tour Sombre. Je le sais parce que des morceaux du second cycle d'histoires *(Les Trois Cartes)* sont déjà écrits.

Mais qu'en est-il du brumeux passé du pistolero ? Seigneur, j'en sais si peu. Et de la révolution qui a balayé son « monde de lumière » ? Alors là, rien du tout. Du face-à-face final avec Marten, qui a séduit sa mère et tué son père ? Rien. De la mort des compatriotes de Roland, Cuthbert, Jamie, ou de ses aventures dans les années qui séparent son entrée dans l'âge d'homme de sa première apparition dans le désert ? Ça non plus, je n'en sais rien. Et il y a cette fille, Susan. Qui est-elle ? Chais pas.

Sauf que, quelque part à l'intérieur, je sais. Quelque part à l'intérieur, tout ça m'est connu ; et il n'est nul besoin d'argument ou de synopsis ou de profil (les profils sont l'ultime ressource du mauvais romancier qui en crève de ne pas écrire des thèses de doctorat). Quand le temps sera venu, ces choses, et leur correspondance dans le monde du pistolero, naîtront naturellement dans l'allégresse ou les larmes. Et si elles ne voient jamais le jour, eh bien, comme a dit Confucius un jour, cinq cents millions de Chinois communistes s'en balancent comme de l'an quarante.

Une chose que je sais, c'est qu'en quelque occurrence, en quelque instant magique, il y aura un soir violacé (un soir fait pour le romanesque !) où Roland atteindra sa Tour Sombre, s'approchera d'elle et fera sonner son olifant... et si par hasard je suis dans les parages, vous en serez les premiers avertis.

Stephen KING
Bangor, Maine

Déjà parus

Stephen KING

La ligne verte

La Tour Sombre

1 - Le Pistolero

2 - Les Trois Cartes

3 - Terres Perdues

4 - Magie et Cristal

David WILD

Friends

Le guide officiel

Kevin ANDERSON

Aux frontières du réel - 5

Anticorps

Rob MCGIBBON

Spice Power

L'histoire secrète des Spice Girls

Rick MOODY

Ice Storm

éditions 3A

Cet ouvrage a été composé par Nord Compo
et imprimé par Brodard & Taupin à La Flèche (Sarthe)
pour le compte des Éditions 84
84, rue de Grenelle, 75007 Paris
diffusion France et étranger : Flammarion

Achevé d'imprimer en mai 1998

Dépôt légal : mai 1998.
N° d'édition : 5032. N° d'impression : 1578U-5

Imprimé en France